魔法師豪爾系列 1

魔幻城堡

Howl's Moving Castle

著◎Diana Wynne Jones

戴安娜．韋恩．瓊斯

譯◎柯翠園

魔幻城堡

獻給史帝芬

本書靈感源自我所造訪的
某學校裡的一位學生的建議，
他請我寫一本名叫《移動的城堡》的書。
我特別記下他的名字，
寫在這個永誌難忘的安全位置。
並對他致上十二萬分的謝意。

第 *1* 章

跟帽子說話的蘇菲

在印格利國裡，像七里格靴啦、隱形斗篷這些東西，可是確確實實存在的唷！但在這個國家裡，當三個兄弟姊妹中的老大可是頂倒楣的一件事。每個人都認定了你會第一個失敗！尤其是三個人必須一道外出奮鬥時，人們更是認定了老大鐵定會最沒成就。

蘇菲海特是三姊妹中的老大。假如她是伐木工的女兒，她成功的機率或許還能大些。但她的父母經濟能力優渥，在繁榮的馬克奇平鎮上開有一家帽店。蘇菲的生母在她兩歲，妹妹樂蒂一歲時去世。她父親再娶，對象是店裡最年輕的助手，一個叫作芬妮的美麗金髮女子。婚後不久，芬妮又生了老三瑪莎。照說蘇菲跟樂蒂因此就會成為一般故事中的醜姊姊了，但事實上三個女孩都長得很漂亮。尤其樂蒂，是大家公認三姊妹中最美麗的一個！芬妮對三個女孩皆疼愛有加，一點也不會只對瑪莎特別偏愛。

海特先生很以他的三個女兒為榮，送她們到鎮上最好的學校就讀。蘇菲最用功，她大量地閱讀，但她也很快就認知到，自己能夠擁有「有趣未來」的可能性是微乎其微。雖然她不免覺得失望，但她的日子一般說來仍算過得很愉快——照顧妹妹們，並且教導瑪莎當機會來臨時要會掌握。因為芬妮總是在店裡忙著，照顧妹妹們的責任自然就落在蘇菲身上。兩個妹妹常會吵架，互相扯頭髮尖叫連連。樂蒂不甘心成為繼蘇菲之後較不成功的一個。

「不公平！」樂蒂總會尖叫：「憑什麼只因為她最小她就可以擁有最好的？我要嫁給王

子！我偏要！」

瑪莎聽了，總會頂她說，她單憑一己之力，無需嫁給任何人，就可以有錢到不行！

接下來，蘇菲就得想法子將她們拉開，並修補她們的衣裳。她很巧於針線，後來，甚至還為妹妹們裁製衣裳。其中有件她為樂蒂參加五月節（也就是本書故事正式開始的那個日子）所縫製的深玫瑰色的外衣，芬妮認為那簡直像是在金斯別利城裡最貴的店裡買的高檔貨。

也差不多就在那個時候，人們開始談起荒地的女巫，據說女巫威脅要取國王女兒的性命。國王派他私人的魔法師——蘇利曼巫師，到荒地去對付女巫。結果似乎不僅沒能將女巫擺平，蘇利曼巫師還因此喪了命。

因此，在那事件過後數個月，當一座高大的黑色城堡突然出現在馬克奇平鎮旁的山丘上，四個高高的、狹長的角樓持續地往外冒出黑煙時，每個人都認為女巫又搬出荒地了！她又要像五十年前那樣，開始陷全國於恐怖之中了！人們非常害怕！沒人敢獨自出門，尤其是夜裡。更可怕的是，城堡並不固定待在同一個地方。有時是在西北方荒野上一個高高的黑色污點；有時又繞到東邊的岩壁上；有時直下山崗，就坐在離鎮北最後一座農場不遠的石南地上；有時還真的可以看到它在移動，髒髒的灰煙由角樓裡陣陣湧出。有一陣子，每個人都確信要不了多久，那城堡就會直下到山谷裡來了。鎮長也說要派人到國王那兒討救兵。

但那城堡只是持續地繞著山崗轉。後來人們更聽說那其實不是女巫的城堡，而是豪爾巫師的。豪爾巫師也是個聲名狼藉的人物。雖然看來他似乎無意離開山崗，但據說他最喜歡收集年輕女孩兒，並且吸取她們的靈魂。還有人說他喜歡吃女孩子的心臟。總之，他是一個極端冷血、沒心少肺的巫師。任何落單的女孩兒若被他捉住了，鐵定完蛋！蘇菲、樂蒂、瑪莎跟馬克奇平所有其他的女孩們都受到警告：絕對不能單獨外出。這叫她們討厭得要命！不知豪爾巫師收集那麼多靈魂到底要做什麼？

但是，過不了多久，她們的心思就為別的煩心事兒給占據了。就在蘇菲將要完成學業時，海特先生突然去世。他死後，她們才發現他是多麼寵愛他的三個女兒！因為負擔了昂貴的學費，店裡背負了相當沉重的債務。辦完喪事後，芬妮在緊鄰著店鋪的自家客廳裡跟三個女兒說明家裡的情形。

「恐怕妳們都得離開學校，去當個有工作前途的學徒之類的。」她說：「我算了又算，不知算了多少回，發現那是唯一能讓店鋪繼續經營下去，又能養活妳們三人的方法。要妳們三人全留在店裡幫忙是很不實際的，我也負擔不起，我現在就告訴妳們我的決定。先說樂蒂……」

樂蒂聞言抬起頭來，臉上散發著連憂傷與黑色喪服都掩飾不住的健康、美麗的光彩。

「我想繼續學習。」她說。

「那不成問題，親愛的，」芬妮說：「我安排妳到方形市場的糕餅師傅希賽利先生的店裡當學徒。他們對店裡的學徒是出名的好，簡直跟對待國王和王后一樣。妳在那兒不僅會過得很愉快，還能學到一樣有用的技藝。希賽利太太是我們店裡的好主顧，也是好朋友。她基於幫忙的性質，同意將妳硬排進去。」

樂蒂的笑聲顯露出她其實一點都不快樂。「好的，謝謝妳，」她說：「多虧了我一向愛煮東西，不是嗎？」

芬妮看來如釋重負，因為樂蒂有時脾氣很倔。「至於妳呢，瑪莎，」她說：「我知道妳還太小，無法外出工作。所以，我一直在思索，想找一個能讓妳做得長久且安靜的學習，而學成後不管妳將來決定做什麼，學得的東西仍會對妳有用的學習機會。妳記得我的老同學安娜貝兒．菲菲克絲嗎？」

長得瘦削美麗的瑪莎，大大的灰色眼珠緊盯著芬妮，倔強的神情一點也不輸給樂蒂。

「妳是說，很愛說話的那一位？」她問道：「她不是女巫嗎？」

「是的。她有個漂亮的房子，而且顧客遍及福爾丁谷。」芬妮熱切地說：「瑪莎，她人很好。她會將所知的一切傾囊相授，而且很可能還會介紹她所認識的金斯別利城的要人給妳認識。等妳學成，將可衣食無虞。」

「她是個好人，」瑪莎讓步了。「好吧！」

蘇菲邊聽著，邊覺得芬妮真是什麼都想到了。身為次女的樂蒂，註定也成不了大氣候，所以芬妮將她安排到一個可能遇到年輕英俊的見習生的地方，結婚後，快樂地過一輩子。瑪莎則註定要成大功發大財，巫術及有錢的朋友將能幫助她成功。至於她自己，她可是心知肚明。因此當芬妮說：「至於妳，親愛的蘇菲，既然身為長女，將來我退休後，帽子店理當由妳繼承。所以我決定讓妳來店裡當學徒，好有機會熟悉這個行業。妳覺得如何？」

不消說，對這樣的命運，蘇菲早就認了。她滿懷感激地謝謝芬妮。

「那麼，事情就這麼決定囉？」芬妮說。

次日，蘇菲幫瑪莎將衣服打包，放到盒子裡。隔日早晨，大家目送她搭著馬車離去。她看來十分嬌小，腰桿雖然挺得筆直，卻透著緊張。因為往菲菲克絲太太居住的上福爾丁途中，必須越過豪爾巫師那座凌空城堡所盤踞的山丘，瑪莎當然會感到害怕。

「她不會有事的。」樂蒂說。樂蒂打包時完全不要別人幫忙。載瑪莎的車子甫離開視線，她就將所有的衣物全塞到一個枕套裡，找來附近的車童，以六辨士的代價，要他將東西用獨輪車推到方形市場的希賽利糕餅店去。她自己則安步當車，跟在獨輪車後，神情比蘇菲所預期的快樂許多，彷彿帽子店裡的灰塵都被她悉數抖落在地似的，愉快的不得了。

車童帶回一張樂蒂潦草寫就的短箋，說東西都放到女生宿舍裡了，希賽利糕餅店看來蠻好玩的。一個星期之後，瑪莎寫信來，說她已安全抵達。菲菲克絲太太「人好的沒話說。什麼東西都要淋上蜂蜜，養了一群蜜蜂」。接下來，有許久蘇菲都沒跟她的妹妹們聯絡。因為瑪莎和樂蒂離開當天，她自己也開始了帽店的學徒生涯。

事實上，蘇菲對帽子這一行早就十分熟悉。她從小就在院子對面的帽子工廠裡跑進跑出。帽子的質材如何浸泡，如何在帽墩上成形，花與水果的乾燥、烘製，如何用蠟或緞帶製作其他的帽飾等等，她都瞭然於胸。她也認得所有的工人。其中幾位，從她父親還小時就在那兒工作了。她認得唯一留下來的店員貝希，認得來買過帽子的客人們，還有由鄉下運來草帽好在倉庫裡加工製造的車夫；她也認得其他的供應商，知道製作冬帽用的毛料如何製造。芬妮能教她的其實相當有限，唯一能學到的，或許是誘使客人買帽子的方法與訣竅吧。

「妳帶他們到最合適的帽子前，」芬妮說：「但是，先讓他們試戴那些不怎麼合適的帽子。這樣一來，當他們戴上那頂合適的帽子時，就能優劣立判。」

事實上，蘇菲不常賣帽子。在工廠觀察實際作業一天，又陪著芬妮拜訪布商和絲緞商一天之後，芬妮就要她去裝飾帽子。蘇菲坐在帽店後頭的小房間裡，在無邊的女帽上縫上玫瑰，為絲絨帽加上面紗，為所有的帽子縫上絲質的襯裡，然後在外面以蠟製的水果和緞帶設計出迷人的風采。她技藝卓越也喜歡這樣的工作，但不免覺得生活太孤立，並且有些枯燥無趣。廠裡的工人年紀都很大了，相處起來沒啥趣味，而且他們也當她是將來要繼承家業的人，言行舉止間因而有份客氣與拘束。貝希也一樣，談話的唯一內容是五月節過後一星期要與她結婚的那個農夫。蘇菲很羨慕芬妮能不拘時刻、隨心所欲地出門，去和緞帶商討價還價。

最有趣的還是來自顧客們的談話。沒有人在買帽子的同時能不說長道短的。蘇菲坐在小房間裡，聽著市長從不吃青菜，豪爾巫師的城堡又移到峭壁上空，那個人實在是……等等等等，吱吱喳喳、吱吱喳喳……每當豪爾巫師被提及時，討論的聲量就會突然變小。不過蘇菲推斷出他上個月在山谷裡抓了一個女孩。「藍色的鬍子！」（註：《格林童話》中的藍鬍子）說話的人悄聲地說，然後聲音又變大了，說珍法麗兒那個髮型簡直是丟臉丟到家了！梳那種頭，連豪爾巫師都要倒胃口，何況是一般正派的男子。然後，會有那麼一段短暫的、聲音中透著恐懼的，關於荒地女巫的悄聲談論。蘇菲開始覺得，豪爾巫師和荒地女巫這兩個人還真該湊成一對才是。

「這兩人似乎是天造地設的一對，應該要有人替他們撮合一下。」她跟她手頭正在裝飾的帽子說。

但是到了當月月底，樂蒂突然成為店裡所有閒話的話題。看來似乎是，希賽利糕餅店由早到晚擠滿了蜂擁而至的男士。每個人都點了一大堆糕點，並指名要樂蒂當該桌的服務生。她已經接到十起求婚，對象上自鎮長的兒子下至掃街的工人，而她全部予以拒絕，理由是她還太年輕，無法做決定。

「她這麼做是很聰明的。」蘇菲邊縫著絲帶，邊跟帽子說話。

這樣的消息讓芬妮很高興。「我就知道她會過得好好的！」她快樂地說。但蘇菲聽著，突然覺得芬妮似乎很高興樂蒂終於不在身邊了。

「樂蒂在這兒會妨害生意，」她邊摺著磨菇色的絲緞邊跟帽子說：「就連你這個寒酸老氣的傢伙戴到她頭上都會變得美不可言。別的女人一看到她，會感到人生無望的。」

隨著日子一天天過去，蘇菲跟帽子說話的時間越來越多，因為她沒有別的談話對象。芬妮大部分的時間都在外頭跑——不是去跟人講價，就是去推銷生意。貝希則忙著接待店裡的客人及談論她的婚禮籌劃的情形。蘇菲開始養成一個習慣：每完成一頂帽子，將它掛到帽架上後，看著這個彷彿缺少身體的人頭，她會沉思一下後，告訴那頂帽子它的身體應該是什麼樣子。她會挑些好聽的話跟它說，因為對顧客理應巴結，說說好話。

「你帶著神祕的誘惑力哦，」她這麼告訴一頂面紗後藏有亮片的帽子。對一頂乳白色、寬邊、帽沿下縫有玫瑰的帽子，她說的是：「你會嫁給有錢人！」至於那頂嫩綠色，飾有一根捲曲綠色羽毛的草帽，她說的是：「你像春天的嫩葉般年輕！」她告訴粉紅色的無邊軟帽，它有酒渦的風情與可愛；飾有絲絨帶子、樣子時髦的帽子則機敏風趣；對那頂打磨菇色皺褶的女帽，她說的是：「你的心善良無比，一個位高權重的人將會看出這一點而愛上你。」之所以這麼說，是因為那頂帽子看來實在是其貌不揚，很難取悅於人。

那頂帽子第二天被珍法麗兒買去了。蘇菲由小房裡偷偷探頭看了一下，她的頭髮確實梳得有些奇怪，好像是繞著一排鉗子梳出來的，會選上那頂帽子實在有些可憐，但是那陣子好像每個人都跑來買帽子。也許是芬妮促銷成功，也或許是因為春天到了。總之，帽店的生意肯定是好轉了。芬妮開始有點愧疚地說：「當初或許不該急著將瑪莎和樂蒂送走。因為照這個情形看來，我們應該還應付得過去。」

隨著五月節的接近，四月裡顧客真是多到接不完。連蘇菲都必須穿上一件嚴肅的灰色洋裝跟著在店裡幫忙。但生意實在太好了！因此，在接待客人的空檔間，她還得忙著裝飾帽子。每晚，她都得將帽子帶回位於帽店隔壁的住家，就著燈光工作到深夜，以便第二天有帽子可賣，像鎮長夫人戴的那種嫩綠色草帽有許多人訂購，粉紅色的無邊軟帽也是。然後，在五月節的前一星期，有人進來訂購一頂珍法麗兒和卡特拉克男爵私奔時戴的那種打有磨菇色褶子的帽子。

當晚，蘇菲縫著帽子時，首度對自己承認，她的生活實在是枯燥無趣。因此，在完成每頂帽子後，她不再跟它們說話。反而，將它們戴起來，看看自己鏡裡的模樣。這真是一個錯誤！首先，那件灰衣服本就不適合她穿。尤其她的眼睛因為工作太久變得紅通通的，再加上一頭紅髮，不管是戴綠色草帽或粉紅色帽子都跟她不搭調。而那頂打有磨菇色褶子的帽子戴起來更是可怕。「像老處女一樣！」蘇菲嘆道。她倒無意像珍法麗兒一樣跟男爵私奔，或想像自己會跟樂蒂一樣，吸引城裡一半的男士來求婚。但是她很想做些事情，一些比純粹修飾帽子有趣的事——雖然她還不確定是什麼樣的事。她想，第二天要找時間去看看樂蒂，跟她談一談。

但是她並沒有去成。原因不外乎她太忙沒時間，不然就是太累提不起勁，或者是嫌方形市場似乎蠻遠的；要不嘛，就是她突然想到豪爾巫師挺危險的。總之，隨著日子一天天過去，與妹妹見面一事變得越來越困難。這樣的情景實在詭異。蘇菲一向認為自己幾乎跟樂蒂一樣有主見，現在卻發現自己一再找藉口搪塞拖延。「這太荒謬了！」她說：「方形市場離這裡不過兩條街，我用跑的話……」她跟自己發誓，五月節那天，店關門後她一定要去希賽利糕餅店一趟。

這期間，店裡又有了新的八卦新聞，聽說國王和他的親弟弟賈斯丁王子吵架，王子被放逐了，沒人知道爭吵的真正原因，但是幾個月前，王子曾變裝經過馬克奇平鎮，當時沒人認出他來。卡特拉克男爵就是奉國王的命令出來找他時，遇到珍法麗兒的。蘇菲聽著，心裡隱隱覺得悲傷。世上不乏有趣的事，偏都降臨在別人身上。不過，去看看樂蒂應該是不錯的。

五月節終於到了。一早，街上就充滿了歡樂氣息。芬妮很早就出門去了，但蘇菲得先將一些帽子做好，她邊做邊唱歌，橫豎樂蒂那天也是得工作的。希賽利糕餅店假日都開到午夜十二點。「我要買一塊他們的奶油蛋糕來吃，」蘇菲下了決定：「我好久沒吃奶油蛋糕了。」她看著窗外熙攘的人群，每個人都穿著明亮鮮豔的服裝，還有賣紀念品的、踩高蹺的，心情不由得跟著興奮起來。

但是當她終於披上一件灰色披肩，走到街上時，她不僅不感到興奮，反而覺得整個人快被淹沒似的。太多人在身邊跑來跑去笑著、叫著，實在是太吵雜、太擁擠了！蘇菲覺得過去幾個月的靜坐縫紉，已經將她變成一個老女人或半殘廢了。她將披肩緊緊圍住，沿著路旁的房子走，以免被人們的好鞋子踩到，或被穿著長長飄逸絲袖的手肘撞到。當頭上突然傳來一陣巨響時，她差點嚇暈過去。她抬頭一望，看到豪爾巫師的城堡就停在小鎮上方的山坡上，離得那麼近，給人它就坐在煙囪上的錯覺。四個角樓全往外冒著藍煙，隨著煙噴射而出的是藍色的火球，火球在高空中爆炸開來，亂恐怖的。五月節大概冒犯到豪爾巫師了？又或許他想以自己的方式來加入慶典？但是蘇菲實在太害怕了，沒心情多想。若非她已經走到半路，她早逃回家去了。她開始奔跑。

「我怎會想要把日子過得有趣些呢？」她邊跑邊想：「真那樣的話，我會非常害怕。這都是因為我是長女的緣故。」

當她抵達方形市場時，情形只有更糟。因為大部分的酒館都開在這兒，街上滿是帶著酒氣與醉意的年輕男子，穿著長長的斗篷、飄逸的長袖，踩著工作時絕對不會穿著帶環扣長統靴，東倒西歪地走來走去，嘴裡大聲地喧嚷，和女孩們搭訕。女孩們則兩人一組慢慢走著，等男子前來搭訕。在五月節裡，這是再自然不過的事了，但是蘇菲連這個都感到害怕。當一位穿著非常出色的藍銀色相間戲服的年輕男子看到她，決定過來搭訕時，她退到一間店鋪的門口，想躲藏起來。

那年輕男子驚訝地看著她。「小灰鼠，沒關係的！」邊說邊笑著，笑聲中帶著憐憫：「我不過想請妳喝一杯，妳無需這樣害怕。」

那憐憫的眼神令蘇菲非常羞愧。這人還長得好帥氣——臉型瘦削、線條分明，看來很有教養，頗有些年紀了……應該有二十好幾了吧？一頭金髮顯然經過刻意的梳理。他的長袖拖曳得比方形市場上任何人都長，不僅有貝形的裝飾邊，還鑲了銀線。「噢，不用了，謝謝。如果你不介意的話，」她的舌頭開始打結：「我……我正要去找我妹妹。」

「那我就不耽擱妳了，」這個獻殷勤的年輕男子笑著說：「我怎好妨礙這樣美麗的姑娘與她的姊妹見面？妳看來十分害怕，要不要我陪妳去？」

他這番話純粹出於好意，卻也令蘇菲更加羞愧。「不、不用了。謝謝你，先生。」她喘著氣，由他身邊逃開，他身上撒了香水，那風信子的香味在她奔跑時一路跟著她。「真是會獻殷勤的一個人！」蘇菲邊擠過希賽利糕餅店外小餐桌間的人群邊想著。

每張餐桌都坐滿了人。裡頭跟外頭一樣吵鬧。櫃枱處有一排女服務生，蘇菲很快就看到樂蒂，因為一群顯然出身農家的年輕男子手肘正靠在櫃枱上，大聲地跟她說話。樂蒂看來更漂亮了！可似乎稍微瘦了點。她正盡快地裝蛋糕，將蛋糕放到袋子裡，袋口熟練地扭轉一下，然後回過頭來微笑著說上一句話。櫃枱處笑聲不斷，蘇菲費盡力氣才擠過去。

樂蒂看到她時很明顯地嚇了一跳。然後她張大眼笑了開來，大叫道：「蘇菲！」

「我能跟妳說話嗎？」蘇菲喊回去：「找個什麼地方？」邊喊著，旁邊一隻大大的、穿著入時的手肘卻將她推離了櫃枱，令她頗有無能為力的感覺。

「等一會兒！」樂蒂喊回來。她轉身跟旁邊的女孩悄聲說話。那女孩點點頭，笑了笑，站到樂蒂的位子上。

「換我來為各位服務。」她跟眾人宣布後問道：「下一個是誰？」

「可是樂蒂，我想跟妳說話呀！」其中一位農村青年喊道。

「跟凱莉說吧，」樂蒂回道：「我想跟我姊姊說話。」大家好像並不介意，他們將蘇菲擁到櫃枱的邊端，樂蒂開著櫃枱的邊門等著。男士們叮嚀說，別將樂蒂霸著一整天不放。蘇菲擠過那道邊門後，樂蒂抓著她的手腕，將她拖到店鋪後頭一間四周全是木架，架子上擺滿了各式蛋糕的房間。樂蒂拉過兩張凳子：「坐吧。」她看著最近的木架，臉上有種心不在焉的神情，伸手拿過一塊蛋糕遞給蘇菲。「妳可能需要這個。」她說。

蘇菲坐在凳子上，吸著蛋糕濃郁的香味，覺得泫然欲泣。「樂蒂，」她說：「我好高興看到妳！」

「是的。我也很高興妳現在是坐著，」樂蒂說：「因為，我並不是樂蒂，我是瑪莎。」

第2章

初遇荒地女巫

「什麼？」蘇菲直勾勾盯著這個坐在她對面凳子上的女孩，她看起來跟樂蒂一模一樣。穿著樂蒂次好的藍色洋裝，那是最最適合她的美麗藍色。她也擁有樂蒂的黑髮和藍眼。

「我是瑪莎。」她妹妹說：「妳不是逮到我割破樂蒂的絲綢襯褲嗎？我可是不曾跟樂蒂提過這件事喔。妳有跟她說嗎？」

「沒有，」蘇菲驚訝得目瞪口呆。但是現在她看得出來眼前的人確實是瑪莎了。臉孔雖是樂蒂的臉孔，但是頭微側一邊的姿態卻完全是瑪莎式的。還有瑪莎那抱著膝蓋，兩個大拇指互繞的招牌動作。「為什麼？」

「我一直擔心妳會跑來看我，」瑪莎說：「因為那一來我就必須跟妳說實話。但是現在我反而覺得如釋重負。答應我，妳決不告訴任何人。我知道妳一旦答應了就不會說出去，妳一直都那麼誠實。」

「我答應妳。」蘇菲說：「但是，為什麼？妳又是怎麼辦到的？」

「樂蒂跟我一道計畫的。」瑪莎邊說邊繞著兩個大拇指：「因為樂蒂想學巫術，而我不想學。樂蒂腦子好，她希望以後從事的是需要用腦的工作，但是跟媽媽說這些是沒用的。媽媽一直都很嫉妒樂蒂，根本不願承認她有那個頭腦。」

蘇菲無法相信芬妮會是那個樣子，但是她不去辯駁，只是接著問：「那妳呢？」

「吃蛋糕啊，」瑪莎勸道：「蠻好吃的。噢，是啦，我其實也不笨。我在菲菲克絲太太那兒才待兩個星期，就找到我們現在用的這個咒語。我半夜悄悄起床，偷讀她的書，那書其實蠻容易讀的。然後我問她我能不能回家看看家人？她是個好人，以為我想家。於是我帶著咒語來到這兒，樂蒂則喬裝成我，回到菲菲克絲太太那兒去。第一個星期最困難，因為我很多該知道的事都不知道，情況實在糟透了！但是我發現人們很喜歡我，他們是真心喜歡！妳知道嗎？如果妳真心喜歡別人，他們也會如此待妳，而事情就會變得圓滿。至於樂蒂，菲菲克絲太太並未將她掃地出門，所以我想她應該是混得不錯。」

蘇菲雖吃著蛋糕，但是食而無味。「妳們為何會想要這麼做？」

瑪莎在凳子上搖晃著，酷似樂蒂的臉笑得非常燦爛，兩隻粉紅色的大拇指快樂地飛繞著。「因為我想結婚，想要生十個小孩。」

「妳還不到結婚年齡啊！」蘇菲叫道。

「是還沒到，」瑪莎倒是同意：「但是妳也可以想見，若要生上十個小孩的話，是越早開始越好。這個方法讓我有時間觀察我想要的人是否因為我的本質而喜歡我，因為咒語會慢慢地消失，我會越來越像回我自己。」

蘇菲實在是太吃驚了！雖然蛋糕都吃下肚了，卻壓根兒沒注意到那到底是什麼口味的蛋糕。「為什麼是十個小孩？」

「因為我想要那麼多嘛！」瑪莎回答道。

「我從不知道！」

「妳一向跟媽媽同一陣線，認為我註定要成大器什麼的，跟妳談也是白談。」瑪莎說：「妳把媽媽的話當一回事，深信不疑。我本來也是的。但是爸爸去世後，我發現她根本只想要擺脫我們——讓樂蒂到可以遇到很多男人，可以趕快嫁掉的地方工作。至於我，則送得越遠越好。我實在氣炸了！我跟樂蒂談，她也是氣的不得了。所以囉，我們就想出這麼一個計謀。我們現在蠻好的。但是我們都很為妳不平。妳既聰明又善良，不應該一輩子被那間店綁著。但是我們雖然討論了，卻想不出該怎麼做。」

「我沒事的，」蘇菲抗議道。「只不過日子過得有點無聊。」

「沒事？」瑪莎大叫：「沒事的話會好幾個月都不上我這裡來？好不容易出現了，卻穿著可怕的灰衣服和灰披肩，好像連我都會讓妳嚇一跳似的。媽媽到底對妳幹了什麼好事？」

「沒有啊，」蘇菲不安地回答：「反正我們最近就是很忙。妳不應該這樣說芬妮的，她可是妳親生的母親呢！」

「對！就是因為像她，所以我才那麼了解她！」瑪莎回嘴道：「這也是為什麼她試圖將我送得遠遠的原因。媽媽深諳無需對人殘酷即能剝削別人之道。她知道妳非常盡責，也知道妳一直深信當老大註定要有失敗的人生。她就是利用這兩點把妳吃得死死的，讓妳為她做牛做馬。我敢打賭她根本沒付妳薪水。」

「我還只是個學徒。」蘇菲抗議道。

「我也是啊！但我可是有薪水可領的。希賽利知道他們沒白付我錢。」瑪莎說：「多虧了妳，那間帽店現在可是賺翻了。讓市長夫人戴起來年輕的嚇人，像女學生般的那頂綠色帽子是妳做的吧？」

「嫩綠色的，是我裝飾的沒錯。」蘇菲答道。

「還有珍法麗兒遇到貴族時戴的那頂無邊帽，」瑪莎滔滔不絕地往下說：「妳是製帽子和衣服的天才！媽媽可清楚的很。妳去年五月節幫樂蒂做了那件衣服後，命運就被決定了。現在是妳拚了命在賺錢，她卻盡在外頭閒逛。」

「她去外頭進貨啦！」蘇菲說。

「進貨！」瑪莎大叫。拇指又飛快地輪轉起來：「那根本要不了半個早晨的時間。蘇菲，我見過她，也聽人說過。她乘著雇來的馬車，穿著靠妳賺來的錢買來的新衣，到山谷區拜訪所有的豪宅。人家說她要買那間位於谷端的大房子，要住得氣氣派派的。妳呢？妳會在哪兒？」

「呃，芬妮畢竟曾努力將我們扶養長大，理當享受一下。」蘇菲說：「我想……我大概會繼承店鋪吧。」

「那樣的命運！」瑪莎大叫：「妳聽我說……」

但是，就在這時，房間另一頭兩個空的糕餅架被拉開，一個學徒探首進來說：「樂蒂，我就猜那是妳的聲音。」邊說邊展露出一個在極端友善中又帶著調情味兒的微笑。「跟她們說，新貨剛剛出爐了。」說完，這顆捲髮上沾著些麵粉的頭又消失了。蘇菲覺得這個男孩很不錯，她想問瑪莎那是不是她的意中人？但卻沒機會問出口。瑪莎匆忙地一躍而起，嘴裡仍不停說著：

「我得叫女孩們去把東西搬到店裡。妳幫我搬那一頭。」她將最近的一個架子拉出來，蘇菲努力幫她將架子推過房門，到忙碌吵雜的前店裡去。「蘇菲，妳必須為自己打算。」瑪莎邊喘氣邊叮嚀：「樂蒂一直說，沒有我們在旁給妳打氣的話，不知妳會變成什麼樣子。她的擔心的確不是沒道理。」

店裡，希賽利太太粗壯的雙臂接過她們推來的架子，高聲喊著指令，一票人旋即衝過瑪莎身旁去推更多的架子。蘇菲高聲喊再見後，就由這團喧嘩中開溜。她不想占用瑪莎太多時間。此外，她需要獨自一人思考，她一路跑回家。有人開始在放煙火，就在河邊的廣場，原先舉辦市集的地方。煙火與豪爾巫師城堡射出來的藍色火燄在天空中爭輝，但蘇菲的心情卻是前所未有的低落。

接下來那個星期，她大部分的時間都在思索，但是儘管想了又想，卻是越想越困惑、不滿。事情怎麼跟她原來想的都不一樣？樂蒂和瑪莎真是令人吃驚！這麼多年來，她都未能真正了解她們，她更不能相信芬妮會是瑪莎說的那種人。

她有許多時間可以思考，因為貝希結婚去了，大多時間只剩她一個人在店裡。芬妮確實經常外出，不管是閒逛或什麼的。五月節後生意也淡下來了。三天後，蘇菲鼓起勇氣問芬妮：「妳是不是該付我一些薪水？」

「親愛的，那是當然囉，妳做了那麼多事！」芬妮邊對著店裡的鏡子調整一頂鑲有玫瑰的帽子，一邊親切地回答：「等我今晚算過帳後再來決定。」說完她就出門去了。一直到蘇菲關了店，把那天沒做完的帽子都拿回家繼續做，她才回來。

起先當瑪莎那樣說芬妮時，她覺得光是聽都不太應該。但是，當那一晚，甚至接下來整個星期芬妮提都不提薪水的事時，蘇菲開始覺得瑪莎說的沒錯。

「也許我真是被剝削了。」她正以紅色緞帶和一大串蠟製櫻桃在裝飾一頂帽子。她跟帽子說：「但是事情總得有人來做，不是嗎？不然就沒帽子可賣了。」她弄好那頂帽子後，開始弄另一頂漆黑、間雜著白色的帽子，很流行的樣式。突然，一個不曾有過的念頭閃進心頭。「真沒帽子可賣的話又怎麼樣呢？」她問帽子。她環目四顧，看那些已裝飾好掛在架上的，以及堆積在一塊等著被裝飾的帽子們。「你們有什麼好的？」她問它們：「你們根本不曾給我帶來半點好處！」

就在她差點要離家出走去闖蕩天下時，她突然想起自己是家裡的老大，再怎麼掙扎都是徒勞無功，就洩了氣，拿起帽子邊縫邊嘆氣。

第二天早上，她獨自一人在店裡時，心裡仍充滿著不滿的情緒。有位其貌不揚的年輕女子突然衝進店來，手裡轉著一頂打有磨菇色褶子的女帽。「妳給我好好看看！」她尖叫著：「妳跟我說這跟珍法麗兒和男爵見面時戴的帽子一樣。妳騙我！它並未帶給我任何好運！」

「我一點都不覺得驚訝！」蘇菲一句話衝口而出：「如果妳會愚蠢到拿那頂帽子來配妳那張臉的話，就是國王來到妳跟前求婚，妳都會認不出他的。不過我想他光看到妳，就會先嚇得變成石頭了！」

那顧客一時目瞪口呆。接著她將帽子用力擲向蘇菲，衝出店外。蘇菲邊喘著氣邊將帽子小心仔細地塞到垃圾桶裡。生意人的鐵律是：脾氣失控，顧客失蹤。她剛剛證明了這條鐵律正確無誤。令她不安的是，她發現這樣做居然令她痛快無比！

但是她還沒來得及讓心情平復下來，店門口就傳來一陣車輪及馬蹄聲，馬車的車身擋住了窗前的陽光。店門口懸掛的鈴鐺叮噹作響，一位她這輩子不曾見過的、華麗無比的客人趾高氣揚地走進店裡。黑貂皮披肩由手肘垂墜下來，深黑色的衣服上綴滿鑽石，一閃一閃的。蘇菲的視線先飄向她的寬邊帽——那是真正的駝鳥毛，經過染色，與衣服上閃爍著粉紅色、綠色及藍色的鑽石相輝映，但看起來偏偏還是黑色！這頂帽子可是價值不菲哪！這位女士的臉修飾得很美麗。栗子色的頭髮讓她看來較為年輕，但是呢……蘇菲注意到跟著這位女士走進來的年輕男子，這人臉的輪廓不甚明顯，一頭紅髮，穿著入時，但臉色蒼白且透著不悅。他直勾勾地看著蘇菲，眼中帶著懇求與恐懼。他顯然比這位女士年輕許多。蘇菲覺得十分困惑。

「海特小姐嗎？」這女人悅耳的聲音中透著權威。

「是的，」蘇菲答道。那位男士的臉看起來更加不快樂了。也許這女人是他媽媽？蘇菲想著。

「我聽說妳在賣最能令人幸福的帽子。」那女人說：「讓我看看。」

蘇菲不太確定以她現在的心情會說出什麼樣的話來，就直接進去拿帽子出來給她看。這些都不是她那種身分的人會買的，但是蘇菲可以感覺到那男人的眼光一直跟著她，這令她非常不舒服。等這個女人發現這些帽子都不合她意之後，這對奇怪的男女就會馬上離開了。她依照芬妮教過她的推銷方法，先拿最不適合的給她。

這女人馬上開始批評。「酒渦！」她對粉紅色的無邊帽說。「青春呢！」她看著嫩綠色的帽子說。至於有亮片及面紗的那頂，她說的是：「神祕的迷人風采。這麼明顯的事！還有沒有別的？」

蘇菲拿出那頂漆黑、間雜有白色的帽子。這是唯一有一點點可能會讓她看上眼的。

但是那女人眼中透著輕蔑：「這頂不會帶給任何人任何東西！海特小姐，我看妳是在浪費我的時間！」

「是妳自己跑進來要看帽子的！」蘇菲頂她：「夫人，我們不過是小鎮上的一家小店，妳幹嘛——」那女人身後的男士倒吸了一口氣，似乎想警告她些什麼。「——自己眼巴巴地跑來！」蘇菲把句子說完，心裡想著：接下來呢？

「當有人想跟荒地女巫競爭時我就會跑來！」那女人說：「海特小姐，我聽人談起妳。我不喜歡妳跟我競爭，我也不喜歡妳的態度。我是來阻止妳的。來！」她伸出一隻手，對蘇菲的臉做了一個拋擲的動作。

「妳是說，妳是荒地的女巫？」蘇菲顫聲問道，聲音因害怕與驚訝而變得很奇怪。

「沒錯，」那女人回道：「這是給妳的教訓，看妳還敢不敢撈過界，侵犯到我的領域。」

「我沒有啊！妳一定是搞錯了。」蘇菲啞著聲音抗議。那個男子緊瞪著她的眼神中露出非常恐怖的神情，蘇菲不明白他為何會這樣。

「錯不了的，海特小姐。」女巫說：「格斯頓，咱們走。」她轉身往店門走去。格斯頓很恭謹地為她開門，她突然轉過身跟蘇菲說：「還有，妳將無法告訴別人妳受了詛咒。」說完就走了，門上的鈴鐺在她走後仍響個不停，彷若葬禮上的喪鐘。

蘇菲想知道那男人到底看到了什麼？她伸出雙手往臉上摸去，摸到的是柔軟像皮革似的皺紋。她低頭看手，手也同樣布滿皺紋，而且瘦瘦的，手背上滿是隆起的青筋，指關節也變得很粗大。她把灰裙子提高，看自己的腳。足踝和腳都又瘦又老，這讓鞋子看來像長了疙瘩似的，它們看起來像九十歲老太太的腳，偏又那麼真實！

蘇菲往鏡子走去，卻發現自己腳步蹣跚。但是，鏡中的臉倒是顯得很沉著，因為她告訴自己一定要鎮定。那是一張被白髮包圍，瘦削的老婦的臉，臉色憔悴而枯黃。眼睛則黃黃的、水汪汪的瞪著她瞧，看來十分可憐。

「別擔心，老傢伙，」蘇菲對鏡中的臉說：「妳看來挺健康的。何況，這不是更接近真實的妳嗎？」

她很鎮定地思索自己的處境，所有一切似乎都變得平靜而遙遠，她甚至不怎麼生荒地女巫的氣。

「當然啦，有機會的話我還是要報復的，」她跟自己這麼說。「但是就目前而言，如果樂蒂和瑪莎可以忍受變成對方來生活，我當然也可以忍受自己變成這個樣子。不過，我不能待在這裡，芬妮會嚇壞的。讓我想想，這件灰色洋裝還挺適合的。不過，我還需要我的披肩跟一些食物。」

她蹣跚地走到店門口，小心地放上「本店關門」的牌子。當她移動時，全身關節都嘎嘎作響。她必須彎著腰，慢慢行走。但是她發現自己其實還蠻強健的，因此安心不少。她並不覺得衰弱或有病痛，只是覺得渾身僵硬。她蹣跚地走過去拿起披肩，學著老婦人一般，將頭和肩膀都包了起來，然後慢慢走回家裡，將只放有幾個銅板的錢包和麵包、乳酪等一起打包。她走出房門，將鑰匙藏在平日的藏匿地點，就沿著街道蹣跚地走下去，連她自己都驚訝心情竟能如此平靜！

她考慮過是否要跟瑪莎道別，但她想到瑪莎若認不出她，她心裡大概會不舒服，所以，就這麼離開應該是最好的，她決定等確定自己的居留處後再給兩位妹妹寫信。她就這麼走著，通過舉辦市集的草地，越過橋，往鄉村道路走去。那是一個溫暖的春天。蘇菲發現，即使變成老太婆，還是可以欣賞景色，並享受灌木樹籬裡飄來的春日芳香。雖然，景色看來可能稍稍模糊了些。走著走著，她的背開始發痛。她雖然可以走得不錯，但還是需要一根拐杖。她在灌木叢裡搜尋，希望能找到像是鬆脫的棍狀物之類的東西。

她的眼力顯然大不如前。走了約莫一哩路後，她以為自己看到了一根木棍。但是當她彎身去拉的時候，卻發現那其實是一個被扔到樹叢裡的，舊稻草人的剩餘部分。蘇菲將它立起來，它的臉是一個枯萎的蘿蔔。蘇菲覺得它彎可憐的，所以，不僅沒將它拆開來，取它的身體為拐杖，反而將它立在樹籬的兩根枝幹之間，讓它隱隱約約瀟洒地站在山楂花之間，兩隻破舊的袖子則在樹籬的上方隨風飛揚。

「好了！」她跟稻草人說，但隨即被自己沙啞蒼老的聲音嚇了一跳，發出一串蒼老的笑聲。「朋友，我們兩個好像都不怎麼成材啊！像這樣讓別人能看見你，也許你還有機會回到田裡去。」說完她就上路了。但是走沒幾步，她突然想到什麼，停下腳步，轉身對稻草人說：「要不是因為我身為家裡的老大而註定要有個失敗人生的話，你就可以活過來，幫忙我賺大錢了。總之，祝你好運呀。」

她邊走邊咯咯笑。或許她有些不正常吧？但老女人不常都是這個樣子的嗎？

約一小時後，她在河岸邊坐下來休息吃麵包和乳酪時，找到了一根拐杖。她先是聽到身後的樹籬裡有狗吠聲，聲音很奇怪：先是彷彿要窒息般的細聲尖叫，接著是劇烈到足以搖落山楂花花瓣的喘息聲。蘇菲在地上匍匐前行，試著在落葉、花朵與荊棘的間隙間，尋找來自樹籬深處聲音的來源。最後終於給她看到一隻瘦瘦的灰狗，很無助地陷在那裡。牠脖子上綁著繩子，但是不知為什麼，有一根強韌的枯枝居然和這繩子捲在一起。枯枝的兩端各卡在旁邊的樹幹上，這隻狗因此動彈不得。看到蘇菲的臉時，牠只能拚命地轉動牠的眼睛。

從小蘇菲就怕狗，各種各類的狗。即使變成了老婦人，看到那傢伙張開的嘴裡兩排白森森的狗牙，還是令她非常緊張，但她一再告訴自己：「人都變成這副模樣了，還有什麼好擔憂的！」便伸手到縫紉盒裡摸出剪刀，探手到樹籬裡，開始去鋸那隻狗脖子上的繩子。

那隻狗很狂野，忙著避開她不說，還咆哮著，但蘇菲勇敢地繼續鋸下去。「除非你讓我將這繩子鋸開，」她以沙啞蒼老的聲音跟狗說：「不然哪，你不是會餓死就是會窒息而死。依我看來，是有人存心要讓你窒息而死。是因為這樣你才對我這麼兇嗎？」繩子繫得很緊，枯枝更是惡毒地緊緊纏繞住繩子，蘇菲花了好大的工夫才將繩子鋸斷，讓狗可以由枯枝掙脫出來。

「你要吃點麵包跟乳酪嗎？」蘇菲問牠，但那狗卻對著她咆哮，由樹籬另一邊擠出去，一溜煙跑了。「你可真懂得感激呀！」蘇菲嘆口氣，揉揉自己酸痛的手臂。「不過你無意間倒是給我留下了一份禮物啊。」她將那支卡住狗的枯枝由樹籬裡拉出來，發現拿來當拐杖正好。杖身經過修飾，頂端還鑲了鐵。她吃過麵包和乳酪之後，再度上路。路越來越陡峭。她發現這根拐杖還挺有用的。它還可以是談話的對象哩！蘇菲邊用力地執杖而行，邊跟她的拐杖說話。反正，老年人常會自言自語。

「到目前為止我遭逢了兩樁事件，」她說：「兩個對象都沒半句感謝的話。不過，你可真是根好拐杖！不是我愛發牢騷，事不過三嘛，一定會有第三次的，神不神奇且不去管他，反正，一定要再來一次，這點我很堅持。不過，不知道會是什麼樣的事喔。」

第三樁遭遇發生在近傍晚的時候，當時蘇菲已走到山崗上相當高的地方了，一個鄉下人吹著口哨朝她走下來。這是個牧羊人，蘇菲想著，把羊安頓好後要下山回家了。這年輕人看來不過四十上下，經濟似乎頗寬裕。「天哪！」蘇菲自言自語道：「如果我是今天早上看到他的話，我一定覺得他很老。人的看法怎會變這麼快！」

那牧羊人看到蘇菲在自言自語時，馬上很小心地移到小路的另一邊行走，同時非常熱情地打招呼：「大媽，晚安啊。您上哪兒去呀？」

「大媽？」蘇菲斥道：「年輕人，我可不是你媽媽！」

「不過是一種措詞嘛。」牧羊人邊說邊貼著另一邊的樹籬行走：「看到您日頭都快下山了還往山上走，客氣地問候您一下罷了。您不會想在天黑前趕到上福爾丁去吧？」

蘇菲壓根兒沒想過這個問題。她停在路上思考。「真的無所謂，」她回道，其實有一半是說給自己聽的。「既然要外出賺錢，就不能太挑剔。」

「是嘛，大媽，」牧羊人現在已通過蘇菲往下走了，他很明顯地鬆了一口氣。「那麼，祝您好運。希望您用以賺錢的方式不包括對人們的牲畜下咒。」說完他就大踏步，幾乎是用跑的快快下山去了。

蘇菲沒好氣地瞪著他的背影。「他以為我是女巫呢！」她跟拐杖抱怨。她很想對著那牧羊人的背後喊些壞話，故意嚇嚇他，不過那樣似乎太壞心腸了些。她繼續往上走，同時自顧自的說著話。不久，樹籬消失了，出現在眼前的是光禿的堤岸，再往前是石南叢生的高地，而再過去，走上一大段陡峭的山路後是一片草地，覆蓋著黃色的草，被風吹得沙沙作響。蘇菲繃著臉繼續前進。她瘦骨嶙峋的腳痛著，背和膝蓋也都吃不消。她累得無法再自言自語，只是繼續走著，喘著氣。直到太陽快沉到地平線下了，她才突然發現，她連再走一步的力氣也沒有了。

她癱在路邊的石頭上，想著接下來該怎麼辦。她喘著氣說：「我唯一能想到的財富，是一張舒服的椅子！」

那塊石頭恰好位在突起的高地上，蘇菲因此可以清楚俯瞰她來時的路徑，大部分的山谷盡收眼底。她可以俯瞰那映照在夕陽餘暉下的山谷、田野、牆垣與樹籬、蜿蜒的河流，還有富裕人家的豪宅由樹叢間鮮明地突顯出來，還可以一路遠眺到遠處的藍色山脈。在她的正底下是馬克奇平鎮。蘇菲可以清楚看到它著名的街道，還有方形市場和希賽利糕餅店。她甚至可以瞄準位於帽店旁，家裡的那根煙囪，扔顆石頭下去。

「怎麼還這麼近！」她不悅地跟拐杖抱怨：「走了那麼多路，結果不過走到自家的屋頂而已。」

太陽下山後，石頭開始變冷。還有一股令人不舒服的冷風，不論蘇菲轉到哪個方向都躲不開它。現在，「在外頭露天過夜」看來不再是毫不重要的問題了，她的思緒越來越被一把舒適的椅子、火爐旁、黑暗、野獸等事占據，但是她若要回馬克奇平鎮的話，起碼要走到半夜才能走到。所以，最好還是往前走吧！她嘆口氣，站起來，全身都嘎嘎作響，實在糟透了！她全身都在痛。

「我以前從不知道老年人必須忍受些什麼。」她一邊吃力地往上走一邊喘氣：「不過，我想野狼不會吃我的。對牠們而言，我是太乾太硬了！這點還蠻令人安慰的。」

夜降臨得很快，石南叢生的高地成為藍灰色，風更銳利了。蘇菲的喘息聲和四肢骨頭嘎嘎響的聲音，聽在她自己耳朵裡只覺得震天價響。因此，過了好一會兒她才注意到，她所聽到的喘氣與嘎嘎聲，有一部分其實是出自別處。她視線模糊地往上看。

豪爾巫師的城堡正越過荒地，顛簸地對著她隆隆飛來。黑煙從後頭黑色的城垛往上噴出，成朵朵黑雲。整座城堡看來又高又瘦，很重很醜陋，而且帶著邪氣。蘇菲倚著拐杖看著，她並不怎麼覺得害怕，只是奇怪它是怎麼移動的。更重要的是，她腦袋裡想著：有煙就有火，這麼多的煙就表示，那高高的黑色城牆之後藏有熊熊的烈火。

「咦，那有什麼不可以？」她跟拐杖說：「豪爾巫師應該不會想要收集我的靈魂的！他只要年輕女孩的呀。」

她舉起拐杖，對著城堡急切地揮舞。

尖叫道：「停下來！」

城堡依言，在離她五十呎處的高地轟隆隆地停下來了。蘇菲對著它蹣跚走去，心中滿是喜悅。

第 3 章

黑色的城堡

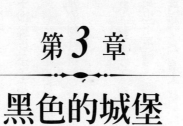

面對著蘇菲的黑牆有一扇大大的黑門，蘇菲朝著這扇門走去，腳步蹣跚而輕快。城堡近看更醜，不成比例的高，樣子也很不規則。在益見深沉的暮色中，可以看出它是由巨大的、類似木炭、形狀大小各異的黑色塊狀物建成。這些建材似乎會呼吸，蘇菲走得越近越能感受到它們似乎會呼出冷氣，但她一點也不覺得害怕，她只一心一意想著椅子及溫暖的爐旁。她對著門熱切的伸出手。

然而她的手卻接近不了那扇門！門外一呎處似乎有另一扇無形的門將她的手擋住。蘇菲的手不耐地試探著，但是毫無用處。接著，她改用拐杖去戳。這扇無形的門似乎覆蓋住整扇裡門，上至蘇菲的拐杖所能抵達的高度，下至底下門縫裡露出來的石南花，都在它的防護範圍之內。

「開門！」蘇菲對著它大叫。

但是門一點也不甩她。

「好吧，」她說：「看來我只好走後門了。」她拐著腳往城堡左邊的角落走去，不只因為那兒離她最近，也因為那樣走的是下坡路。但是她卻繞不過去。她才走到和那角落黑色基石平行的地方，就又被無形的牆給擋住了。那一剎那，蘇菲忍不住罵了一句她由瑪莎那兒學來的，不管老婦或年輕女子都不該知道的話。然後拄著拐杖，逆時鐘而行，往城堡的右角走去。那兒居然沒有阻礙！她成功地轉過那個角落，急急對著城堡另一邊，她看到的第二扇大黑門走去。

但是那扇門外頭同樣設了屏障。

蘇菲對它怒目而視：「這未免太不友善了！」

黑煙大量地由城垛往下冒，嗆得蘇菲直咳嗽。這下子她真是氣到了。她又老、又瘦弱，不僅寒冷，還全身酸痛。夜已降臨，這城堡卻只管坐在那兒對著她吹煙。「我非得跟那個豪爾好好談一談！」她邊咕噥著邊氣呼呼地往下一個邊角走去。咦！這兒也沒有障礙？顯然，只要逆時鐘走就對了。然後她看到了，在那片城牆上，稍稍靠著側邊的，是第三扇門。這一扇門不僅小了許多，也較為寒酸。

「總算給我找到後門了！」蘇菲說。

但是蘇菲才走近那扇黑門，整座城堡突然又開始動了起來。地也跟著震動。城牆搖晃著，發出吱吱的聲音，門也開始由她跟前橫向移開。

「不准走！」蘇菲大叫。她追著門跑，拿拐杖用力敲，同時大叫：「開門！」

門突然向內打開，但是城堡仍然橫向著轉開。蘇菲使勁拐著腳追趕，好不容易才一腳踩上門檻。城堡加速要離開這個崎嶇不平的山坡地，門四周的黑塊晃動著，發出嘎扎嘎扎的聲音。蘇菲跟著又跳又爬，又爬又跳。她覺得奇怪的倒不是那城堡看來傾向一邊，而是它居然不會當場解體。

「這樣對待建築物未免太遜了吧！」好不容易爬到門裡，蘇菲邊喘邊抱怨。她將拐杖扔在一邊，兩手緊抓住開著的門，以免被彈震出去。

當她氣息終於稍能平順時，她才注意到自己身前站著一個人。那人也抓著門。他比蘇菲高一個頭，但蘇菲看得出他還是個少年，不過比瑪莎大些。看來他似乎想將門關起來，將蘇菲推離他身後溫暖、有燈光、屋樑低低的房間，讓她再度回到外頭的黑夜裡去。

「少年仔，想趕我出去？有膽你就給我試看看！」她嘶聲地說。

「我沒有啊！可是妳不能一直讓門開著。」他抗議道。「妳要什麼？」

蘇菲環目審視她所能見到的他身後的房間。有一些可能是巫術專用的物件——長串的洋蔥、成束的草藥以及長長的根莖，由屋樑上垂掛下來。另有一些則絕對是巫師用的東西：包著皮革的書、形狀怪異的瓶瓶罐罐，還有一個老舊褐色、咧笑的骷髏頭。在男孩身體另一邊的，則是一個燃著小火的壁爐。由外頭那些煙的份量看來，這個火未免太小了。不過，這顯然只是城堡後面的一個小房間而已。最重要的是，對蘇菲而言，這火正燒到最完美的階段——散發出明亮的玫瑰色，木頭上還有小小的藍色火舌舞動著。而在壁爐旁邊，就在那最溫暖的位置上，擺著一張襯有椅墊的低腳椅子。

蘇菲將那男孩一把推開，撲向椅子。「天哪，太幸福了！」她喊著，舒舒服服地坐了上去。實在超幸福！火的溫暖緩和了她身上的疼痛，椅子則讓她的背得到支撐。這時要是有人膽敢將她趕出去，他們非得訴諸最極端、最最厲害的魔法才能辦到。

男孩把門關起來，然後將蘇菲的拐杖撿起來，很客氣地將它靠在椅子旁邊。蘇菲突然注意到，她一點也感覺不出城堡正在飛越山坡，她也聽不到任何聲響或感覺到任何震動。亂詭異的！「你跟豪爾巫師說，」她吩咐那男孩：「這城堡再這樣飛下去，鐵定會四分五裂。」

「這城堡被下過咒，不會裂開的。」男孩說：「而且，豪爾巫師現在不在家。」

對蘇菲而言，這可是好消息。「他什麼時候回來？」她問得有點緊張。

「看情形恐怕要到明天早上了。」男孩回答。「妳找他什麼事？我可以幫得上忙嗎？我是他的學徒麥可。」

再沒有比這更棒的消息了！「恐怕只有豪爾巫師可以幫得上我的忙。」蘇菲的回答來得又快又堅決，這樣的回答其實並不假。「你不介意的話，我就在這兒等他。」但麥可顯然很介意，他很無助地在她身邊徘徊。為了讓他明白她絕不會被一個小小的學徒趕出門去，她閉目假寐，喃喃地吩咐道：「告訴他我叫蘇菲，」說完又加上一句：「老蘇菲。」這樣聽起來比較安全些。

「妳搞不好得等上一整夜。」麥可說。但這正是蘇菲想要的，因此她假裝沒聽到。事實上，她幾乎快睡著了，開始在打盹。她實在是走得太累了！過了一會兒，麥可只好放棄，回去工作枱就著燈光繼續做他未完成的工作。

蘇菲朦朦朧朧地想著：這一整夜終於有棲身之處了。雖然似乎用了點不太光明的手段，但是既然豪爾是個邪惡的壞蛋，騙騙他也沒什麼不對。何況，她打算在豪爾回來之前就早早開溜的。

她微睜著雙眼偷偷打量這個學徒，真是令人驚奇、善良有禮的好孩子！她這樣粗魯地強闖進來，他卻毫不抱怨。也許豪爾使了手段將他變成卑屈的奴才？但他看來一點也不卑下。他個兒高高的，黑皮膚，臉長得非常開朗，穿著也十分整潔。事實上，若非蘇菲親眼看到，他正由一個扭曲的瓶子裡倒一種綠色液體到另一個裝有黑粉的彎曲玻璃瓶裡的話，她絕對會當他是富農的兒子。真是奇怪的感覺！

不過，只要是和豪爾巫師沾上邊的事物，多少都會透著古怪吧？蘇菲想著。而這個廚房，或者工作間，是多麼舒適而平靜啊！她就這樣沉沉地睡去，並且打起呼來。工作枱突然閃現的火光，悶悶的撞擊聲，以及麥可硬生生吞下去、罵了一半的詛咒聲，都未能將她吵醒。當麥可吸吮著燙傷的手指，將魔咒收起來，打開櫥櫃拿麵包和乳酪當宵夜時，她也沒有醒來。當麥可撞倒她的拐杖，發出「鏘」一聲輕響；以及橫過她的身體為壁爐添加薪材時，她還是照睡無誤。麥可看著她張開的嘴巴，跟爐火說：「她的牙齒全都好好的，應該不會是荒地女巫吧？」

「如果她是的話，我就不會放她進來了。」爐火回嘴道。

麥可聳聳肩，很有禮貌地將蘇菲的拐杖撿起來。他以同樣客氣的態度為壁爐添上一根薪材，然後就到上頭某處就寢。

半夜時分，蘇菲被鼾聲吵醒。她猛地跳起來，當她發現發出鼾聲的原來是自己時，實在很生氣。她覺得自己好像才打盹、小睡了幾秒鐘光景，麥可就不見了，還把燈也拿走。無疑的，那是巫師學徒第一星期內就要學會的工作。他還把壁爐的火弄得很小，爐火發出令人討厭的嘶嘶聲及霹啪聲。一陣冷風對著蘇菲的背吹來，提醒蘇菲自己是在巫師的城堡裡，而且，就在她身後不遠處的工作枱上，有顆骷髏頭可以清楚證明這一點。

她顫抖著，轉動她僵硬的老脖子，但是後頭只有一片黑暗。「再亮點不好嗎？」她自言自語，沙啞的聲音甚是微弱，與壁爐裡的燃火聲響相去無幾。蘇菲很驚訝，她還以為聲音會透過城堡的拱頂造成回聲呢！她身旁就有一籃木頭，她伸手取過一根薪材，加到火上，引起一陣綠的藍的火花直飛上煙囪。她又加了一根，然後靠回椅子上，間或緊張地回望一下背後，看看那被飛舞的紫藍色爐火映照著的、光滑的褐色骷髏頭。這房間很小，只有蘇菲與這骷髏頭為伴。

「它兩腳都到墳墓裡去了，我才進了一半。」她安慰自己，然後轉過來面對爐火，火現在燒成藍色和綠色的火燄。「一定是木頭裡有鹽。」她咕噥著，找了一個更舒服的姿勢躺好，把關節突兀的腳放在壁爐擋板上，頭則頂著椅墊的一角，由那個角度她可以看著火燄的顏色。看著看著，她開始無意識地想著明天早上該做些什麼，但是，她的注意力不知不覺間被引開——她好像看到火燄裡有個臉孔。「好像是張瘦瘦的藍臉，」她喃喃地說道：「很瘦很長，有隻瘦瘦的藍鼻子；上頭那些捲捲的、飛舞著的綠色火燄，絕對是你的頭髮。如果豪爾回來後我還是不離開呢？巫師不是應該會解除咒語嗎？啊——靠近底下的那些紫色火燄是你的嘴巴吧！我說朋友，你的牙齒還真是恐怖！那兩團綠火是眉毛吧……」說也奇怪，火裡就那麼兩撮橘色的火燄，卻正好位在綠色的眉毛下面，彷彿兩隻眼睛似的，中間還各有小小的紫色光點，蘇菲可以想像那就是它的瞳孔，正對著她瞧。「話又說回來，」蘇菲繼續自語：「若咒語解除了，搞不好我還來不及逃跑，心就會被吃掉。」

「妳不想心被吃掉嗎？」火問她。

沒錯！真的是火在說話耶！聽到聲音之際，蘇菲同時看到它紫色的嘴在動。它的聲音幾乎和她的一樣沙啞，並且充斥著燃木那種霹霹啪啪及哭訴呻吟的聲音。「當然不想！」蘇菲答道。「你是什麼玩意兒？」

「火魔。」紫色的嘴巴回道，聲音中的哭調多過霹啪聲。「我被契約綁死在這個壁爐裡，哪兒也去不成。」說完聲音又轉趨輕快，發出霹啪聲：「妳呢？妳又是什麼東東？我看得出來妳被人下了咒語。」

蘇菲整個人一下清醒過來，叫道：「你看得出來？你能解除它嗎？」

火靜靜地晃動、燃燒著，搖晃的藍色臉頰上橘色的眼睛對著蘇菲上下打量。「這是一個很強的咒語。」它終於開口說話。「感覺像是荒地女巫下的咒。」

「沒錯。」蘇菲說。

「但是好像還不只這樣，」火魔嘎聲說：「我察覺到這是個雙重咒。我想，除非對方已經知情，否則妳也沒辦法告訴他們。」它又盯著蘇菲瞧了好一陣子才說：「我得研究看看。」

「得研究多久？」蘇菲問。

「恐怕得花上一段時間，」火魔回答。接著聲音轉柔，帶點勸說的味道，連火燄也變得柔柔的：「跟我來個交易如何？若妳能幫我掙脫這個契約，我就幫妳解除咒語。」

蘇菲心懷戒慎地看著火魔瘦削的藍臉。它提這個建議時，臉上明顯露出狡詐的神情。所有她讀過的書都說，跟魔類交易是最最危險的事。而眼前這位，無疑的，看起來最是邪惡，尤其那口紫色的長牙！「你確定你說的都是實話？」她問道。

「不全然是實話。」它承認。「但是如果我判斷得沒錯的話，難道妳想讓壽命平白縮短六十年？」

這實在太可怕了！到目前為止，蘇菲一直都試著不去想這件事。但被它這麼一說，也不得不想辦法採取行動。「你說的那個契約，是跟豪爾巫師訂的嗎？」

「當然了，」它的聲音又開始帶著嗚咽：「我被囿限在這個壁爐裡，活動範圍不超過一呎。我被迫做這裡大部分的魔法工作，我得管好城堡，不僅負責讓它移動，還得製造特殊效果將人們嚇跑，還有許多許多其他的事啦。豪爾這傢伙實在是亂沒良心的！」

豪爾沒良心，這點不用它說，蘇菲也早就知道了。但話又說回來，這火魔搞不好也好不到哪裡去。「你在這契約中難道就沒撈到半點好處？」她問道。

「沒半點好處的話就不會簽約了。」火魔回道，火燄悲傷地搖晃著。「可是當初如果我知道事情會變成這樣，就不會簽了！我真是被剝削得厲害。」

雖然蘇菲提醒自己要謹慎小心，卻還是忍不住對它深表同情。想到自己——關在家裡做帽子做得要死，芬妮卻整天在外頭玩耍。「好吧！契約的內容是什麼？我怎樣才能破除它？」

火魔的藍臉展開一個熱切的紫色咧笑。「妳同意跟我交易？」

「如果你同意幫我解開我身上的魔咒的話。」蘇菲說。但不知怎的，心頭卻覺得沉甸甸地，感覺彷彿是把性命交託了出去。

「一言為定！」火魔大叫，長臉高興地躍上煙囪。「妳解除我的契約的同時，我就幫妳解開妳的咒語。」

「那麼，告訴我如何解除你的契約？」蘇菲問它。

橘色眼睛對著她一閃一閃，然後轉了開去。「我不能說。契約的一部分規定，我跟豪爾巫師兩人都不准說出契約的主要內容。」

蘇菲發現她被設計了，她恨恨地告訴火魔：「這樣的話，你就在這壁爐裡坐著等死吧！」

火魔發現她是認真的，霹啪地叫道：「別急嘛！如果妳仔細觀察並傾聽的話，應該找得出來的。拜託啦！這個契約長期下來對我們兩人都毫無好處。我真的會守信用的！我會被卡死在這個地方就足以證明我是守信用的啊！」

它的聲音非常誠懇，火燄急得在木頭上跳來跳去，蘇菲再度覺得它真的很讓人同情。

「但是如果我必須藉由觀察和傾聽來找出答案的話，我就必須待在豪爾的城堡裡了。」蘇菲跟它抗議。

「大不了一個月啦！而且，我也必須研究那下在妳身上的咒語。」火魔懇求道。

「那我也得有藉口留下來呀！」蘇菲說。

「藉口想了就有啦。豪爾那傢伙在很多事上面是很無能的。事實上，」它發出惡毒的嘶嘶聲：「他泰半時間都因為過分專注於自身的事務，連明擺在眼前的事都會視而不見。只要妳同意留下來，我們可以一起騙他。」

「好吧，」蘇菲說：「我就留下來吧。現在，還得趕快想藉口。」

火魔思索的時候，她舒舒服服地坐回椅子上。火魔很認真在想，發出霹霹啪啪明滅不定的喃喃聲，這讓蘇菲想起自己在前來這裡的途中和拐杖說話的情形。它想得那樣努力而且快樂，火苗高高竄起，熊熊吼著。蘇菲又開始打盹。她隱約記得火魔提了一些建議。她記得自己曾搖頭否決假裝成豪爾失聯甚久的姨婆，還有其他一兩樁更誇張的建議，再下來她就沒啥印象了。最後，火魔安靜下來，唱起一首閃著小火苗的柔和小曲。用的是蘇菲不曾聽過的一種語言，至少她一開始是這麼認為的，直到她清楚聽到「燉鍋」被多次提及——這真是一條令人昏昏欲睡的歌呀。蘇菲沉沉睡去，心中隱隱有一絲疑惑：自己是否被下了咒或者受到蠱惑？但她並不特別擔心。反正，再不多久她就能由咒語中解放出來了……

第 *4* 章

謎樣的巫師

蘇菲醒來時，陽光正流灑在她身上。就她記憶所及，這座城堡是完全沒有窗戶的，因此她最先想到的，是她裝飾帽子時睡著了，做了一個離家出走的夢。眼前的火勢已減弱成紅炭及白色的灰燼。這讓她便加確信那火魔只是夢中的產物，但是她才一動，就發現有些事情並非出於夢境，她全身的骨頭都霹啪作響。

「噢！」她大叫：「我渾身都在痛！」但發出的聲音卻是微弱、沙啞而尖銳的。她伸出乾枯的手撫摸自己的臉頰，發現全是皺紋。這時她才了解到，昨天她一直處於震驚狀態。荒地女巫這樣對待她，實在是讓她氣炸了！非常、非常、極度不得了地生氣！「跑進人家店裡，把人變老！」她憤怒地說：「看我以後怎麼整她！」

她的憤怒令她一躍而起，全身骨頭隨之一陣霹哩啪啦亂響。她蹣跚地走到這個出乎她意外的窗戶前，窗子在工作枱上方，令她吃驚的是，外頭是一片港口城鎮的景觀。她看到一條傾斜未鋪就的路，兩旁蓋著簡陋的小小房子，屋後可見到船桅高高突出。在船桅之後，可以瞥見海水微微的閃光，這是她從未見過的景象！

「我到底是在哪裡？」她問工作枱上的骷髏頭。隨即想到這是巫師的城堡，便迅速補上一句：「我並不期待你會回答。」然後轉身觀察這個房間。

這房間其實很小，屋頂有沉重的黑色樑木。就著日光可以看出這房間非常髒。地上的石磚沾滿污漬而且十分油膩；擋板後的壁爐堆滿灰燼，蛛網由樑上垂掛下來，灰濛濛的；骷髏頭上面是一層灰塵。蘇菲心不在焉地將它擦掉，同時探身看看工作枱旁邊的洗手槽。這一看，她不由得毛骨悚然。洗手槽裡滿是粉紅色及灰色的黏液，上面的水龍頭則滴著白色黏液。豪爾顯然不在乎他僕人的居住環境有多髒。

城堡其他的部分，應該就在這個房間四周那四扇低低的黑門後面吧？蘇菲打開最近的一扇門，也就是工作枱過去那面牆上的門。門後是一間很大的浴室，就某方面而言，那是通常在王宮裡才看得到的浴室——充滿各種奢侈品，譬如抽水馬桶、淋浴間、一個底下飾有爪架的大浴缸和滿牆的鏡面，但是，它比剛才那個房間還髒。那馬桶讓蘇菲看了直眨眼，浴缸的顏色令她退縮，淋浴間裡的綠色長雜草令她駐足不前。不過，要避免看到鏡子裡自己衰老起皺的影像就容易多了，因為鏡子上沾滿了斑斑點點及條狀的不知名物體，這些不知名物體堆擠在浴缸上頭一個大架子上，分裝在瓶子、盒子、管子以及數百個破破爛爛的棕色小包和紙袋裡。最大的瓶子上以歪曲的字體寫著「乾燥粉」，蘇菲不太確定那名稱到底標的對是不對，她隨意拿起一個小包，上頭潦草地寫著「皮膚」，蘇菲趕緊把它放回去。另一個瓶子以同樣潦草的字跡寫著「眼睛」，還有一條管子說是「腐爛」用的。

「這個似乎有用。」蘇菲喃喃地說，看到洗臉盆時忍不住打了一個哆嗦。她轉開那個原來可能是銅製，現在卻呈現藍綠色的水龍頭，水流出來，將洗臉盆裡一些髒東西沖走。她不敢碰到洗臉盆，就這樣洗手跟洗臉。洗完後，她也不敢試用那個乾燥粉，就用裙子擦乾水分，然後走到第二扇黑門。

那扇門後頭是一截搖擺的木梯。蘇菲聽到上頭有人走動，趕緊把門關上。那截樓梯好像也只是通往一個閣樓之類的。她蹣跚地走到下一扇門。現在她的行動已經蠻靈活了，就像她昨天所發現的那樣，她是一個精力充沛的老婦人。

第三扇門通向一個窄小的後院，這後院有高高的磚牆，院子裡堆有一大堆木頭，還亂七八糟堆放著廢鐵、輪子、桶子、金屬板、鐵絲等等，幾乎堆得與牆同高。蘇菲將門關上，心中十分困惑。因為，這和城堡的尺寸完全不合。磚牆之上，完全看不到城堡，只有天空。她只能猜測，這個部分是在城堡的邊角，也就是昨晚無形的牆將她擋住的地方。

她打開第四扇門，但是那後頭只是一個放掃帚等清潔用具的儲物櫃，掃帚上還掛著兩件沾滿灰塵的上等絲絨斗篷。蘇菲慢慢將門關上。房裡唯一剩下的門就在有窗子的那面牆上，也就是昨夜她走進來的門。她蹣跚地走過去，小心翼翼打開門。

門外是緩緩移動的山丘，石南在門下滑過，蘇菲可以感覺到風吹動她的頭髮，也可以聽到城堡移動時大塊黑石磚滾滾磨動的聲音。她就這樣站了好一會兒，然後將門關上，回到窗前。窗前出現的又是海港的景色。那不是圖畫。一個女人在自家門口將灰塵掃到街上。那間房子後頭，一片灰色的布帆正被輕快地拉上桅桿，驚起一群海鷗繞圈圈地飛呀飛的，背後是發光的海洋。

「我不明白，」蘇菲跟骷髏頭說。然後，因為火看起來快要熄了，她過去加了幾根木頭，順便把一些煤灰耙掉。綠燄由木頭間隙爬出來，先是小小的、捲捲的，然後竄高成一張長長的、滿頭綠髮的藍臉。「早安，」火魔說：「別忘了我們的約定。」

那麼，這一切都是真的，不是做夢囉？蘇菲一向不是愛哭的人，但是也忍不住坐了下來，有好半响只是呆瞪著眼前那影像模糊飄忽的火魔，連麥可起床的聲響都沒注意到。直到他一臉尷尬兼帶點不悅地站在她旁邊，才回過神來。

「妳怎麼還在這裡？」麥可問：「有什麼不對嗎？」

蘇菲吸吸鼻子，開口說：「我老了。」

但就像女巫說出口，以及火魔一眼就猜出來一樣，她變老似乎是很自然的事。麥可愉快地說：「人總是會變老的嘛。妳要吃點早餐嗎？」

蘇菲發現自己真是一個身強力壯的老婦人。自從昨天中午以麵包和乳酪做為午餐後，她就未曾進食，現在真是餓壞了。「是的。」她說。麥可打開牆上的櫥櫃，她馬上跳了起來，從他肩膀上偷窺，要看看櫃子裡有什麼吃的。

「恐怕我們只有麵包跟乳酪而已。」麥可生硬地說。

「可是那兒還有整籃的雞蛋。還有，那不是燻肉嗎？配上點熱飲如何？你的水壺在那裡？」

「沒有水壺，」麥可說：「只有豪爾能煮東西。」

「我會煮的。」蘇菲說：「把那個煎鍋拿下來，我煮給你看。」

儘管麥可試著阻擋她，她還是把掛在櫃子裡那個大大的黑鍋子拿了下來。「妳不了解，」麥可說：「是卡西法，火魔，它只肯為豪爾低下頭來，讓他在它頭上煮東西。」

蘇菲轉頭看那火魔。它邪惡地回閃著光說：「我拒絕被剝削勞力。」

「你是說，」蘇菲問麥可：「除非豪爾在家，否則你連杯熱飲都喝不到嗎？」麥可尷尬地點點頭。「那你才是被剝削的人！」她說。「給我！」便一把從麥可緊抓著的手中搶過鍋子，把燻肉丟進去，扔一隻木匙到蛋籃裡，就提著這一堆東西來到壁爐前。「好了，卡西法，」她說：「別再無理取鬧了，把頭低下來。」

「妳不能強迫我。」火魔叫著。

「哦？要不要試試看？」蘇菲吼回去，那份兇猛常能令她兩個打架中的妹妹停下來。「你不肯的話，我就拿水來淋你。不然，我就拿炭夾來，把你的木頭都拿走。」然後，當她骨頭嘰嘰嘎嘎作響地跪到爐前時，還悄聲加上一句：「或者我不再遵守跟你談好的交易，或者我直接跟豪爾談？你覺得怎樣？」

「噢，該死的！」卡西法咒罵道：「麥可，你幹嘛讓她進來？」說完，悻悻然地彎下他的藍臉，直到它變成木頭上一圈捲曲的綠色火燄。

「謝謝。」蘇菲說著，將那個很重的煎鍋啪地放到火上去，以免卡西法突然又站起來。

「我希望妳的燻肉燒焦！」卡西法的聲音在鍋下悶悶地說。

蘇菲把一片片的燻肉丟到鍋裡。鍋子馬上熱了，燻肉開始滋滋作響，蘇菲必須用裙子包住手才能握住鍋柄。門開了，但是因為燻肉的滋滋聲，她並未聽到。「別傻了，」她跟卡西法說：「不要動，我現在要打蛋到鍋裡。」

「噢，嗨，豪爾。」麥可無助地說。

蘇菲聞言飛快地轉過身來，隨即愣住了。

剛進門，正將吉他靠到牆角，穿著一身華麗藍銀色套裝的高個兒青年，停下動作，將金髮由一雙非常好奇、如綠玻璃珠的眼前撥開，回瞪過來，瘦削的長臉面露困惑。

「妳到底是誰？」豪爾問道：「我在哪兒見過妳？」

「我完全是個陌生人。」蘇菲斬釘截鐵地撒謊。畢竟，豪爾與她見面的時間短得只夠叫她一聲「小灰鼠」，所以這話差不多算是真的。她想，她真該謝謝她的守護星辰，讓她當時幸運地逃過一劫。但腦子裡想的卻是——我的天！豪爾巫師不過是個二十多歲的孩子！年老真是讓事情很不一樣，她邊將鍋裡的燻肉翻邊，一邊想著。她是寧死也不想讓這個穿著過度考究的男孩知道，她就是他在五月節時可憐的那個女孩。這和心哪、靈魂哪等事無關。她只是不要讓他知道。

「她說她叫蘇菲，」麥可說：「昨晚來的。」

「她是如何讓卡西法彎身的？」豪爾問。

「她恐嚇我！」卡西法在滋滋作響的鍋子下可憐兮兮地說，聲音悶悶的。

「能這樣辦到的人還真不多。」豪爾深思著說。他把吉他靠到牆角，走到壁爐邊，將蘇菲推開，他身上風信子的香味與燻肉的香味混在一起。「卡西法不喜歡別人，它只喜歡我在它上面煮東西。」邊說邊跪下來，將一邊的垂袖包在手上，好握著鍋柄。「請再給我兩片燻肉和六顆蛋，然後告訴我妳為什麼會來這裡？」

蘇菲盯著他耳上垂下來的藍色耳環，將蛋一顆顆遞給他。「年輕人，你問我為什麼會來？」在她見過這個城堡後，理由變得很明顯。「我來，當然是因為我是你新的清潔女工啊！」

「真的？」豪爾說，一邊單手打蛋，把殼扔到木頭裡，讓卡西法齜牙咧嘴地吞食掉。「誰說的？」

「我說的。」蘇菲回答，還虔誠地加上一句：「年輕人，雖然我無法淨除你身上的邪惡，卻能將這個地方清乾淨。」

「豪爾並不邪惡。」麥可說。

「我是的，」豪爾跟他唱反調。「你忘了我此時此刻就有多邪惡，麥可。」他下巴對著蘇菲揚一揚：「好女人，如果妳那麼想幫忙的話，把刀叉找出來，工作枱清一清。」

工作枱下有幾把高凳子。麥可正把它們拉出來，同時把工作枱上的東西都推到一旁，以便放置他從旁邊一個抽屜取出的刀叉。蘇菲過去幫忙。她當然不期望豪爾會歡迎她，但是截至目前為止，他甚至都還沒同意讓她吃過早餐後可以留下來。因為麥可顯然不需要她幫忙，她慢吞吞地走到拐杖邊，再慢慢地，故意做得很明顯地，把它放到儲物櫃裡。當此舉似乎還是未能引起豪爾的注意時，她說：「如果你願意的話，可以先試用一個月。」

豪爾巫師什麼也沒說，只是叫道：「麥可，拜託，盤子。」然後拿著冒煙的煎鍋站起來。卡西法高興地吼叫一聲，跳起來，高高燃上煙囪。

蘇菲再試一次，想要豪爾做出承諾。「如果我接下來這個月要幫你清掃的話，我得知道城堡其他的部分在哪裡。我只能找到這個房間和浴室。」

令她吃驚的是，麥可和豪爾聽了都大笑起來。

一直到快吃完早餐時，蘇菲才發現他們為何會笑。豪爾不僅不肯對事情做出決定，似乎也討厭回答任何問題。蘇菲只好放棄問他，只問麥可。

「告訴她吧，」豪爾說：「免得她一直煩。」

「城堡再沒其他地方了，」麥可說：「除了妳見到的部分和樓上兩間臥房之外。」

「什麼？」蘇菲大叫。

豪爾跟麥可再度大笑。「豪爾跟卡西法創造了這座城堡，」麥可解釋道：「卡西法負責讓它運轉。它的內部其實只是豪爾在避難港的老房子，那是這個城堡裡唯一真實的部分。」

「可是避難港離這裡好幾哩遠，而且臨海耶！」蘇菲說：「真真豈有此理！你們把這個又大又醜的城堡搬來這裡，快速地繞著山飛來飛去，把馬克奇平的每個人嚇得半死，到底什麼意思？」

豪爾聳聳肩：「妳這個老女人說話真直得可以啊！我的修行正到達一個我需要讓每個人感受到我的力量和邪惡的階段，我不能讓國王把我想得太好。還有，去年我得罪了某個非常有力的人士，我必須躲開他們。」

這種躲避的方式好像很奇怪，但是蘇菲推測豪爾自有不同於常人的標準。不久她又發現，這城堡有其他特別之處。他們剛吃完早餐，麥可正將盤子堆放到工作枱旁的水槽，此時卻聽到響亮、空洞的敲門聲。

卡西法高高燃起，說：「金斯別利門。」

豪爾原本要去浴室的，聞言改走到門邊。那門的上面有個方形把手，鑲在橫木裡，四邊各以油漆點了一點。當時朝下的部分有一個綠點，但是豪爾卻將門把轉到紅色斑點朝下才開門。

外頭站著一位戴著白色假髮，假髮上又戴一頂寬帽子的高貴人士。他身上穿著大紅、紫色與金色的衣服，手持一根上面綁有絲帶的小小權杖，看來像一根小的五月柱。他彎腰敬禮，丁香和橘子花的香味隨即飄入室內。

「國王陛下問候您，並遣我送來兩千雙七里格靴的款項。」這人說。

在他身後，蘇菲可以瞥見一輛馬車在街上等著。街道兩旁滿是華麗的房子，房子外頭滿是上色的雕刻，再過去還有高塔、尖塔及圓頂。那種富麗堂皇的景色，是她從來不敢想像的。門口那人把一個叮噹作響的絲質長錢包交給豪爾，豪爾接過手後鞠躬、後退、關門，時間短到讓她覺得遺憾。豪爾把那方形門把又轉回綠色朝下，那個長長的錢包就放入他的口袋。蘇菲見到麥可眼神急切憂慮地跟著那個錢包。

然後豪爾就直接到浴室去了，在裡頭大叫道：「卡西法，我需要熱水。」他在浴室裡待了很久、很久。

蘇菲忍不住好奇，問麥可說：「門口那人是誰？還有，那是什麼地方？」

「那扇門開向金斯別利，」麥可解釋道：「那是國王居住的地方。剛剛那人我想應該是大臣的手下。還有，」他轉向卡西法：「我真希望他沒把那些錢全給了豪爾。」

「豪爾會讓我留下嗎？」蘇菲問。

「如果他肯的話，他也不會說的，」麥可回道：「他討厭對任何事做承諾。」

第 5 章

清潔大作戰

蘇菲決定，她唯一能做的就是表現給豪爾看，讓他見識一下她是個多麼出色、難能可貴的清潔工！她把稀疏的白髮用一塊舊破布綁起來，捲起袖子露出兩條瘦巴巴的老手臂，然後由儲物櫃裡找來一條舊桌巾，圍在身上當圍裙。她拿起一個水桶和掃帚，開始工作。

「妳在幹嘛？」麥可和卡西法異口同聲以一種嚇壞了的語氣問道。

「打掃啊，」蘇菲堅定地回答。「這地方實在髒得不能見人。」

卡西法說：「並不需要。」麥可則喃喃地說：「豪爾會把妳踢出去的。」但是蘇菲不理他們，灰塵如雲霧般湧起。

就在這時，又有一陣敲門聲響起。卡西法燃旺火燄叫道：「避難港的門。」說完打了好大一個嘶嘶作響的噴嚏，紫色的火星透過灰塵的雲霧四散出來。

麥可離開工作枱走到門邊。蘇菲透過她造成的灰塵偷看，這次麥可將門把轉到藍色向下。然後打開門，外面就是她在窗子裡看到的街景。

一個小女孩站在那裡。「費雪先生，拜託，」她說：「我替我媽媽來拿那個咒語。」

「妳爸爸的船要用的安全咒是吧？」麥可說：「馬上好。」他回到工作枱，由架上取下一個瓶子，將裡頭的粉倒在一張方形紙上。他忙著弄咒語時，小女孩好奇地往屋裡瞧，看著蘇菲，蘇菲也好奇地看著她。麥可將包著粉的紙扭了幾下，走回來，跟小女孩交待道：「跟媽媽說沿著船灑，可以保護船來回一趟的安全，就算遇上暴風雨也沒問題。」

女孩拿過紙包後，遞給麥可一個銅板。接著問道：「魔法師請了一個女巫來幫忙嗎？」

「沒有。」麥可說。

「妳是說我嗎？」蘇菲回叫道：「哦，是的，孩子。我是印格利國裡最棒、最乾淨的女巫。」

麥可把門關上，看來很生氣。「消息馬上就會傳遍避難港了，豪爾也許會不高興。」他將門柄轉到綠色朝下。

蘇菲毫無悔意，心裡暗暗偷笑。或許是手裡那把掃帚給她的靈感吧？不過，如果每個人都認為她是在為他工作的話，豪爾或許會讓她留下來。這感覺真奇怪！當她還年輕時，像現在這些行為，她光是想到都會尷尬到不行，但是成為老婦人後，她不再在意該說些什麼、做些什麼了，她發現這樣做人反而輕鬆許多。

當麥可在壁爐裡掀起一塊石頭，將小女孩的銅板藏在下面時，她也過去多管閒事。「你在幹嘛？」

麥可一臉慚愧的樣子。「卡西法跟我在試著存錢。因為不這麼做的話，豪爾會把賺到的每一分錢花掉。」

「欠考慮的揮霍無度者！」卡西法霹啪地說：「國王付他的錢他會用得比我燒一根木頭還快。真是毫無概念！」

蘇菲從水槽取水灑在空中，好讓灰塵降下。卡西法嚇得一路後退，靠到煙囪上。然後，她又重掃了一遍地。她對著門掃去，好仔細端詳一下那個方形門把。第四個方位，到目前為止還沒被使用過，那是一個黑色的斑點。這個又通向哪裡呢？邊想著，蘇菲開始輕快地清除樑木上的蛛網。麥可呻吟著，卡西法則又開始打噴嚏。

就在此時，豪爾帶著一陣冒著蒸氣的香水味走出浴室。他看來乾淨極了，連他衣服上的銀飾及刺繡似乎都跟著明亮起來。他才看一眼就倒退回浴室裡，一隻藍銀色的袖子舉高，護著頭叫道：「停停！女人！別動那些可憐的蜘蛛！」

「家裡有蛛網是恥辱！」蘇菲邊宣告邊將它們一把把地掃除掉。

「那就只清蛛網，不要動那些蜘蛛。」豪爾說。

搞不好他跟蜘蛛有什麼邪惡的關聯，蘇菲想著。嘴裡回說：「牠們只會製造更多的蛛網！」

「蛛網可以捕捉蒼蠅，有用的很。」豪爾說：「不要動掃帚，我要走過去。」

蘇菲倚著掃帚站立，看豪爾橫過房間、拿起吉他。當他的手碰到門把時，蘇菲問他：

「紅色通往金斯別利，藍色通往避難港，那黑色呢？通往哪裡？」

「妳這個女人實在有夠愛管閒事！」豪爾說：「那通往我私人的避難所，我是不會告訴妳的。」他打開門，門外是寬廣、移動著的荒野和山丘。

「豪爾，你什麼時候回來？」麥可帶點絕望地問道。

豪爾假裝沒聽到，跟蘇菲說：「我不在時，一隻蜘蛛都不准殺！」然後，門砰的一聲關上。麥可眼帶深意地看了卡西法一眼，嘆了口氣，卡西法則邪惡地咯咯笑起來。

因為沒人跟她解釋豪爾去了哪裡，所以蘇菲的結論是，他又出門去獵取年輕女孩了。她以更正義凜然的精力努力工作，在豪爾警告過她之後，她不敢傷害任何一隻蜘蛛，只能用掃帚敲著樑木，叫道：「蜘蛛出來，都給我走開！」蜘蛛四處逃生，蛛網紛紛掉落，然後，她當然得再掃一次地。接著，她跪下來擦地。

「我希望妳能停下來。」麥可坐在樓梯上，以免妨礙她工作。

卡西法躲在爐架後頭，喃喃地說：「但願我沒跟妳談那個交易。」

蘇菲用力擦拭。「等一切都乾乾淨淨的時候，你們就會開心了。」

「但是我現在覺得很悲慘！」麥可嘟囔著。

豪爾一直到很晚才回來，那時蘇菲已經又掃又擦到累得不能動了。她彎身坐在椅子上，全身酸痛。麥可扯住豪爾的一隻長袖，將他拉到浴室裡去，蘇菲可以聽到他急急切切抱怨個沒停，什麼「可怕的老母雞！」「一句話都聽不進去！」等等，連卡西法也跟著吼叫：「豪爾，阻止她！她會殺了我們兩個！」

但是，當麥可放開他的袖子時，豪爾只問了一句：「她有沒有殺死蜘蛛？」

「當然沒有！」蘇菲叱道，全身酸痛令她脾氣不佳。「牠們看到我就四處逃命了。這些蜘蛛是什麼？是被你吃掉心臟的女孩嗎？」

豪爾大笑：「不，只是普通的蜘蛛。」說完，他臉上便帶著夢幻般的神情上樓去了。

麥可嘆了口氣。進去儲物櫃裡一陣翻找，找出一張舊的折疊床，一張稻草做的床墊，及一些毯子，將它們放在樓梯底下騰出的空間，跟蘇菲說：「妳今晚最好睡這裡。」

「那是否表示豪爾會讓我留下來？」蘇菲問。

「我不知道。」麥可不高興地說：「豪爾從不對任何事做承諾。我在這裡待了六個月後，他好像才注意到我住在這裡似的，收我當他的學徒。當時，我只是覺得床總好過椅子罷了。」

「那真是非常謝謝你了。」蘇菲感激地說。床當然是比椅子舒服囉。而且，當卡西法半夜裡抱怨肚子餓時，她就方便起來給它添木頭了。

接下來的日子，蘇菲勤奮地清掃整個城堡。她做得很開心，她告訴自己是在找線索。她清洗窗子、清洗那黏答答的水槽，還要麥可把工作枱和架子上的東西都拿下來，好讓她可以好好刷洗一番。她把櫥櫃裡的東西全拿出來，樑上掛的全取下來，全部清潔一遍。她覺得連那個骷髏頭都跟麥可一樣，露出長期受苦受難的可憐相了，因為它老是被搬來搬去。然後，她在最靠近壁爐的樑上釘上一大張舊床單，強迫卡西法把頭低下，好讓她清煙囪。卡西法很討厭這麼做。因此，當煤灰飛得一屋子都是，而蘇菲必須將屋子重新清一遍時，它幸災樂禍、笑得非常邪門。蘇菲就是這樣，非常勤奮，但常常不得其法，不過勤奮其實也是她的方法之一。她估量過了，只要她打掃得夠徹底，遲早會找到那些被豪爾藏起來的女孩的靈魂或心臟，或者跟卡西法的契約有關的線索。被卡西法保護著的煙囪，依她的想法，應該是一個很好的藏匿處，但是那兒除了大量的煤灰外，什麼東西也沒有。她將煤灰裝在袋子裡，放到後院去。後院當然也是一個被她認定為很有可能的藏匿點。

每次豪爾回來，麥可跟卡西法都跟他大聲抱怨蘇菲，但是豪爾好像都沒聽進去。他似乎也完全沒注意到家裡變得多麼乾淨，櫥櫃裡儲滿了蛋糕、果醬，偶爾還有萵苣。

而事情就像麥可曾預測的那樣，話很快就在避難港傳開了。人們前來看蘇菲，避難港的人們稱她為女巫太太，金斯別利的人則稱她為女魔法師，不消說，連王城的人都聽說了。經由金斯別利門來拜訪她的人，衣著比避難港的人好。但是不管來自哪裡，人們在拜訪這樣重要的人物時總會找個藉口。因此，蘇菲工作到一半時，常常得要停下來跟人點頭、微笑、收禮物，或要麥可趕緊為人家弄一個什麼咒語。有些禮物是好東西，像是圖畫啦、長串的貝殼啦，還有實用的圍裙，蘇菲每天都使用圍裙。她把圖和貝殼掛在她樓梯下的小窩裡，很快地，那地方就很有家的感覺了。

蘇菲知道，當豪爾將她掃地出門時，她將會想念這一切。她越來越擔心他會這麼做，她知道他不可能一直這樣對她視而不見。

接下來，她清理浴室。那花了她好幾天工夫，因為每天豪爾要出去前，都會在裡面待上很久。一等他離開，蘇菲馬上進入那滿是蒸氣及香味咒的浴室，喃喃地說：「現在，讓我來找找跟契約有關的東西。」但是她的主要目標，其實是架子上那些小包、瓶子和管子。她藉口要刷架子，把它們一個個拿下來，花許多時間仔細研究觀察。標有「皮膚」「眼睛」和「頭髮」的，是否真的是女孩子的身體器官？但是就她觀察的結果，那些似乎不過是乳液、粉和化妝品。如果它們一度曾經是女孩身體的一部分，那一定是豪爾用那個「腐蝕用」管子裡的東西將她們腐蝕掉，再由抽水馬桶沖走，才會這樣乾乾淨淨不留痕跡。不過她真心希望它們只是化妝品而已。

她把東西放回架上，努力刷洗。當晚，當她全身酸痛地坐在椅上時，卡西法抱怨道，為了她，它已經抽乾了一股溫泉。

「溫泉在哪裡？」蘇菲問道，最近她對什麼都好奇。

「大多在避難港的沼澤底下。」卡西法說。「不過妳要是繼續這樣下去，我就必須由荒地取水了。妳什麼時候才會停止清掃工作，找出幫我打破契約的方法？」

「很快啦，」蘇菲說。「但是如果豪爾老是不在家，我如何能由他那裡挖出契約的內容？他總是這麼常外出嗎？」

「只有在他追求女人的時候才會。」卡西法說。

浴室乾淨得發亮後，蘇菲就去刷樓梯和樓上走道。接著她進入樓上靠前頭的麥可的小房間。這一陣子下來，麥可幾乎是懷著沮喪的心情，當蘇菲是自然災害般地勉強接受了。此時他卻大叫一聲，兩步併一步地衝上樓去救他的寶貝，那些寶貝放在他那被蟲蛀過的小床下面的一個舊盒子裡。他匆匆地保護著盒子離開時，蘇菲瞥見一條藍色的絲帶，一個糖做的玫瑰花，上頭則是些信函。

「原來麥可有女朋友！」蘇菲邊將窗子用力推開邊自言自語，這面窗子也是開向避難港，蘇菲將他的床鋪拖過窗台去透風。蘇菲有些驚訝，她居然沒追問麥可他女朋友是誰？他又是如何保護她不讓豪爾知道？因為蘇菲也知道自己近來變得很多管閒事。

她由麥可房間掃出來的灰塵和垃圾，多到當卡西法試著燒毀它們時，幾乎被悶死。

「我會被妳害死！妳跟豪爾一樣沒良心！」卡西法用快窒息的聲音說話，只有它的綠髮和一部分藍色的前額露在外面。

麥可將他的寶盒放在工作枱抽屜裡，然後上鎖。「我希望豪爾能聽聽我們的意見！這次這個女孩為什麼需要這麼久？」

次日，蘇菲想由後院開始，但是那天避難港下雨，雨打在窗戶上，也拍打著煙囪，卡西法不安地嘶嘶作響。後院也是避難港房子的一部分，因此當蘇菲開門時，那裡也下著傾盆大雨。她將圍裙圍在頭上，在院子裡略略翻找，在全身還沒被淋得濕透前，找到一桶白色塗料及一把大大的油漆刷。她把這些拿到戶內，開始漆牆，又在儲物櫃裡找到一個舊梯子，讓她得以油漆樑木之間的天花板。接下來兩天，雖然當豪爾將門把轉到綠色向下，走向山崗時，那裡天氣晴朗，有大片雲影在石南上迅速追逐，速度比城堡所能移動得還快，但是，避難港始終下著雨。蘇菲油漆了自己的小窩、樓梯、樓上走道，以及麥可的房間。

「這兒發生了什麼事？」第三天，豪爾進門時問道：「看來好像明亮多了。」

「是蘇菲。」麥可以一種快死的聲音說。

「我早該猜到了，」豪爾說著，消失到浴室裡去。

「他總算注意到了！」麥可跟卡西法耳語：「那女孩一定是投降了。」

第二天，避難港仍下著毛毛雨。蘇菲綁上頭巾，捲起袖子，並束緊圍裙。她拿著掃帚、水桶以及肥皂，一等豪爾出門，她就像個年老的復仇天使，出發去清理豪爾的房間。

她將那房間保留到最後，因為她害怕自己不知會發現什麼，她一直是連偷窺都不敢偷窺這個房間。那實在愚蠢！她蹣跚著走上樓梯時這麼想著。現在情形很清楚了：卡西法包辦了整個城堡強大的魔法部分，麥可則包辦所有下人的工作，豪爾卻只會在外頭遊蕩，抓女孩子，並且像芬妮剝削她一樣，剝削麥可和卡西法。蘇菲從不覺得豪爾有多可怕，現在則只是輕蔑。

她上到樓梯走道處時，發現豪爾正站在房門口，一手懶洋洋地倚在門上，完全擋住她的去路。

「不行，」他很和言悅色地說：「我要保持骯髒，謝謝。」

蘇菲目瞪口呆地望著他。「你從哪裡跑出來的？我明明看到你出門去了。」

「我故意讓妳這麼想的。」豪爾說：「妳已經把卡西法和可憐的麥可整得不能再慘了，合理的推斷是，妳今天會對我發動進攻。而且，不管卡西法是怎麼告訴妳的，我可是個巫師哦。難道妳不認為我會法術嗎？」

這完全破壞了蘇菲原先的假設，但她打死也不願承認。「年輕人，每個人都知道你是個巫師。」她嚴厲地說：「但這並不能改變一個事實——那就是，你的城堡是我所見過最髒的地方！」她越過豪爾垂墜、搖動的藍銀色長袖往房裡探看。地毯上像鳥巢一樣，滿是垃圾。她還瞥見到剝落的牆及一整架子的書，其中有些看來很怪異，但是沒有看到成堆被啃嚙過的心。不過，它們也可能是藏匿在那個大大的四柱床後面或下面。幃帳滿是灰塵而呈灰白色，擋住了她的視線，令她看不到窗外的景色。

豪爾將袖子擋在她臉前。「嘿！少多管閒事。」

「我才沒有！」蘇菲抗議道：「那個房間……」

「是的，妳是多管閒事。」豪爾說。「妳是一個超好管閒事、超霸道、超愛乾淨的恐怖老女人。請妳節制一點好不好？妳讓我們非常痛苦。」

「但這房子髒得像豬舍，」蘇菲抗議道：「叫我不管我會受不了啦！」

「妳可以的。」豪爾說：「我喜歡我的房間維持原狀。妳必須承認，如果我想住在豬舍裡，那也是我的權利。現在，下樓去，找些別的事情做。拜託，我討厭跟人爭吵。」

蘇菲無技可施，只好蹣跚地拖著水桶在她身邊發出噹啷聲走下樓去。她有些發抖，她很驚訝豪爾居然沒當場叫她滾蛋。但既然他沒有這麼做，她就開始思索再來要做些什麼。她打開樓梯旁的門，發現小雨幾乎全停了，於是衝到院子裡去，開始精力充沛地將猶滴著雨滴的成堆垃圾加以分類。

她聽到一聲金屬撞擊聲，豪爾又出現了，在蘇菲接著要搬動的一大片銹鐵片中間，他被絆了一下。

「這裡也不成。」他說：「妳真是恐怖分子耶！別碰這個院子！我知道每樣東西的位置，如果妳把它弄整潔了，我就會找不到我使用運輸咒時所需要的東西。」

所以這裡某處也許藏有一道靈魂或一盒嚼過的的心臟？蘇菲想著。她覺得非常挫敗，對豪爾吼道：「可是將東西弄整潔是我來這裡的目的！」

「那妳必須為妳的生活尋找新目標。」豪爾說。有那麼一會兒，他好像也要發脾氣了，他那奇怪的淺色眼睛直瞪著蘇菲。但是他控制住自己的脾氣，說：「現在，進屋裡去吧，妳這個過動的老傢伙，找別的事來玩，別惹我生氣。我討厭生氣。」

蘇菲兩隻瘦瘦的手臂在胸前交叉，她不喜歡被玻璃彈珠似的眼睛瞪著。「你當然討厭生氣！」她反唇相識：「你討厭任何令人不愉快的事，對不對？你是泥鰍大王。你就是這種人！任何事只要你不喜歡，你就腳底抹油溜走。」

豪爾勉強擠出一個微笑。「現在我們都了解彼此的缺點了。回屋裡去。去、去呀！」他對著蘇菲逼進，揮手要她往門的方向走。揮動的袖子勾到生銹金屬片的邊緣，扯了一下，破了。「該死！」豪爾拉起藍銀色的袖子，說：「看妳害的！」

「我可以把它補好。」蘇菲說。

豪爾再度白了她一眼。「妳又來了。妳很愛當奴役是不是？」他把破掉的地方夾在右手手指間，拉過去，手放開時，破損的地方已經完全看不出痕跡了。「看，」他說：「妳懂了嗎？」

蘇菲蹣跚地回到屋內，感覺像是上了一課。巫師顯然不需依平常方式做事。豪爾已證明給她看，他是一個貨真價實的巫師。「他為何不把我趕出去呢？」她一半問自己，一半問麥可。

「我也不明白。」麥可說。「不過，我想他是以卡西法為指標。大多數來這裡的人不是沒注意到卡西法，就是怕它怕得要死。」

第6章

遊戲規則

豪爾那天沒有外出，接下來幾天也沒有。蘇菲靜靜坐在爐旁的椅子，避開他，思考著。她現在想明白了，雖然豪爾是罪有應得，但她生氣的對象其實是女巫。這些天以來，她把對女巫的怒氣全發洩在城堡上，她對自己以欺騙的手法待在這裡，也覺得有些良心不安。豪爾或許認為卡西法喜歡她，但是蘇菲知道，卡西法不過是抓住機會跟她談一筆交易而已。蘇菲覺得自己辜負了卡西法的期待。

但是這樣的情緒並未維持很久。蘇菲發現一堆麥可需要修補的衣服，她由她的縫紉袋裡拿出針、剪刀和線，開始縫縫補補。到那天傍晚，她的情緒已經回復到可以加入卡西法那條關於燉鍋的歌了。

「工作得很開心？」豪爾語帶諷刺地問。

「我需要再多一點工作。」蘇菲說。

「如果妳非得有事忙，我的舊套裝需要修補。」豪爾說。

這似乎意味著豪爾不再生她的氣了，蘇菲終於放心，她那天早上幾乎被嚇到了。

豪爾顯然還沒抓到他鎖定的女孩，蘇菲聽到麥可問他一些很明顯的相關問題，但是豪爾總是很滑溜地避免回答。「真是個泥鰍大王！」蘇菲對一雙麥可的襪子喃喃地說：「不能面對自己的邪惡。」她看著豪爾心神不寧地忙著，試著掩飾他的不滿。這樣的情緒，蘇菲倒是頗能了解。

在工作枱那兒，豪爾做得比麥可努力，而且快速。以一種專業但又十分隨便的態度，將咒語組合在一起。由麥可的表情看來，大部分的咒語不僅不尋常，而且很難。但是豪爾常做到一半就跑掉，衝上樓，到房裡去找東西（當然一定是邪惡的東西），不一會兒，又衝到院子裡去把弄一個大的咒語。蘇菲將門打開一點縫隙偷瞧，很驚訝地看到這個外表優雅的巫師居然跪在泥地，長袖綁在脖子後頭以免妨礙工作。他小心地舉起一堆糾纏在一起的金屬，將它們變成某種東西的骨架。

那個咒語是為國王做的。一位打扮過度、身上灑滿香水的傳訊者，帶著國王的信和長長的說辭到來。他說豪爾必然有許多其他重要顧客的工作要做，但不知是否能撥出時間，將他能力強大、善於發明的腦力，稍稍用在國王所遭逢的一個小問題上？也就是說呢，國王陛下想知道，如何能讓沉重的貨車經過沼澤區和崎嶇不平的路面。豪爾的回答同樣非常彬彬有禮，又臭又長。他拒絕了，但是信差又講了半個鐘頭。最後，他和豪爾互相行禮，豪爾同意弄那個咒語。

「事情有點不太妙，」信差走後，豪爾跟麥可說：「蘇利曼幹嘛要跑到荒地失蹤不見？現在國王似乎認定我可以接續他的工作。」

「蘇利曼絕對不如你有創造力。」麥可說。

「我呢，是太有耐心又太客氣了！」豪爾沮喪地說：「我應該跟他狠狠敲一筆的！」

其實豪爾對避難港的客人也同樣耐心而客氣，但是麥可焦慮地指出，問題在於豪爾對這些人的收費實在太低。麥可這些牢騷是在豪爾耐心花上一個小時傾聽一個漁夫太太解釋說，為何她還不能付他一分錢；隨後又幾乎免費地為某個船長弄風咒語後忍不住說的。豪爾逃避麥可嘮叨的方法是給他上魔法課。

蘇菲邊在麥可的襯衫上面縫釦子，邊聽豪爾跟麥可從頭講解一個咒語。「我知道我這樣講似乎有些草率，」豪爾說：「但是你真的無需抄襲我。記住，永遠都要先小心地讀一遍。它的形狀應該會透露許多訊息：看它是會自我完成、自我發現，或者本身就是個簡單魔法，還是需要混合行動和語言？等你決定後，回頭再讀一遍，然後決定哪個部分說的是真的，哪個部分只是故意放在那裡困惑人的。你現在已逐漸接觸到比較高階的魔法，你會發現每個有力的魔法都至少有一個故意植入的錯誤或謎題，以避免意外發生，你必須將它找出來。現在，就拿這個咒語來說……」

聽著麥可對豪爾提出的問題猶豫地回答，看著豪爾以一支樣式奇特、永遠不用添加墨汁的鵝毛筆在紙上潦草地寫下短評，蘇菲發現她也能從中學到許多。她突然想到，若瑪莎可以在菲菲克斯太太那裡找到將她自己和樂蒂變為對方的咒語，她應該也能在這裡辦到。運氣好的話，也許根本不需要卡西法。

當豪爾確定麥可終於忘記他跟避難港的人的收費問題時，他帶他到後院去幫忙弄國王要的咒語。蘇菲站起來，蹣跚地走到工作枱。咒語寫得倒很清楚，但她完全敗給豪爾那一筆草字。「沒看過字是這樣寫的！」她對骷髏頭抱怨：「他是用筆還是用火鉗寫字？」她熱切地翻閱工作枱上所有的紙片，檢視那些放在形狀扭曲瓶裡的粉末和液體。「是的，我承認，」她跟骷髏說：「我在探人隱私，也略有斬獲。我找到了治療雞瘟及百日咳的方法，還有喚來一陣風，以及除去臉毛的方法。如果瑪莎找到的是這些，她現在一定還待在菲菲克斯太太那裡。」

豪爾進來後，似乎檢查了所有被蘇菲動過的東西，但動機似乎肇因於他靜不下心。在那之後，他似乎不知道該做什麼才好，蘇菲聽到他夜裡上上下下地徘徊。第二天早晨，他只在浴室裡待一個鐘頭。當麥可穿上他最好的紫藍色絲絨服，準備前往位於金斯別利城的王宮時，豪爾一副迫不及待的樣子。他們兩人合力將體積龐大的符咒用金紙包起來，依它的體積看來，那符咒顯然非常的輕，麥可一個人就可以輕易拿起來。麥可兩手合抱著包裹，豪爾為他開門，將門把轉到紅色向下，送他到房子皆粉刷得光鮮亮麗的街道上。

「他們等著要貨，」豪爾交待說：「你應該只需等一個早上，告訴他們連小孩都可以操作，弄給他們看。等你回來的時候，我會留一個有力的咒語讓你去忙。再見。」

他關上門，然後又開始在房裡來來回回走動。「我的腳會癢，」他突然說：「我要去山崗那兒走一走。告訴麥可，要給他的咒語放在工作枱上。還有這個，這樣妳才不會無聊。」他不知從哪裡弄來一件和那件藍銀色套裝一樣時髦的灰色及大紅色的套裝，丟到蘇菲膝上。豪爾由牆角拿起吉他，將門把轉到綠色向下，一腳踏在馬克奇平上空飛掠的石南。

「他腳癢！虧他說得出口！」卡西法咕噥著。避難港有霧，卡西法在木頭裡蹲得低低的，不安地晃來晃去，躲避由煙囪滴下來的水滴。「他以為我是什麼感覺？困在像這樣濕漉漉的爐架裡！」

「那你至少要給我一個怎樣幫你破除契約的暗示吧！」蘇菲說著，一邊將豪爾那件灰紅色的衣服抖開來。「我的天，你真是件漂亮的衣服，雖然有點破舊了。你是被製造來吸引女孩子的，對不對？」

「我給過妳暗示的！」卡西法嘶聲說。

「那你得再給我一遍，因為我完全沒印象。」

「如果我給妳暗示，又告訴妳那是暗示，那就叫做提供消息，這是不被允許的。」卡西法說：「咦，妳要去哪裡？」

「去做一件只有他們兩人都不在時，我才敢做的事。」蘇菲說著，將門把轉到黑色朝下，然後打開門。

門外是一片虛無，不是黑的、灰的，甚或白色，不厚也不透明，不動、沒有味道，也不予人任何感覺。蘇菲小心地對著門外伸出一根指頭，外面不冷也不熱，只能說——毫無感覺，真的是全然的虛無。

「這是什麼？」她問卡西法。

卡西法跟蘇菲一樣充滿好奇。它忘了霧氣，藍臉長長地伸出爐架來窺看門外。「我不知道，」它悄聲地說：「我只負責持家。我只知道在沒人走得過去的城堡那一面，感覺是在很遙遠的地方。」

「似乎比月亮還遠。」蘇菲說。她將門關上，門把轉到綠色朝下，猶豫片刻後，開始對著樓梯蹣跚地走過去。

「他鎖起來了，」卡西法說：「他交待說如果妳又想窺探時，就這樣告訴妳。」

「噢，」蘇菲問道：「上頭有什麼？」

「我一無所知。」卡西法說：「我對樓上是一無所知。妳知道這有多令人沮喪嗎？我甚至無法真正地看到城堡外面。我看到的部分只夠讓我判斷該走的方向。」

蘇菲覺得同樣沮喪，她坐下來修補那件灰紅色的衣服。麥可很快就回來了。

「國王馬上就接見我了。」他說：「他……」他停下來環目四望，眼睛看到那個原來放吉他的空蕩牆角。「噢，天哪！」他大叫：「怎麼又是那個女朋友！我以為她已經愛上他，事情好幾天前就已經完全成為過去式了。她怎麼要花這麼久？」

卡西法邪惡地嘶嘶作響：「是你錯讀訊息了！無心豪爾發現這位小姐特別難纏。他是故意吊她胃口，離開幾天，看那樣會不會有幫助，如此而已。」

「算了！」麥可說：「反正那意味著麻煩就對了。我還在那裡希望他又回復理智了呢！」

蘇菲將衣服重重放下。「真是的！」她責怪道：「你們兩人怎能這樣子談論那麼邪惡的事？卡西法是個邪魔，所以，我想我是不能怪它。但是麥可，你……」

「我不認為我是邪惡的。」麥可抗議道。

「如果妳以為我對這一切都無動於衷，那妳就錯了。」他說：「妳知道豪爾這樣不斷地談戀愛給我們帶來多少麻煩嗎？我們被告過，被對方的追求者拿刀追殺過，還有拿著麵桿的媽媽，手持棍棒的父親和叔伯舅舅。對，還有阿姨。阿姨最最可怕，她們拿著帽針追殺。但是最糟糕的是，當那女孩發現豪爾的住處，找上門來哭哭啼啼，豪爾由後門溜走，卻留我跟卡西法在這裡收拾殘局的時候。」

「我討厭那些不快樂的女孩，」卡西法說：「她們對著我滴水。我寧可她們生氣。」

「等等，讓我們把話說清楚，」蘇菲枯瘦的手緊抓著膝上的紅衣服，說：「豪爾到底把那些可憐的女孩怎麼了？我聽人說，他吃掉她們的心臟，然後收走她們的靈魂。」

麥可很不自在地笑了笑。「那妳一定是由馬克奇平來的。我們剛把城堡安頓好時，他要我去那裡破壞他的名聲。我、呃，就說了那一類的話。那是阿姨們常用來警告女孩子的話。而且，就某種意義來說，也沒有錯……」

「豪爾的感情非常善變，」卡西法說：「對方一愛上他，他的感情就結束了，再也不想跟對方有任何瓜葛。」

「但在對方尚未愛上他之前，他又無法定下心來。」麥可急切地說：「他會變得無可理喻。我總會祈禱那女孩子趕快愛上他，這樣事情才能回復正常。」

「那是在她們找到他之前。」卡西法說。

「要是他夠聰明的話，他應該只給她們假名。」蘇菲語帶輕蔑地說。那輕蔑是為了隱藏她真正的感覺——她覺得自己有點愚蠢。

「有啊，每次都是用假名啊！」麥可說：「他喜歡使用假名，也愛偽裝，即使不是在追女孩子時也一樣。妳有沒有注意到？他在避難港叫做建肯魔法師，金斯別利叫圍龍巫師，還有在城堡裡叫做可怕的豪爾。」

蘇菲一直都沒發現，這讓她更覺得自己愚不可及，而這種感覺又令她生氣。「總之，我還是覺得四處讓可憐的女孩們不快樂，是很邪惡的一件事。」她說：「這樣很沒良心，而且毫無意義。」

「他就是這樣啦！」卡西法說。

麥可拉一把三腳凳到爐前，坐在上頭。蘇菲邊縫紉，他一邊告訴她豪爾的愛情故事，以及一些事後發生的麻煩事。蘇菲對著那件好衣服喃喃自語：「所以你吃人家的心了，對不對？當阿姨的提到甥女時怎麼會用那麼奇怪的字眼？好衣服，搞不好她們其實是想把你穿上身？有個憤怒的阿姨追著你跑是什麼滋味？」當麥可跟她提起某個特定的阿姨的故事時，蘇菲突然想到，豪爾的名聲在馬克奇平那樣被傳播，其實沒什麼不好。她可以想像，像樂蒂那樣個性倔強的女孩，萬一愛上了豪爾，結果變得很不快樂時會是如何。

麥可才建議說該吃中飯，卡西法也一如平常地呻吟抱怨時，豪爾突然開門走了進來，比以往更不快樂。

「要吃點什麼嗎？」蘇菲問他。

「不要。」豪爾說：「卡西法，浴室裡給我些熱水。」他悶悶不樂地在浴室門口站了一會兒。「蘇菲，妳是不是研究過我架上的咒語？」

蘇菲覺得自己越加愚蠢。她打死也不想承認，她曾在那些瓶子和小包裡翻找女孩的身體器官。「我什麼也沒碰。」她邊起身去拿煎鍋邊凜然地回答。

「我希望妳真的沒有。」麥可看著關上的浴室門，不安地說。

蘇菲在煎煮中餐時，浴室裡傳來不間斷的水聲。「他用了許多熱水，」卡西法在煎鍋下說：「我想他在染髮，希望妳沒有動到他的髮咒語。這個長相平凡，髮色又跟泥巴一樣的人，對外表虛榮的要命。」

「噢，閉嘴！」蘇菲斥道：「我東西全都有放回原處的。」因為太生氣了，她把鍋裡的蛋和燻肉全倒在卡西法身上，卡西法當然是狼吞虎咽地把它們吃掉。蘇菲在霹啪的火燄上又煎了一鍋。她跟麥可就吃這一鍋。

吃完，正收拾著，卡西法則以藍色的火舌舔著紫色的嘴唇，浴室的門突然砰一聲打開，豪爾衝出來，絕望地大叫：

「看看這個！」他叫道：「看看這個！這個活動型混亂製造機到底對我的咒語幹了什麼好事？」

蘇菲和麥可迅速轉過身看著豪爾。他頭髮濕濕的，但是，除了這一點之外，他們兩人都看不出他的頭髮有何不同。

「如果你是指我的話……」蘇菲開口。

「就是妳！看！」豪爾尖叫。他在三腳凳上用力坐下，手指指著他的頭髮：「看！你們仔細看看！我的頭髮毀了！看起來像一鍋蛋和燻肉！」

麥可和蘇菲緊張地彎身看他的頭髮。但看來似乎跟平常一樣，一直到髮根都是淡黃色的，唯一的差別或許在於有那麼一點點、一點點的紅色。蘇菲覺得那看起來還蠻不錯的，令她想起自己年輕時的髮色。

「我覺得這個很不錯啊。」她說。

「什麼！」豪爾尖叫：「妳竟然這麼認為！妳是故意弄的！妳不把我弄到悲慘至極不肯罷休！看好，這是赤黃色的！我得等到頭髮都長出來才敢出去見人！」他伸出雙手激動地叫道：「太令人絕望了！真是恐怖！」

房間突然暗了下來，巨大、雲狀的人形由四個角落湧出，對著麥可和蘇菲逼進，口中嚎叫著。嚎叫變成呻吟，然後變成絕望的嘶吼，再變成痛苦與恐怖的尖叫。蘇菲以兩手掩住耳朵，但是尖叫聲穿透雙手，越來越響，且一分鐘比一分鐘恐怖。卡西法迅速退縮到爐架裡，在最低的木頭處微微閃著火花。麥可抓住蘇菲的手肘，將她拖到門邊。他將門把轉到藍色朝下，踢開門，以最快的速度逃到避難港的街上。

街上所聽到的聲音幾乎跟城堡裡一樣恐怖，整條路上的門都打開，人們捂著耳朵跑出來。

「讓他那樣一個人待在家裡沒關係嗎？」蘇菲顫抖著聲音問。

「是的，」麥可說：「如果他認為那是妳的錯，妳最好還是這樣。」

他們匆匆穿過避難港鎮，可怕的尖叫聲在後頭緊追不捨，一大群人跟著他們跑。雖然霧已經轉為會淋濕人的毛毛雨，大家還是往港口或沙灘跑，在那兒，這刺耳的聲音似乎比較能夠忍受，廣大的海洋似乎能將一部分的噪音吸收掉。當噪音變成一個巨大、令人心碎的嗚咽時，大家都濕漉漉地擠在一起，看著被霧籠罩的白色地平線，以及停泊在港口的船隻上滴水的繩索。蘇菲想到，這是她這輩子這麼近地看海，但是很遺憾，她一點都沒有快樂的心情。

哭泣聲漸漸消失，換成長長的、悲哀的嘆息，然後，一切歸於沉默。人們開始謹慎地往回走，回鎮裡去。其中幾位怯生生地走過來問蘇菲：

「女巫太太，可憐的魔法師出了什麼事嗎？」

「他今天有些不快樂，」麥可說：「走吧，我想我們可以冒險回家了。」

他們沿著碼頭的石岸邊走著，好幾位水手從泊船上擔心地叫喚，想知道噪音是否意味著有暴風雨或是壞運氣。

「沒有的事，」蘇菲大聲回答：「都過去了。」

但是事情還沒過去。他們回到巫師家，由外表看來，這是一棟很普通的、歪歪的小建築。如果麥可沒跟她在一起，她絕對認不出來。麥可非常小心地打開那扇小小的、外表寒酸的門，看見豪爾仍坐在凳子上。他以一種全然絕望的姿態坐著，全身蓋滿厚厚的綠色黏液。

可怕的、驚人的、數量多的不得了的綠色黏液！它將豪爾整個覆蓋住，從頭和肩膀呈塊狀地垂下來，在膝上及手上堆積，然後順著腿流下，再滴下凳子，在地板上形成緩緩流動的的水塘以及會爬動的水池，幾乎覆蓋了整個地板。它長長的手指已伸入壁爐，發出難聞的味道。

卡西法啞著聲音微弱地喊道：「救我！」它只剩兩小撮絕望的、閃動著的小火苗。「這東西快將我撲滅了。」

蘇菲拉起裙子，對著豪爾走去。她想盡量走近些，卻沒辦法。「停！」她叫道：「馬上就停！你的舉止像個嬰兒！」

豪爾沒有動也沒有回答。他的臉在黏液後面瞪著，蒼白、悲哀的眼睛睜得大大的。

「我們該怎麼辦？他死了嗎？」麥可在門邊發著抖問。

麥可是個好孩子，蘇菲想著，但是在面臨危機時卻有點怯懦。「沒有，當然沒有。」她回道：「要不是為了卡西法，他要整天當全身滿是黏液的鰻魚，也不干我的事！把浴室門打開。」

當麥可在一坨坨黏液中努力要往浴室走時，蘇菲將圍裙丟進壁爐，以阻止更多的黏液流近卡西法。她拿起鏟子，鏟起一堆堆的灰燼，將它們拋在最大的黏液水塘上。它發出激烈的嘶嘶聲，房裡充滿蒸氣，味道比原先還不堪。蘇菲捲起袖子，彎下腰，抓住豪爾黏滑的膝蓋，然後將豪爾連凳子一起推向浴室。她的腳在黏液上滑來滑去，但是那些緩緩流動的黏液也有助於凳子的推動，麥可也過來幫著拉豪爾滿是黏液的袖子。兩人一起把他拖進浴室，但是豪爾還是拒絕移動，他們只好把他推到淋浴間裡。

「卡西法，熱水！」蘇菲緊繃著臉喘息，叫道：「要非常熱的。」

他們花了一小時才把他身上的黏液洗掉。麥可又花了一小時才勸動他離開凳子，換上乾燥的衣服。幸好，蘇菲剛修補好的那件灰紅色套裝掛在椅背上，沒沾上黏液。藍銀色那件則毀了，蘇菲要麥可將它泡在浴缸裡。同時，一邊發牢騷，嘴裡念念有詞，一邊拿來更多的熱水。她將門把綠色朝下，把所有的黏液一股腦全掃到長滿石南的荒野上。黏液留下一道軌跡，彷彿蝸牛在石南上爬過一樣，但這大概是去除黏液最容易的方法了。住在會移動的城堡裡就有這樣的好處，蘇菲邊洗地板邊想到，豪爾的噪音是否也會經由城堡傳出去？那樣的話，她可要同情馬克奇平鎮的鎮民了。

到這個時候，蘇菲已經又累又氣了，她知道綠色黏液是豪爾對她的報復。當麥可終於帶著豪爾走出浴室時，她毫無表示同情的意願。豪爾穿著灰紅色的衣服，麥可領著他，溫柔地讓他在壁爐邊的椅子坐下。

「那實在有夠笨的！」卡西法霹啪開罵：「你是想把你最好的魔法全使出來還是怎樣？」

豪爾充耳不聞，只是坐著，看起來很悲哀，而且還發著抖。

麥可難過地說：「我沒辦法要他開口說話。」

「那不過是在鬧孩子氣！」蘇菲說。瑪莎和樂蒂都很精於此道，她知道該如何處理。但話又說回來，打一個因為頭髮顏色不如意而歇斯底里的巫師的屁股，似乎太冒險了。經驗告訴她，鬧脾氣的原因常不是表面所見那樣。她要卡西法稍微移開，好讓她把一鍋牛奶在木頭上擺穩。牛奶溫熱後，她塞一杯在豪爾手裡，說：「喝吧！現在，告訴我這一切都是為了什麼？跟那位你一直去拜訪的小姐有關嗎？」

豪爾可憐兮兮地啜飲著牛奶。「是的，」他說：「我故意離開她幾天，看她會不會想我，結果沒有。上次我見到她時，她已經說她不確定了，這次卻告訴我還有另外一個人。」

他聽起來非常痛苦，蘇菲覺得蠻同情他的。現在他的頭髮乾了，她很歉疚地注意到，那幾乎是粉紅色的。

「她是我在這些地方裡所見過最美麗的女子，」豪爾悲傷地往下說：「我非常愛她。但是她對我的深情嗤之以鼻，反而同情另一個傢伙。在我對她這麼好之後，她怎能接受別人呢？通常我一出現，她們就會把另一個人甩了的。」

蘇菲的同情心一下子大大縮水。她突然想到，如果豪爾能那麼輕易地將自己蓋滿綠色黏液，他應該也很容易就能將自己的頭髮變回他想要的顏色。「那你幹嘛不調製一種愛情藥，餵她吃下，然後把事情解決掉。」她問道。

「噢，那不行，」豪爾說：「這樣就違反遊戲規則了，那會破壞一切樂趣。」

蘇菲的同情心進一步縮水。遊戲？「你難道從沒為那可憐的女孩設想過？」她斥責道。

豪爾喝完牛奶，帶著多情的微笑凝視著杯子。「我整天想她，」他說：「可愛的、可愛的樂蒂・海特。」

蘇菲的同情心就這麼再見了，代之而起的是許多焦慮。「噢，瑪莎！」她想著：「妳說妳一直忙著！原來妳說的不是在希賽利工作的人啊！」

第 7 章

樹籬間的稻草人

若非她全身痛得非常厲害，蘇菲當天傍晚就跑到馬克奇平去了，但是避難港的陰雨令她的老骨頭痛不可遏。她躺在她的小窩裡，身上疼著，心裡則擔心著瑪莎。情形或許不會太糟，她想。她只需告訴瑪莎，她還不太確定要不要接受的那個追求者不是別人，正是豪爾巫師，那應該就足以將瑪莎嚇跑。接著她會告訴瑪莎，只要宣稱她愛上了豪爾，豪爾就會落跑，要不，也可以拿三姑六婆來嚇唬他。

第二天早晨，蘇菲起床時全身仍然痛著。「詛咒那個荒地女巫！」她邊拿出拐杖準備出門，邊對著它咕噥。她可以聽到豪爾在浴室裡唱歌，一副他一輩子從未發過脾氣的模樣。她盡快地拐著腳，悄悄走到門邊。

但是豪爾在她走到門口前，就由浴室出來了。蘇菲對他怒目而視。他看起來既乾淨又時髦，身上有淡淡的蘋果花味道。由窗口照射進來的陽光，襯得他那一身灰紅色的外套分外好看，並在他金髮上映出一環粉紅。

「我覺得我頭髮這個顏色還蠻好看的。」他說。

「是嗎？」蘇菲沒好氣地回答。

「和這套衣服蠻配的。」豪爾說：「妳的女紅還真不是蓋的！好像讓這套衣服變得很有型。」

「哼！」蘇菲以鼻子回答。

豪爾握著門把停下來：「妳是風濕痛嗎？還是誰招惹妳了？」

「惹我？」蘇菲回道：「我幹嘛要被惹毛？不過是某人讓城堡裡充滿了臭肉汁，害避難港的所有人耳聾，把卡西法嚇成煤渣，讓幾百個女孩心碎而已。我幹嘛要被惹出火氣！」

豪爾大笑：「對不起啦！」將門把轉到紅色朝下。「國王今天要見我，我今天大概會在宮裡待到傍晚。不過，等我回來時，可以為妳的風濕症想想辦法。別忘了告訴麥可，我在工作枱上給他留了一個咒語。」他對著蘇菲燦然一笑，然後一腳踏向金斯別利城上空的無數個尖塔。

「你以為這樣就沒事了嗎！」蘇菲對著關上的門咆哮，但是那微笑令她的怒氣和緩下來。她喃喃地說：「如果那個微笑能對我有這樣的影響力，就難怪可憐的瑪莎會搞不清自己真正的心意了。」

「妳走前記得給我加根木頭。」卡西法提醒她。

蘇菲拐著腳走過去，給它加了一根木頭，然後再度對著門走去，但是麥可卻在這時衝下樓來，由工作枱上匆匆抓過一截吃剩的麵包後，衝到門邊。「妳不介意讓我先走吧？」他聲音裡透著著急：「我回來時會帶一條新鮮的吐司回來。我今天有很緊急的事得處理，不過我傍晚就會回來。如果船長來要風的咒語，那就放在工作枱的邊邊上，上面標明得很清楚。」

他將門把轉到綠色朝下，對著有風的山丘跳下去，麵包緊按在肚子上，城堡由他身邊轉開，門關上的剎那，他大叫道：「再見！」

「有夠囉唆！」蘇菲嘟囔著：「卡西法，城堡裡沒人時，門怎麼開呀？」

「我可以替妳和麥可開門，豪爾則自己會開。」卡西法回答。

這樣當她外出時，就不怕其他人會被鎖在門外了。她其實不太確定自己還會不會回來，但是她並不打算告訴卡西法。算算麥可已差不多到達他打算要去的地方了，她再度往門口走去，這次是卡西法阻止了她。

「如果妳要很久才回來，」它說：「妳最好放一些木頭在我搆得到的地方。」

「你可以拿起木頭？」蘇菲雖然不耐，卻被引起了好奇心。

卡西法伸出一隻手臂狀的藍色火燄，尾端有五條綠色、手指模樣的火。手臂不長，看來也不強壯。「看吧，我幾乎可以搆到壁爐前的地面哩！」它驕傲地說。

蘇菲在爐架前方堆了一堆燃木，讓卡西法至少能搆到最上面的木頭。「一定要放到爐架上才可以開始燒哦！」她邊往門口走邊叮嚀著。

但是這回她還沒走到門口，卻聽到有人在外頭敲門。

真是註定要諸事不順的一天！蘇菲想著，一定是船長來了。她伸手將門把轉到藍色向下。

「不，是城堡的大門，」卡西法說：「但是我不確定……」

那就是麥可為了什麼理由跑回來了？她邊想邊伸手開門。

一張蘿蔔臉在門口對她睨視，她可以聞到一股霉味。背對著廣大的藍空，一根連在木桿上破舊襤褸的手臂兜轉過來，對她揮呀揮的。那是一個稻草人！它不過是木桿和破布製成的，卻有生命，而且想要進來。

「卡西法！」蘇菲尖叫起來：「讓城堡動快一點！」

門旁的石塊發出嘎嘎聲及磨擦聲，綠褐色的濕地景色突然一下就飛逝過去。先是聽到稻草人的手臂在門上敲打，接著是城堡飛離它時，稻草人的手臂劃過城牆的聲音。它旋過另一隻手，試著抓住石壁，一副想盡辦法要進來的樣子。

蘇菲把門關得死緊，她想著，這真是證明了當老大的人妄想要出來闖天下，是多麼愚蠢！那是她來城堡的途中插在樹籬間的稻草人。她跟它開玩笑，結果彷彿那些玩笑話真的讓它活了過來似的，它竟然一路跟過來，還試著要抓她的臉。她衝到窗口，看它是不是還在那裡想辦法要進來。

但是她唯一能見到的，是避難港普照的陽光。越過對面屋頂，可以看到許多船帆正被升上桅杆，成群的海鷗在藍天中巡弋飛翔。

「一下子跑這麼多地方就是這麼錯亂！」蘇菲跟工作枱上的骷髏說。

就在那一剎那，她突然發現變老的最大壞處是什麼。她的心先是劇烈地跳了一下，接著不規則地跳了幾下，然後就好像要一路衝出她的胸膛似的。好痛！她全身發抖，膝蓋抖個不停。她真覺得自己快死了，她唯一能做的，是掙扎著到爐邊的椅子上坐下。她坐著喘氣，雙手抓住胸口。

「有什麼不對嗎？」卡西法問她。

「是的，我的心臟。還有，門口有個稻草人。」邊說邊喘氣。

「稻草人跟妳的心臟有什麼關係？」卡西法問道。

「它想進來。它真是把我嚇壞了，我的心臟就……算了，你不會懂的，你這個傻呼呼的、年輕的小火魔！」她繼續喘著氣。「你又沒有心臟。」

「我有的！」卡西法說。語氣跟它上次秀出它的手臂時一樣驕傲。「就在木頭底下發亮的地方。還有，別說我年輕，我可是比妳老上幾百萬歲！我可以把城堡的速度降下來了嗎？」

「如果稻草人走掉了才可以。」蘇菲問道：「它走了沒？」

「不知道耶，」卡西法回答：「它不是血肉之軀。我跟妳說過的，我無法真正看到外頭。」

蘇菲站起來，勉強拖著腳步走到門邊，覺得身體很不舒服。她慢慢地、小心翼翼地開門。綠色的陡坡、岩石以及紫色的緩坡快速地由眼前掠過，這令她頭昏。但是她緊抓住門框，探首外望，尤其是朝向飛離的濕地方向。稻草人在他們身後約五十碼處，單腳跳著，跳過樹叢，以一種非比尋常的勇猛追趕著，兩隻鼓動著的手臂，張成一個特定的角度，以便在山坡上保持平衡。蘇菲目送著它越離越遠。它雖然速度很慢，但仍然固執地跟著。蘇菲將門關上。

「它還在，」蘇菲說：「跳著在後面追趕我們。再快一點。」

「但是那會把我所有的計算搞亂，」卡西法跟她解釋：「我原先計畫繞著群山飛一圈後，回到麥可離開的地方，好趕上傍晚接他回家。」

「那就把速度加快一倍，繞兩次好了。重點是要能把那可怕的傢伙甩開。」蘇菲說。

「妳實在是小題大作！」但是抱怨歸抱怨，卡西法還是加快了城堡的速度。這是第一次，蘇菲真正感受到整個城堡在震動。她縮在椅子上頭，想說自己會不會就這樣死去？她還不想死！至少在跟瑪莎談過之前不想。

飛著飛著，城堡裡所有的東西都隨著高速晃動。瓶子叮噹作響，骷髏頭也在工作枱上嘎嘎響。蘇菲可以聽到浴室裡的東西由架上噗通噗通地掉到浴缸裡，豪爾那件銀藍色的外衣還在浴缸裡泡著呢！慢慢地，她感覺好一些了，再度拖著腳步來到門邊往外探看，頭髮被風吹得飄揚起來。土地在下頭快速流過，山丘彷彿在慢速旋轉，震耳的隆隆聲幾乎要令她耳聾，煙則大量地向後噴出。但是，稻草人已經成為遠處緩坡上的一個小黑點，過一會兒她再看時，它已完全消失了。

「好極了！那我要停下來休息了。」卡西法說：「有夠累的！」隆隆聲漸漸消失，東西也不再震動。卡西法開始睡覺，像一般的火一樣，沉到木頭裡去，木頭的顏色成為帶著白色灰燼的玫瑰色，只有最下頭還剩一丁點藍與綠。

蘇菲的精神都回來了。她到浴室裡去，從浴缸黏答答的水裡撈起六個小包和一個瓶子。小包都浸濕了。經過昨天的事件後，她不敢對它們不加處理。她將它們在地上攤開，小心地灑上一個標有「乾燥粉」的粉劑，它們幾乎馬上就乾了，真是令人興奮！她洩掉浴缸裡的水，將粉試倒在豪爾的衣服上。咦，也乾了！雖然上頭還有綠色的污漬，而且也縮水縮得厲害，蘇菲還是很高興她終於做對了一件事。

因為心情不錯，她開始忙著給自己弄晚餐。她把工作枱上的東西全收起來，把枱子邊端的骷髏擺好，然後開始切洋蔥。「至少你的眼睛不會掉淚，」她跟骷髏說：「你應該覺得慶幸。」

門突然開了。

蘇菲嚇得差點切到自己的手指，她還以為稻草人又來了，但是進來的是麥可。他喜洋洋地衝進來，將一條吐司、一個派餅，和一個有粉紅色和白色條紋的盒子丟在洋蔥上，然後抓住蘇菲的細腰滿屋子亂轉，跳起舞來。

「沒事了！沒事了！」他高興地大叫。

蘇菲跳著，步伐蹣跚，努力要避開麥可的靴子。「慢慢來，慢慢來，」她喘著氣，被轉得頭昏眼花，同時還得把刀子拿好，免得割到人。「什麼事沒事了？」

「樂蒂愛的是我！」麥可大叫，差點帶著她跳進浴室，又差點跳進壁爐。「她從未見過豪爾！事情完全是誤會一場！」他帶著她在屋子中間轉圈圈。

「你可不可以在這把刀子割傷人之前將我放開？」蘇菲叫道：「然後稍微給我解釋一下。」

「沒問題！」他將蘇菲轉到椅子處，將她放開，蘇菲坐著直喘氣。「昨晚我恨不得妳把他的頭髮染成藍色。」他說：「現在則無所謂了。當豪爾提到『樂蒂・海特』時，我甚至考慮要自己動手把他染成藍色。看他說話的態度就知道了，我知道一旦他贏得她的芳心，他就會像對待所有其他女孩一樣，將她甩了。我一想到那對象是我的樂蒂就……總之，妳也記得豪爾說她有另一個追求者，我以為那是指我，所以我今天趕去馬克奇平。結果沒事！豪爾追的一定是另一個同名同姓的女孩，因為樂蒂從未見過豪爾。」

蘇菲聽得頭昏昏的。「有件事我還沒搞清楚。我們現在談的是在希賽利糕餅店工作的樂蒂，對不對？」

「當然！」麥可快樂地說：「她一開始在那兒工作，我就愛上她了。當她跟我說她愛我時，我幾乎不敢相信。她的追求者怕不有幾百個！如果豪爾也是其中之一的話，我一點也不會覺得驚訝。我現在終於放心了！我幫妳由希賽利帶一塊蛋糕回來慶祝。我把它放哪兒去了？啊，在這裡。」

他把那個粉紅色及白色的盒子塞給蘇菲，碎洋蔥由盒子上掉到蘇菲的裙子上。

「孩子，你多大？」蘇菲問他。

「五月節剛滿十五歲。」麥可回答道：「卡西法從城堡發射了煙火。對不對，卡西法？噢，它睡著了。妳大概會覺得我還小，不該就這樣定下來——我還得做三年學徒，樂蒂則更久。可是我們都跟對方承諾了，我們不介意等待。」

這麼說，麥可的年齡和瑪莎還挺配的，蘇菲想著。而這陣子相處下來，她也知道他是一個人很好、很穩重，將來會有巫師生涯的少年。瑪莎真是運氣不錯！她回想起那個令人迷惘的五月節，原來麥可就在那一群擠在瑪莎櫃枱前吼叫的人群裡，但是當時豪爾也在方形市場現身……

「你確定樂蒂跟你說的是實話？」她著急地問。

「錯不了的，」麥可說：「她說謊的話，我看得出來，她會停止繞她的拇指。」

「沒錯，她就是這樣。」蘇菲咯咯地笑。

「妳怎會知道？」麥可非常驚訝。

「因為她是我的妹……妹妹的孫女兒。」蘇菲說：「她小時候並不是很誠實。不過她還小……呃、嗯……如果她長大後變了個樣呢？她、呃……搞不好過個一年，長相就會有變化……」

「我也是啊！」麥可說：「我們這個年齡的人一天到晚都在變。我們才不擔心這個。不管怎麼變，她還是樂蒂。」

就某種意義而言吧，蘇菲想著。「但是，」她著急地往下問：「也有可能她說的雖然是實話，但豪爾給她的卻是假名？」

「別擔心！我都想過了。」麥可說：「我跟她描述豪爾的長相——妳得承認他很好認。但是樂蒂真的從未見過他和他那把爛吉他。所以我也無需告訴她，他對吉他其實根本是一竅不通。她從未見過他！她跟我說的時候，拇指繞個不停。」

「謝天謝地！」蘇菲嘆了一口氣，僵硬地躺回椅子上，這樣就不用為瑪莎擔心了。但是事情還沒完哩！因為蘇菲很確定另一個樂蒂・海特一定是指真正的樂蒂。如果鎮上有人跟樂蒂同名同姓的話，早有人會到帽子店裡來八卦了。聽起來很像是個性倔強的樂蒂，不對豪爾屈服。但蘇菲擔心的是，樂蒂居然跟豪爾說了她的真名。她或許不確定自己是不是愛他，但她一定是喜歡他到某個程度，並且也信任他，才會把這麼重要的祕密告訴他。

「別這樣一臉擔心的好不好！」麥可笑起來，倚著椅背說：「看看我給妳帶了什麼樣的蛋糕。」

蘇菲開始動手打開盒子，她心裡突然想到，麥可剛開始時簡直視她為洪水猛獸，現在卻真正地接納她了。她既高興又感激，心裡決定要把關於瑪莎、樂蒂以及自己的事都老老實實告訴他，讓他知道他將來要結婚的對象的家庭是什麼樣子，這樣對他才公平。盒子打開了，裡面是希賽利最豪華的蛋糕，上面覆蓋著奶油、櫻桃和小小的巧克力卷。「噢！」蘇菲驚嘆道。

就在這時，門柄響了一下，轉到紅色向下，接著豪爾走了進來：「好棒的蛋糕！是我最喜歡的！」他叫道：「哪兒買的？」

「呃、我去希賽利買的。」麥可有些不好意思地說，蘇菲抬起頭來看著豪爾。每次當她下決心要說出她被人下了咒語時，總會被一些事情干擾或打斷。現在可好了，連巫師都來攪局！

「走這一趟看來很值得啊！」豪爾邊說邊看著蛋糕。「我聽說希賽利的蛋糕比金斯別利城所有的糕餅店都來得好吃。我從不曾光顧那家店，看來是個錯誤。工作枱上那個是派餅嗎？」他走過去看。「把派餅放在一堆生洋蔥之間？骷髏好像也受不了那股味了。」他拿起骷髏頭，敲掉黏在眼窩上的一環洋蔥，對骷髏說：「蘇菲又在找事忙了。朋友，你就不能幫著勸阻她一下嗎？」

骷髏雙排牙齒互碰，喀喀作響。豪爾嚇了一跳，很快將它放下。

「有什麼事不對勁嗎？」麥可似乎對他的表情知之甚詳。

「有的，」豪爾說：「我得找個人去國王面前抹黑我。」

「馬車咒語出了什麼差錯嗎？」麥可問。

「不，那咒語的結果很完美。但麻煩也就出在這裡，」豪爾邊說邊不停地旋轉食指上的洋蔥圈。「現在國王想逼我去做別的事。卡西法，我們不小心點的話，他就要任命我做皇家魔法師了。」卡西法沒回答。豪爾踱到壁爐邊，發現卡西法在睡覺。「麥可，把它叫起來，我得跟它商量商量。」

麥可丟了兩根木頭下去，並呼喚它。但是除了一縷細細的煙之外，什麼都沒發生。

「卡西法！」豪爾大叫，但還是沒用。豪爾對麥可投過不可思議的眼神，然後做了一件蘇菲從沒見他做過的事——他彎身拿起火鉗。「卡西法，對不起了！」邊說邊將火鉗伸到未燃的木頭下戳弄。「起來！」

一陣黑色的濃煙竄起，隨即停住。「走開！」卡西法呻吟道：「我很累！」

豪爾聽了，臉色一下變得十分凝重。「它怎麼了？我從沒見它這樣。」

「我想是因為稻草人的緣故。」蘇菲說。

跪在地上的豪爾以膝蓋為軸，呼地一下轉過身來，玻璃珠似的眼睛直直望進她的雙眼。

「妳又幹了什麼好事了？」蘇菲在解釋時，他的目光仍然絲毫沒有放鬆。「稻草人？卡西法會因為一個稻草人而同意加快城堡的速度？親愛的蘇菲，妳最好告訴我妳是如何威脅火魔，讓它居然肯乖乖聽妳擺布？我真的很想知道！」

「我沒有威脅它。」蘇菲說：「我被那稻草人嚇壞了，卡西法可憐我才這麼做。」

「被稻草人嚇壞了，所以卡西法可憐妳……」豪爾重複著：「好蘇菲，卡西法從不同情人的。總之，希望妳會喜歡拿生洋蔥和冷派餅當晚餐，因為妳差點把卡西法弄熄了！」

「還有蛋糕。」麥可說，試著當和事佬。

食物似乎令豪爾的氣消了一些，但是整個用餐期間，他不時焦慮地看著壁爐裡未燃的木頭。派餅冷著吃也挺可口，洋蔥經蘇菲在醋裡浸泡過後也變得相當好吃，蛋糕則好吃得要命。吃蛋糕時，麥可鼓起勇氣問豪爾，國王到底要什麼。

「還沒什麼最後的決定，」豪爾憂心忡忡地說：「不過他曾就他弟弟的事徵詢我的意見。此事大大不妙！顯然賈斯丁王子負氣離家之前他們曾大吵一架，所以人們有些閒言閒語。國王顯然是希望我能主動提出要去尋找他弟弟。而我這個笨蛋到了王宮，偏又說什麼我不認為蘇利曼巫師已經死了，結果事情只有更糟。」

「你為什麼想從搜尋王子的工作開溜？」蘇菲逼問他：「難道你認為自己會找不到他？」

「妳不只會欺負人，還很無禮！」豪爾說。他還沒原諒她對卡西法所做的事。「如果妳一定要知道的話，我不想去是因為我知道我可以找到他。賈斯丁和蘇利曼是好朋友，賈斯丁所以和國王吵架，是因為他告訴國王他要去找蘇利曼，他認為國王一開始就不該讓蘇利曼去荒地。好，我想就連妳也一定知道，荒地有個很壞的女士。去年她發誓要將我活活油炸，還送了一個咒語來追殺我。我之所以能夠逃掉，是因為我夠謹慎，給她的是假名。」

蘇菲簡直不敢相信。「你是說，你甩了荒地女巫？」

豪爾又切了一塊蛋糕，表情悲傷中帶著真誠。「話不該這麼說。我承認有一陣子我以為自己是喜歡她的。就某方面而言，她是一個很悲傷的女人，沒人愛她。印格利國的每個男人都怕她怕得要死。親愛的蘇菲，妳應該知道那是什麼樣的感覺。」

蘇菲覺得受到天大的侮辱，張大嘴準備抗議。麥可很快接口：「你認為我們應該把城堡遷走嗎？你當初就是因為這樣才造出這座城堡的嗎？」

「那要看卡西法了。」豪爾的視線越過麥可的肩膀，再次看著幾乎連煙都冒不起來的木頭。「如果國王和女巫兩人都要找我的話，我真的想把城堡搬到千里之外，停在一大塊美麗的岩石上面。」

麥可顯然很後悔問了這個問題。蘇菲可以推測到他正在想的是，千里之外？那樣就要離瑪莎好遠好遠了。「你真搬了的話，你的樂蒂・海特怎麼辦？」她問豪爾。

「我想，那件事在那之前應該就會結束了。」豪爾心不在焉地回答：「如果我能想出一個讓國王主動放手的方法……有了！」他舉起手上的叉子，上面還插著一大塊正在溶化的奶油和蛋糕，將叉子指向蘇菲。「妳，妳去國王那裡抹黑我。妳可以假裝是我媽媽，為妳藍眼珠的兒子求情。」他拋給蘇菲一個微笑。無疑地，荒地女巫，可能連樂蒂都是被這個微笑所迷惑。那微笑隨著伸出的叉子，越過奶油和蛋糕，直直進入蘇菲的眼睛，令人眼花繚亂。「如果妳能威嚇住卡西法的話，國王根本就沒啥好怕的。」

蘇菲直瞪回去，一言不發。夠了，她想，到此為止，姑娘要走人了！雖然對卡西法的契約感到抱歉，但是她再也受不了豪爾這個人了！先是綠色黏液，然後又為了卡西法出於自願幫她一事，對她怒目相向，現在又加上這麼一樁！明天她就要離開，去上福爾丁把事情一五一十地說給樂蒂知道。

第 8 章

飛天七里格靴

次日早晨，看到卡西法明亮快活地燃燒著時，蘇菲真是鬆了一口氣。如果她不是受夠了豪爾的話，還真會被豪爾看到卡西法時那份神情所感動。

「老火球，我還以為你被她給整死了！」豪爾跪在壁爐旁，袖子就垂在灰燼裡。

「我只是累了，」卡西法說：「好像有鼓力量在後頭拉住城堡似的。我從不曾帶著它飛那麼快。」

「好了，下次別讓她再指使你做同樣的事了。」他站起來，優雅地將灰紅色外套上的灰燼拂掉。「麥可，你今天可以開始弄那個咒語了。還有，如果國王那邊派人來，就跟他說我有要緊的私人事件要處理，明天才會回來。我要去找樂蒂，不過你犯不著告訴他。」他拿起吉他，將門把往下轉到綠色，打開門，外面是寬廣、多雲的山丘。

稻草人又出現了。豪爾開門時它正好由側面跳過來，蘿蔔臉就撞到豪爾胸前，吉他發出噹的一聲。蘇菲緊抓住椅子，害怕得哇哇叫，聲音衰弱無力。稻草人的一隻手臂僵硬地抓扒著，想抓住門，木桿壓在豪爾腳上，依豪爾抱著腳的樣子看來，那一下還真是踩得不輕。無疑地，那傢伙是吃了秤鉈鐵了心，非要進來不可。

卡西法的藍臉拉出了爐架，麥可在後頭一動都不敢動。「真的有稻草人耶！」兩人異口同聲地說。

「是嗎？現在才來說！」豪爾喘著氣。舉起一隻腳，對著門框邊踹過去，稻草人整個向後飛出，跌在後頭滿是石南的地上，發出「沙」的一聲輕響。它馬上一躍而起，再度對著城堡跳過來。豪爾匆忙將吉他放在門口階梯上，跳下去迎戰。「朋友，不成的。」邊說邊舉起一隻手來：「回你原來的地方去！」他慢慢向它走過去，手仍伸著。稻草人稍稍往後撤退，慢慢地、小心地往後跳。腳踩在石南上，衣袖襤褸的雙手不時晃動著，像格鬥者在尋找對方的空門似的，雙臂上飛揚的破布恰好與豪爾的長袖相輝映。

「還是不肯走嗎？」豪爾問它。稻草人的頭慢慢地左右搖動，不走！「恐怕你非走不可，」豪爾說：「你把蘇菲嚇壞了。沒人知道她嚇壞時會做出什麼事來。事實上，你也嚇到我了。」豪爾的雙手開始動，很吃力的樣子，彷彿在舉重一般，直到高高舉到頭上為止。他大聲喊出一個奇怪的字，聲音被突然出現的雷聲掩蓋了一半，稻草人就飛了起來，向上，向後飛，破布在風中飛揚，雙手轉動著在抗議，越飛越高，越飛越遠，漸漸成為高空中的一點，然後在雲端中渺不可見，之後就再也看不見了。

豪爾放下手，回到門階，以手背擦臉，喘著氣說：「蘇菲，我要收回那些責怪妳的話。那傢伙亂恐怖的。昨天也許就是它在後面拉著城堡，它擁有我所見過最強的魔法。那到底是什麼東西呢？該不會是妳以前雇主的屋子，被妳清潔後剩下的部分吧？」

蘇菲無力地笑了幾聲，她的心臟又開始不舒服了。

豪爾注意到她不對勁，跳過吉他，進入門裡，扶住她的手肘，讓她在椅子上坐下來。「慢慢來，慢慢來。」蘇菲感到豪爾和卡西法之間好像發生了點什麼。她所以能感覺到，是因為當時豪爾正扶著她，而卡西法仍舊探身在壁爐之外。不論那是什麼，她的心臟幾乎是馬上又開始正常地跳動。豪爾看了卡西法一眼，聳聳肩，然後轉身對麥可發出一長串的、關於如何讓蘇菲靜養一整天的指令，然後拿起吉他，終於出門去了。

蘇菲在椅子上躺著，假裝自己病得起碼有兩倍嚴重。她必須趁豪爾不在時做這件事。糟糕的是，他也是要去上福爾丁。不過，她可以慢慢地走。這樣，她可以在他差不多要啟程回來的時候抵達。重點是，不能在路上叫他撞著。麥可將咒語攤開來，搔著頭在傷腦筋。蘇菲在旁偷偷觀察他，她一直等到他由書架上取下一本厚厚的皮革書，瘋狂、似乎又很苦惱地開始做筆記。看他似乎是非常專注在工作上了，蘇菲開始喃喃地說：「這兒好悶。」一連說了幾次。

麥可完全沒有反應。「悶得要命。」蘇菲邊說邊起身，往門口蹣跚走去。「新鮮空氣！」邊說邊打開門爬出去，卡西法不得不讓城堡完全停頓下來。蘇菲走下石南地，四處眺望，以確定自己的位置。越過山丘往上福爾丁的路，是一條穿越石南地的多沙小路，就在城堡下坡不遠處。卡西法當然不會讓豪爾不方便。蘇菲開始對著那條路走去，她覺得有些悲傷，她會想念麥可和卡西法的。

就在她快走到路口時，後面傳來一陣叫喚聲。麥可跟著她一路跳下山坡，高高的黑色城堡則四個角樓噴著煙，焦慮地跟在他身後一路跳動。

「妳在幹嘛？」麥可趕上來後問她。由他的眼光看來，他顯然認為蘇菲被稻草人嚇得腦筋不太正常了。

「我沒事，」蘇菲覺得被侮辱了：「我不過是要去看我另一個妹妹的孫女罷了。她的名字也叫做樂蒂・海特。現在你懂了吧？」

「她住哪兒？」麥可逼問，彷彿認定了蘇菲不會知道。

「上福爾丁。」蘇菲回答。

「那可是在十哩之外呢！」麥可說：「我答應豪爾要讓妳好好休息的，我不能放妳走，我跟他說過絕不讓妳離開我的視線！」

蘇菲可不高興聽這些。因為需要她去見國王，所以豪爾現在覺得她有用了，當然不要她離開城堡了！「哼！」她嗤之以鼻。

「而且，」麥可慢慢進入狀況了。「豪爾一定也是去上福爾丁。」

「我確信他是的。」蘇菲說。

「那麼，妳是在為這個可能是妳孫外甥女的女孩擔心囉？」麥可終於抓到重點。「知道了。但我還是不能讓妳去。」

「我就是要去。」蘇菲堅持著。

「如果豪爾在那裡看到妳，他會很生氣的。」麥可邊說邊想。「而且因為我跟他承諾過，所以他也會一併生我的氣。妳應該休息才對。」蘇菲越聽越氣，幾乎想動手揍他了，他突然大叫道：「等等！放掃帚的櫃子裡有一雙七里格靴！」

他抓住蘇菲老瘦的手腕，拉著她上坡，走向等著的城堡。為了不被石南絆住，她只好一路跳著。「可是，」她氣喘吁吁地說：「七個里格是二十一哩！我只消跨兩步就到往避難港的半路上了。」

「不對！跨一步是十哩半，」麥可說：「差不多就是到上福爾丁的距離。我們一人穿一隻，一起上路，這樣我就不會讓妳離開我的視線，妳也不會過度勞累，而且我們可以趕在豪爾之前到達，這樣他就不知道我們去了哪裡。我們所有的問題不就都圓滿解決了嗎？」

麥可顯然是太得意了，讓蘇菲不好潑他冷水。她聳聳肩不置可否，心裡想到，或許讓麥可在兩個樂蒂把外貌換回之前讓他知道實情比較好，這樣比較誠實。但是當麥可由儲物櫃拿出七里格靴時，她開始猶豫。她一直以為它們是兩個掉了提柄，又被擠壓得有點變形的皮桶，誰知道……

「穿的時候是連腳帶鞋都放進去的。」麥可邊將這兩個活像水桶的東西提到門口，邊解釋：「這是豪爾為國王的軍隊造的靴子的原型。最後的製成品比較輕，也比較像靴子。」他跟蘇菲坐在門階上，各放一腳到靴子裡。「身體先面對上福爾丁的方向，再把靴子放下。」麥可警告她。他跟蘇菲各用穿普通鞋的那隻腳站起來，然後轉身面對上福爾丁。「現在，跨步！」麥可喊口號。

滋！身旁的景色一下就飛過去了。因為太快，看來只是一片模糊——灰綠色的是土地，藍灰色的是天空。

前進速度帶起的風扯著蘇菲的頭髮，並將她臉上的皺紋全部往後拉扯。蘇菲想著，到達目的地時，只怕一半的臉都跑到耳後去了。

但是，開始的同時也就突然結束了。身旁一切是那麼詳和，陽光普照。他們已置身上福爾丁中間一塊草原上頭，站在及膝的金鳳花之間，旁邊一頭牛驚奇地凝視著他們，再過去，是懶洋洋坐落在樹下的茅屋。不幸的是，因為那桶狀的靴子實在太重，蘇菲停下來時因此晃動了一下，腳步踉蹌。

「別把那隻腳踩下去！」麥可喊道，但是太遲了！

旁邊馬上又是一片模糊和疾風。當一切停下來時，蘇菲發現他們跑到福爾丁谷，都快到福爾丁沼澤區了。「噢，豈有此理！」她咒罵了一聲，小心地以單腳跳轉身來，再試一次。

滋！模糊。他們再度回到上福爾丁的草原，她卻又被靴子的重量拖著往前跨步，她眼角瞥見麥可俯身要扶她……

滋！模糊。「天哪！」蘇菲大聲嘆氣，這次他們回到山丘了，形狀歪歪的黑色城堡就在近處飄浮著。卡西法看得興高采烈，由一個角樓裡吹出一圈圈的黑煙。蘇菲只看到這兒，然後她的靴子在石南上絆了一下，她向前俯跌……

滋！滋！這次蘇菲以飛快的速度跑到馬克奇平鎮的方形市場，再跑到一棟豪宅的前院。「什麼嘛！」「豈有此理！」每個地方恰好夠她喊一句話。然後「滋」的一聲，她又被帶往山谷尾端的某個草原。一隻碩大的紅色公牛由草地上抬起它戴著鼻環的鼻子，然後審慎地低下頭，以角對著他們。

「牛兒乖，我們馬上就走！」蘇菲大叫，急急跳轉身。

滋！回到豪宅。滋！回到方形市場。滋！又看到城堡啦！她越來越熟稔了。滋！終於又回到上福爾丁了。但是——該怎麼停下來呢？滋！

「噢！真該死！」蘇菲大叫。又快跑到福爾丁沼澤區了。

這次她非常小心地跳轉身，很謹慎地跨步。滋！這次她踩到一塊牛糞，噗通一聲，一屁股坐到地上。麥可一躍而起，在蘇菲能移動之前先一把將靴子由她腳上扯下來。「謝啦！」蘇菲上氣不接下氣地叫道：「好像沒有非要停下來不可的理由。」

他們走過草原，往菲菲克絲太太家走去，蘇菲的心跳不由得稍稍加快，但只是像一下子做了許多事後那種心跳的感覺，她不禁對豪爾和卡西法稍早為她所做的事充滿感激。

「好地方。」麥可邊將靴子藏在菲菲克絲太太家的樹籬間邊說。

蘇菲同意他的看法。那房子是村裡最大的一間，屋頂覆有茅草，黑色的樑木之間是白色的牆。蘇菲小時候來玩過，她記得要走到前廊之前會先穿越一個繁花盛放、蜜蜂嗡嗡飛舞的花園。前廊上頭爬有一棵忍冬及一棵會攀爬的白色薔薇，兩棵都開滿了花，似乎在比賽，看誰能讓蜜蜂更忙碌。那是一個完美的、炎熱的上福爾丁堡的夏日早晨。

菲菲克絲太太自己前來開門，她是那種看起來很舒服的、胖胖的女人，奶油色的頭髮盤在頭上。光看著她，就讓人覺得生命是件美好的事。蘇菲覺得有那麼一點點嫉妒樂蒂。菲菲克絲太太瞧瞧蘇菲又瞧瞧麥可，上次她見到蘇菲是一年前的事，當時蘇菲十七歲。現在當然不可能要她認出眼前這個九十歲的老婦。「早啊。」她禮貌地打招呼。

蘇菲嘆了一口氣。麥可說：「這是樂蒂•海特的姨婆。我帶她來找樂蒂。」

「哦，難怪覺得臉看來好熟！」菲菲克絲太太說：「有你們家族的特徵。快進來！樂蒂現在正忙著，你們等的時候不妨吃點圓餅和蜂蜜。」

她將前門開大一些。突然，一隻大大的柯利狗由菲菲克絲太太的裙邊擠過，穿過蘇菲和麥可之間，跑過最近的花床，兩側的花跟著倒楣，折枝斷葉。

「噢，快阻止牠！還不能讓牠出來！」菲菲克絲太太喘著氣，在後頭拚命追趕。

接下來幾分鐘是一團混亂。狗以一種令人不舒服的聲音吠叫著，東南西北亂竄。菲菲克絲太太和蘇菲追著牠跑，時而跳過花圃，時而互相妨礙。麥可則追著蘇菲大叫：「快停下來！妳會跑出病來的！」然後狗朝著房子的一個轉角跑去。麥可意識到要蘇菲停下來的唯一方法，就是讓那隻狗停下來，於是改變策略，快速地橫過花圃，繞過房子，對狗撲過去，在牠行將跑到屋後的果園之前，扯住牠身上的皮毛。

蘇菲蹣跚著趕到時，麥可正在將狗往後拉，同時一直對她做出奇怪的表情。起先，她以為麥可不舒服，但在他多次將頭往果園方向甩動後，她終於明白他不過是想要告訴她什麼。她藏到屋子的轉角，只露出頭來，心想大概會看到一群蜜蜂。

但是，她看到豪爾和樂蒂在一起。他們在一個開滿了花、樹身長著青苔的小蘋果林裡。

樂蒂坐在一把白色的庭園椅上，豪爾單膝跪在她腳邊的草地上，抓著她的一隻手，表情既高尚又熱切。樂蒂則親切地對著他微笑。但對蘇菲而言，最糟的是，樂蒂看起來一點也不像瑪莎，她還是那個美麗非凡的樂蒂。她身上穿的是一件與頂上滿簇蘋果花類似的粉紅及白色的洋裝，她光滑捲曲的黑髮垂落在一邊的肩膀，眼裡則閃著對豪爾的愛。

蘇菲將頭縮回來，不悅地看著手裡猶抓著嗚嗚叫的柯利狗的麥可。「他一定是用了速度咒語！」麥可說，聲音裡同樣透著不悅。

菲菲克絲太太趕上來了。邊喘氣邊試著將一綹鬆掉的頭髮別回去。「壞狗！」她輕聲但嚴厲地跟狗說：「你再給我搞一次的話，我就跟你下咒！」狗眨了眨眼，乖乖坐下。菲菲克絲太太以手指指著牠，嚴厲地說：「到屋裡去！不准出來！」狗掙脫麥可的手，溜過屋子的轉角，大家跟著牠後面走。菲菲克絲太太跟麥可說：「多謝你了。牠想去咬樂蒂的客人。進去！」她在屋前的花園又嚴厲地大叫一聲，因為狗好像想繞過屋子另一個轉角跑到果園去。狗轉過頭來悲傷地看她一眼，很不快樂地經由前廊爬進屋裡。

「搞不好那狗是對的。」蘇菲說：「菲菲克絲太太，妳可知道樂蒂的客人是誰？」

菲菲克絲太太咯咯地笑。「圍龍先生，或者豪爾，或是任何他高興稱呼自己的名字。我想到他第一次來的時候就忍不住好笑，他自稱是希爾維斯德・奧克。他顯然不記得我了，我可是沒忘記他，雖然他學生時代頭髮是黑的。」菲菲克絲太太現在雙手在胸前互搭，身體站得挺直，蘇菲見過好幾次這個架勢，知道這意味著她準備要說上一天話啦。「他是我的老師退休前收的最後一名弟子。我先生還活著時，常常三不五時要我施法送我們兩人去金斯別利看表演，如果我把速度放得很慢時是可以辦到的。每次去我都會順道拜訪老潘思德曼太太。她喜歡跟舊日的學生保持聯繫。有一次她介紹這位年輕的豪爾給我們認識。噢，她非常以他為傲。妳知道，蘇利曼也是她教出來的，但是她說豪爾的能力在他兩倍之上……」

「可是，妳難道不知道他的名聲嗎？」麥可插嘴。

要插進菲菲克絲太太的談話，有點像是要加入正在轉動的跳繩一樣，你必須選對時刻，進場的時間對了，才搭得上線。菲菲克絲太太微微轉過身來看著麥可。

「對我而言，那些大多是傳言罷了。」她說。麥可張嘴，想說不是的，但是跳繩自顧自地往下跳。「所以我就跟樂蒂說：『親愛的，這可是妳的大好機會哦！』反正我也不介意告訴你們，豪爾可以教給她的，當在我的二十倍以上。樂蒂的聰明遠在我之上，將來是會達到荒地女巫那種等級的，只不過，她會是『好』的那種女巫。樂蒂是個好女孩，我很喜歡她。如果潘思德曼太太仍在教學的話，我會馬上就送樂蒂過去。但是她已經退休了，所以我跟樂蒂說：『豪爾巫師來追求妳，再也沒有比這更好的事了！跟他戀愛，然後讓他來教妳。你們這一對將有很不凡的成就。』樂蒂剛開始有點排斥，但最近好多了。今天看來則進行得相當順利的樣子。」

說到這兒，菲菲克絲太太停下來對著麥可親切地微笑。蘇菲趕緊搶進來，參與跳繩：「可是，有人跟我說樂蒂喜歡的是別人。」

「妳是同情他吧？」菲菲克絲太太壓低了聲音：「可是，真的是無能為力。」她意有所指地悄聲說：「那對任何女孩都太殘忍。我就是這麼跟他說的，我自己也蠻同情他的……」

蘇菲聽得滿頭霧水：「哦……」

「……但是那個咒語實在是太強了，真是令人難過。」菲菲克絲太太繼續喋喋不休：「我只好告訴他，我的能力無法破除荒地女巫下的任何魔咒。豪爾或許有辦法，但是他當然無法跟豪爾開口，對不對？」

麥可一直緊張地注視著屋子轉角處，深怕豪爾走過來，發現他們。這時他逮住空隙，插嘴打斷跳繩的韻律：「我想我們該走了。」

「妳真的不要進來嚐嚐我的蜂蜜嗎？」菲菲克絲太太問道。「你們知道嗎？我幾乎所有的咒語都用到蜂蜜。」

然後她的話匣子又開了，這次說的是關於蜂蜜的各種神奇特性。麥可和蘇菲刻意朝大門方向走去，菲菲克絲太太落在他們之後，嘴裡兀自說著，不時憐惜地停下來，將被狗弄彎的植物扶直。蘇菲飛快地動腦筋，想在不驚嚇到麥可的情況下，問菲菲克絲太太她是怎麼發現樂蒂是樂蒂的。菲菲克絲太太將一棵大大的羽扇豆扶直後，停下來喘氣。

蘇菲馬上跳進來：「菲菲克絲太太，本來不是安排我另一個孫外甥女瑪莎過來的嗎？」

「頑皮的孩子們！」菲菲克絲太太微笑著搖頭，由羽扇花旁站起來。「我怎會認不出自己以蜂蜜為底調製的咒語呢？不過就像我當時跟她說的：『不想學的人我絕不會留她！我寧可教有心學習的人。但是，我這兒不允許有任何偽裝，所以妳要的話，就必須以本來面貌留下來。』結果就像妳看到的，一切都很好。妳真的不想留下來自己問她？」

「我想我們該走了。」蘇菲說。

「我們得回家了。」麥可加上一句，同時又緊張地瞥了果園的方向一眼。他由樹籬裡取出七里格靴，出了大門後，為蘇菲放下一個，說：「這次我要好好抓著妳。」

菲菲克絲太太由大門探出頭來，看蘇菲把腳放到靴子裡。「七里格靴！妳相信嗎，我不知多久沒見到這玩意兒了！對妳這種年紀的人是再方便不過了。呃……該怎麼稱呼妳來著？到我這個年齡似乎也可以考慮擁有一雙。所以樂蒂的巫術天分是遺傳自妳吧？雖然不一定會透過遺傳，但是通常……」

麥可拉住蘇菲的手臂，兩隻靴子同時著地，菲菲克絲太太剩下的話語就在「滋！」的一聲及疾風中消失了。接著麥可必須抱住自己的腳，以免和城堡相撞。門開著，卡西法對著他們咆哮：「避難港的門！從你們離開後，有人一直在敲那個門。」

第 9 章

解不開的咒語

敲門的是船長，他終於來拿他的風咒語了。他因為久等而非常生氣，跟麥可說：「如果你害我錯過潮流，我非跟你的魔法師抱怨不可！我不喜歡懶惰的小孩！」

依蘇菲看來，麥可對他是太客氣了。但是蘇菲因為心情低落，沒有過去干預。船長離開後，麥可到工作枱去為他的咒語傷腦筋，蘇菲則靜靜坐著修補她的長襪。她就只有這麼一雙襪子，而她瘦骨嶙峋的腳早在上面磨出幾個大洞，灰衣服也磨損、骯髒了。她問自己，敢不敢將豪爾那套弄壞的藍銀色衣服上最沒有污漬的地方剪下來，給自己縫一條新裙子？結果還是不敢。

「蘇菲，」麥可筆記寫到第十一頁時，突然抬起頭來問她：「妳有幾個孫甥女？」

蘇菲一直擔心麥可會開始問她問題。「孩子，等你到我這個年紀，」她說：「你就會數不清了。她們看來都一個樣。如果我記得沒錯的話，那兩個樂蒂好像是雙胞胎。」

「不會吧，」麥可的回答很令她驚訝。「上福爾丁那位才沒有我的樂蒂漂亮！」他把第十一頁撕掉，開始寫第十二頁。「當菲菲克絲太太說她知道豪爾是什麼樣子時，我實在想笑。妳呢？」

「我沒有，」蘇菲回答。這對樂蒂的感覺毫無幫助。她想到樂蒂在蘋果樹下那燦爛、充滿愛意的神情，便無助地問道：「有沒有可能豪爾這次是真心的？」

卡西法對著煙囪猛噴了一口綠色火花。

「就怕妳會這麼想！」麥可說：「那樣只不過跟菲菲克絲太太一樣，自欺欺人罷了。」

「你怎麼那麼確定？」蘇菲問他。

卡西法和麥可交換了一眼。麥可問道：「他今早有沒有忘記在浴室裡至少待上一個鐘頭？」

「何止！他待了兩個鐘頭。」卡西法說：「還在臉上灑咒語呢！有夠虛榮的！」

「對，就是這樣。」麥可說：「等哪一天豪爾忘了做這些事，我才會相信他是真的戀愛了！」

蘇菲想到豪爾單膝跪在果園裡，盡其所能要表現出英俊瀟洒的樣子，她知道他們說的是對的。她很想到浴室裡，把那些美容咒語一股腦全掃到馬桶裡去，但她不敢真這麼做。她只是拐著腳將那件藍銀色的衣服拿下來，一整天剩下的時間她都在剪那件衣服——由上面剪下小小的藍色三角形，以便縫製一條拼布風格的裙子。

麥可走過來，好心地拍拍她的肩膀，然後將手裡十七頁的筆記全扔給卡西法。「妳知道，每個人最後都會沒事的。」他說。

這時他們終於看出麥可遇到困難，解不出咒語。他把筆記丟掉，由煙囪上刮下一些煤灰。卡西法扭轉身，困惑地看著他。麥可由樑上垂掛下來的諸多袋子中的一個，取出一根乾枯的根莖，放在刮下來的煤灰裡。然後，在一番長思之後，他將門把轉到藍色向下，消失到避難港裡，二十分鐘後才回來，手裡拿著一個有螺紋的大海貝，把它跟煤灰以及根莖放在一起。然後他撕了一堆紙放上去。他把這些都堆到骷髏前，站著對它們吹氣，吹得整個工作枱上都是飛揚的煤炭和紙屑。

「妳想，他是在幹什麼？」卡西法問蘇菲。

麥可停止吹氣，開始以研缽和杵將所有的東西，包括紙屑搗碎，邊搗邊充滿期待地看著骷髏。但是，什麼也沒發生！於是，他由袋子和罐子裡取來不同的材料嘗試。

「這樣去跟蹤豪爾，讓我很不快樂。」當他試做到第三組實驗時，他大聲地說：「他對女人雖然不專情，對我卻是好的沒話說。當我這個沒人要的孤兒坐在他避難港的房門口時，是他收留我的。」

「你怎會有那樣的遭遇？」蘇菲邊剪下另一個三角形邊問。

「我媽媽去世，而我爸爸在暴風雨裡淹死了。」麥可說：「當事已至此時，沒有人會要你的。我必須離開原來的家，因為我繳不起房租。我試著露宿街頭，但是人們一再將我由他們的門口或船上趕走，後來我想到唯一一個人們不敢干預的地方。豪爾那時才出道不久，以

『建肯魔法師』為名號，但是每個人都謠傳說他屋裡住有惡魔，所以我就去睡在他家門口，這樣睡了幾夜。一天早上，豪爾開門要出去買麵包，我就這樣跌進門裡。他說他去買吃的東西時，我可以待在他家。我進去，看到卡西法。因為我從不曾見過邪魔，所以就開始跟卡西法說話。」

「你們都談些什麼？」蘇菲問。心裡想道：卡西法是不是也要求他幫它解除契約？

「他跟我訴說他的遭遇，還對我掉眼淚。對不對啊？」卡西法說：「他大概想都沒想過，我也有我的麻煩的。」

「我不認為你有，你只是愛抱怨罷了。」麥可說：「那天早上你真的對我很好，連豪爾都蠻感動的。不過你也知道他的個性，他沒說我可以留下來，只是沒要我走路。所以我就盡量找空幫忙，讓自己變得有用。幫他管帳，以免他錢一到手就花光光等等。」

魔咒「呼」的一聲，小小爆了一下。麥可把骷髏上的煤灰撣開，嘆著氣，以不同的材料重做實驗。蘇菲開始將那些藍色的小三角形拼湊起來，圍繞在她腳邊的地上。

「剛開始時我常常犯一些很笨的錯誤，」麥可繼續說：「但是豪爾總是很有耐性。我想我已經過了那個青澀的階段了，而且我想我在理財方面是幫上了點忙。豪爾老愛買昂貴的衣服，他說沒有人願意雇用看起來好像無法在這行業賺到錢的巫師。」

「還不是他自己喜歡漂亮衣服！」卡西法橘色的眼睛意味深長地看著正忙著縫紉的蘇菲。

「這套衣服壞了。」蘇菲說。

「令人生氣的不只是衣服而已。」麥可說：「你記不記得那個冬天？我們只剩下一根燃木，豪爾買回來的卻是那個骷髏頭和那把愚蠢的吉他。我實在氣壞了！他說什麼來著？說因為它們看起來很棒。」

「後來燃木的事怎麼解決？」蘇菲問。

「豪爾跟一個欠他錢的人拗來的。」麥可說：「至少，他是這麼說的。我希望他說的是實話。然後，我們只有海草可吃。豪爾說海草是健康食品。」

「是好東西，」卡西法喃喃地說：「乾乾的、脆脆的。」

「我討厭海草！」麥可說，心不在焉地看著他磨出來的那碗東西。「我不懂……應該有七樣東西的，難道指的其實是七個步驟？還是先用五芒星來試試看好了。」他將碗放在地上，以粉筆在周圍畫出一個五芒星。粉爆開來，將蘇菲的三角形布料吹到壁爐裡。麥可咒罵了一聲，匆忙擦掉五芒星。

「蘇菲，」他說：「我被這個咒語卡死了。妳想，妳能不能幫得上忙？」

好像是拿功課請教老奶奶似的，蘇菲想著。她將三角形布料撿回來，再度耐心地將它們在地上擺好後，說：「拿來我看看。」她說得很謹慎：「你知道的，我對咒語一無所知。」

麥可急急將一張奇怪的、微微發光的紙放進她手裡。即使以咒語而言，它看起來也很不尋常。上面寫著粗體字，但字帶點灰色，而且有點模糊。字的邊邊像撤退的暴風雨雲霧般，包圍著一圈灰灰的朦朧。「妳有什麼想法？」麥可問。

蘇菲將它唸了出來：

抓住落下的星辰，
由曼陀羅花的花根孕育出小孩，
告訴我過去的歲月都去了哪裡？
或者，是誰劈裂了魔鬼的腳？
教我如何聽取美人魚的歌聲，
或是免叫嫉妒刺傷的方法，
並且找出
什麼樣的風，
可以吹著誠實的心靈向前。

決定這段話的意涵，
然後自己寫出第二段。

蘇菲完全被搞糊塗了！這和她以往偷看到的咒語完全不同。她努力地看了兩遍，麥可在旁邊熱切地解釋，卻一點也幫不上忙。「豪爾曾跟我說過，高階魔法都附有令人困惑的題目。起先，我以為每一行都有一個難題。我在煤煙裡加上火花當做是落下的殞石，海貝當做是美人魚的歌聲。我又想，我也可以算是個孩子，所以就去取了一根曼陀羅花根下來。我還從曆書上抄了一堆過去發生的事，但是關於這一點我實在不太確定，也許就是這裡出了錯？那個避免刺傷的會不會是羊蹄葉？我剛剛都沒想到……總之，沒有一件起作用。」

「我一點也不覺得奇怪，」蘇菲說：「在我看來，這像是一連串辦不到的事的清單。」

但是麥可不聽。如果這些事都辦不到的話，就沒人能使用這個咒語了。「何況，」他說：「我對自己偷偷跟蹤豪爾的事覺得很慚愧，所以我一定要把這個咒語搞懂，好做為補償。」

「好吧，」蘇菲說：「那就由『決定這段話的意涵』開始吧！如果『決定』是咒語的一部分，這應該能讓咒語開始生效。」

但是麥可不表同意。「不對，」他說：「這種咒語要開始做以後，才會漸漸生出力量來。最後一句說的就是這個，要『自己寫出第二段』時才會開始生效。這種咒語的難度很高，我們必須從前面開始解才行。」

蘇菲將三角形布料再度集成一堆，同時建議道：「我們來問卡西法好了。卡西法，是誰……」

但是麥可再度阻止她。「不行！別吵它。我想卡西法是咒語謎題的一部分，妳看它這裡寫『教我』，這裡又寫『告訴我』。起先我以為是要教那個骷髏，但是那不生效。所以，一定是指卡西法。」

「如果我說什麼你都要反對的話，你就自己去解。」蘇菲說：「卡西法至少會知道是誰劈裂了它的腳吧？」

卡西法聞言，稍稍挺起身來：「我是沒有腳的。而且我是邪魔，不是魔鬼。」說完馬上又退回木頭裡去。蘇菲和麥可繼續討論這咒語的期間，還可以聽到它在那兒「有夠無聊」、「有夠無聊」地霹啪作響。蘇菲被這個咒語迷住了，她將藍色的三角形布料收起來，拿過紙筆，開始像麥可那樣大量地做起筆記。那天剩下的時間，她和麥可兩人就這樣盯著遠處，咬著筆桿，想到什麼就丟一句話給對方。

以下是蘇菲寫的一頁筆記：

大蒜能防止嫉妒嗎？我可以拿紙剪一個星星然後讓它掉下去吧？告訴的對象可以是豪爾嗎？豪爾顯然會喜歡美人魚勝過卡西法。我不認為豪爾的心靈是誠實的。卡西法的呢？過去的歲月到底都到哪兒去了？乾燥的根必須長出果實嗎？這表示根必須種下去嗎？就種在羊蹄葉旁邊？還是貝殼裡？分蹄趾，牛羊和魔鬼都是，但馬不是。還是說，要在馬蹄上穿一顆蒜頭？風？味道？七里格靴帶起的風嗎？豪爾邪惡嗎？是七里格靴裡的分蹄趾，還是穿靴子的美人魚？

蘇菲絞盡腦汁地想著、寫著，麥可也同樣拚命，還不停地問道：「這風會不會是指一種滑車？一個誠實的人被絞死？不過，那樣就變成黑色魔法了。」

「吃晚飯吧！」蘇菲說。

他們吃著麵包和乳酪，眼睛仍舊望著遠處。最後蘇菲說：「麥可，我看我們別再猜了。先試著照做看看吧！要抓住跌落的星星最好的地點是在哪裡？山崗上嗎？」

「避難港沼澤區比較平坦，」麥可回道。「但是，真的可以嗎?流星的速度非常快。」

「沒問題的，我們可以穿七里格靴。」蘇菲指出。

麥可跳起來，神情輕鬆又愉快。「妳說得沒錯。」他說：「我們去試試看。」

這次蘇菲謹慎地帶著拐杖和披肩，因為外面已經很暗了。當麥可將門把往下轉到藍色時，突然發生兩件事——工作枱上骷髏的牙齒開始嘎嘎作響，而卡西法的熱燄直衝上煙囪，叫道：「我不要你們去！」

麥可安慰它說：「我們一下就回來了。」

他們來到避難港街上。那是個明亮而溫暖的夜晚。但是，他們剛走到街道盡頭時，麥可突然想起蘇菲那天早上還病著，開始擔心夜晚的空氣會對她有不好的影響。蘇菲告訴他別傻了，勇敢地拄杖而行，直到遠離有燈火的窗口，夜變得寬廣、潮濕而且寒冷。沼澤區充塞著鹽及泥土味，海洋閃著光，發出柔和的窸窣聲，向後退去。蘇菲不用眼睛即可感覺到眼前是一片綿延不絕的平地，一路伸展過去。眼睛所能見到的，是低低的、帶狀的藍霧以及沼澤水池發出的朦朧微光，一層層地直到天際。其餘舉目所見的部分則全都是天空，比平日所見還大。銀河看來像是由沼澤升起的一帶霧氣，明亮的星光透過霧氣照射出來。

麥可和蘇菲站好腳步，面前各放著一隻七里格靴，等著天上的星星開始移動。

半小時後，蘇菲必須假裝她沒有冷得發抖，以免麥可擔心。
又過半小時，麥可說：「五月的季節不對。應該是八月跟十一月最好。」
再過半個小時，他擔憂地說：「那個曼陀羅花的花根應該怎麼解釋？」
「先解決這一個，再來擔心下一個。」蘇菲咬著牙回答，以免他們開始打顫。
又過了一會兒，麥可說：「蘇菲，妳先回去。這畢竟是我的咒語。」
蘇菲正要開口說好，天上的一顆星星突然由天空脫離，拖著白色的光線迅速掉落下來。
「那兒有一個！」她改口尖叫。
麥可把腳放到靴裡，飛身追去。蘇菲握緊拐杖，一秒鐘後也跟過去。滋！砰！在深入沼澤，充滿霧氣與空茫、四處皆是微微發光的水坑的地方，蘇菲將拐杖插入地上，得以穩穩地著地站立。
麥可的靴子就掉在她身邊，黑黑的一坨，人則不知在哪兒，暗夜裡只聽到他的腳步聲在前頭啪喳啪喳，瘋狂地跑來跑去。
而流星就在那兒！蘇菲可以看到一個小小的、往下降的、火燄狀的東西，就在那個黑色移動物體，麥可的上頭。那明亮的形體慢慢地降下來，看來麥可似乎可以抓到它。
蘇菲將鞋子由七里格靴拉出來。「拐杖，來！」她叫道：「帶我過去！」她以最快的速度拄杖拐行，跳過草叢，涉過水坑，眼睛一路緊盯著那個小小的白光。

當她趕上時，麥可正放輕腳步、悄悄地跟在星星後頭，伸出兩手準備抓它，身體的輪廓被星光映照得十分清楚。星星飄浮在與麥可的手平行的地方，就在他手前頭一兩步之遙，它回頭緊張地看著他。真是詭異！蘇菲想著。它由光構成，在麥可身邊映出一環光圈，照著草叢、蘆葦和黑色的水坑。它同時有一雙大大的、充滿焦慮的眼睛，向後緊張地窺探麥可的動向，還有一個小小、尖尖的臉。

蘇菲的到達嚇了它一大跳，不規則地俯衝了一下，以一種尖銳、霹啪的聲音問道：「幹嘛？妳想幹嘛？」

蘇菲想跟麥可說：算了，它嚇壞了。但她已喘得說不出話來。

「我只想抓住你，」麥可跟它解釋：「我不會傷害你的。」

「不行、不行！」它絕望地霹啪作響：「那是不對的，我應該要死的。」

「但是如果你讓我抓住你的話，我就可以救你一命。」麥可溫和地跟它說。

「不要！」星星大叫：「我寧可死去！」它往下一沉，躲開麥可的手。麥可撲上去，但它的動作快過麥可，迅速向最近的水坑俯衝過去，黑色的水坑霎時潑濺成一股白色的火燄，接著是一陣小小的、逐漸消失的嘶嘶聲。當蘇菲蹣跚著趕到時，麥可站在水坑邊，正看著黑暗水底裡一個小小圓塊狀的物體散發出最後的一絲光芒。

「真令人傷心！」蘇菲說。

麥可嘆了口氣。「是啊，我真是很可憐它。我們回家吧！我實在受夠了這個咒語！」

他們花了二十分鐘才找到靴子，蘇菲覺得能找到實在是奇蹟。

「妳知道嗎？」當他們拖著沉重的腳步，頹喪地穿越避難港黑暗的街道時，麥可說：「我知道我是絕對搞不懂這個咒語了，它超過我的程度太多，我必須問豪爾。我討厭屈服，但是既然現在樂蒂已經決定接受豪爾了，他應該會有心情跟我好好解釋。」

這樣的說法對蘇菲的心情一點幫助也沒有。

第 *10* 章

一個暗示

豪爾一定是在蘇菲和麥可外出時回來的。蘇菲在卡西法身上煮早餐時，他由浴室走了出來，優雅地坐在椅子上，儀容修飾整潔，容光煥發並帶有忍冬花的香味。

「親愛的蘇菲，」他說：「妳總是忙著。妳昨天好像沒有聽從我的勸告，工作得很辛苦呢？妳為什麼將我最好的衣服剪成那個樣子？這只是單純的問問，沒別的意思。」

「你前天讓它沾滿了黏膠，我不過是在廢物利用而已。」蘇菲說。

「我以為我已經顯示給妳知道了，我可以讓它恢復原狀的。」豪爾說：「我還能幫妳做一雙合腳的七里格靴，如果妳把腳的尺寸給我的話，也許用咖啡色的小牛皮製成，這樣比較實用。實在很難想像，一步路是十哩半，偏偏有人還是會踩到母牛糞。」

「搞不好是公牛屎！」蘇菲頂回去：「我敢說你還在上面看到沼澤的泥巴。我這把年紀的人需要許多運動。」

「那妳顯然比我知道的還要忙了。」豪爾說：「因為昨天當我把視線由樂蒂美麗的臉龐抽離一剎那時，我敢發誓我看到妳的長鼻子由房子的轉角伸出來窺探。」

「菲菲克絲太太是我們家的朋友，」蘇菲說：「我怎麼知道你剛巧也跑去那裡！」

「蘇菲，那是因為妳擁有直覺，所以會這樣。」豪爾說：「好像沒有事情能逃得過妳。如果我去追求一個住在海中央浮冰上的女孩，遲早，搞不好很早，我抬頭一看，就會看到妳騎著掃把在上頭俯衝。事實上，如果我沒看到妳的話，只怕我會很失望啊。」

「你今天要去浮冰上嗎？」蘇菲頂道：「由樂蒂昨天臉上的表情看來，那兒好像再沒什麼值得你留戀的了嘛！」

「妳誤會我了，蘇菲。」豪爾說。聲音聽起來非常受傷。蘇菲懷疑地把眼睛轉開。紅色的耳環在豪爾耳上晃呀晃的，但他整個人看來很高尚，帶著些許悲傷。「我要很久很久才會跟樂蒂分開。」他說：「事實上，我今天得再度去面見國王。滿意了吧？長鼻子太太。」（註：長鼻子意指多管閒事、雞婆之意。）

他說的話蘇菲一句也不相信。不過門柄紅色朝下，他確實是要去金斯別利。豪爾用過早餐即離開，麥可想問他那個令人困惑的咒語的事，他卻揮手叫他走開。這麼一來，麥可也沒事幹，所以他也出門去了。他說他要去希賽利。

蘇菲被獨自一人丟在家裡，她仍然無法真正相信豪爾所說關於樂蒂的事，不過她也不是沒有誤會過他，而且，她一直都只靠著卡西法和麥可的話來評估豪爾的行為。

她將所有的小藍色三角形收集起來，開始懷著罪惡感地，將它們縫回那件剩下部分看起來像一面銀色魚網的衣服上。當有人前來敲門時，她嚇了一大跳，以為稻草人又回來了。

「避難港啦。」卡西法告訴她，對她閃過一個紫色的微笑。

那應該沒問題了。蘇菲拐著腿走過去，藍色向下，打開門來。外頭停著一匹專用來拖車的馬。牽著牠的，是一個五十歲左右的年輕人，他問巫婆太太有沒有什麼方法可以讓馬不要一年到頭掉蹄鐵。

「讓我看看，」蘇菲說著，回頭走到壁爐邊，低聲問道：「我該怎麼做？」

「黃色粉末，第二個架子的第四個罐子。」卡西法悄聲告訴她：「那些咒語的主要成份是『相信』，所以東西給人時要看起來很有信心。」

蘇菲將粉末倒一些在一片方形紙上，像她看麥可做的那樣，漂亮地扭一下，帶著它拐回門邊。「拿這個去，孩子。」她說：「這會把蹄鐵黏得比用一百根鐵釘釘得還牢。聽到了沒，馬兒？接下來一整年你都不需要用到鐵匠哩。總共是一分錢，謝謝。」

那是個非常忙碌的一天。蘇菲必須一再放下手頭縫製的工作去賣東西，靠著卡西法的幫忙，她賣出一個通水管的咒語、一個抓山羊的，還有製造好啤酒的。唯一令她頭痛的，是一個來自金斯別利的客戶。蘇菲將門把轉到紅色向下打開，看到一位服裝考究、年紀比麥可大不了多少的男孩，臉色蒼白、冒著冷汗，擰著雙手站在門前。

「魔法夫人，妳可憐可憐我！」他懇求道：「我明天清晨得跟人決鬥，請給我一個保證我會贏的咒語，不管多少錢都沒關係。」

蘇菲回頭看著卡西法，卡西法對她扮了一下鬼臉，意思是說現成品裡沒有那樣的東西。

「這樣是不對的。」蘇菲嚴厲地說：「而且，決鬥是不應該的。」

「那就給我一個能讓我有公平機會的咒語。」那少年絕望地懇求。

蘇菲看著他。他個子很小，很明顯地性格怯懦，他臉上有一種「永遠的輸家」那種無助的表情。「我盡量試看看。」蘇菲說。她拐著腳來到架子前面，審視那些瓶瓶罐罐，一個上面標有「辣椒」的紅色罐子看來最合適。她倒了一大堆到方形紙上，然後將骷髏放到它旁邊。「我想決鬥這種事，你應該比我清楚。」她對著骷髏喃喃自語，那年輕人焦慮地倚著門看著。蘇菲拿起刀子，在粉上比劃著，希望看起來像在施法的樣子，口中同時叨唸著：「要公平地打鬥！知道嗎？」她把紙包起來，扭好，蹣跚地走回門邊。「決鬥一開始，就把這個撒向空中。」她跟小個子年輕人說：「它會帶給你和對方相同的機會。在那之後，輸贏都要靠你自己了。」

小個兒年輕人顯然非常感激，要塞給她一個金幣，但是蘇菲拒絕接受，所以他只好給她兩辨士，然後高高興興地吹著口哨離開。「我覺得自己像個騙子。」蘇菲邊把錢藏到壁爐石塊下邊說：「但是我真希望決鬥時我能在場。」

「我也是。」卡西法霹啪地說：「妳什麼時候才能解放我，讓我能出門去看像這樣的事？」

「要是能獲得跟這個契約有關的一點暗示就好了！」蘇菲回道。

「搞不好妳今晚就會得到。」卡西法說。

近傍晚時麥可飛了進來，進門後他先緊張地四處張望了一下，確定豪爾還沒回來。接著走到工作枱，將東西拿出來，讓枱子看起來好像他在那裡忙了一天的樣子，邊弄邊愉快地唱著歌。

「真羨慕你可以輕易地走那麼長的路。」蘇菲邊說邊縫一片藍色三角形到豪爾的銀色破衣上。「我……甥女怎麼樣？」

麥可高興地離開工作枱，坐到爐旁的凳子上，開始跟她報告他的一天，然後他反問蘇菲如何打發時間。結果，當豪爾以肩膀將門頂開，兩手提滿大包小包走進來時，麥可不僅沒有一點忙碌的樣子，反而坐在凳子上，為了那個決鬥的咒語笑得前俯後仰。

豪爾往後退，以背部將門關上，背靠著門一副很悲愴的樣子。「看看你們！」他說：「應該這樣對待我的嗎？我整天為你們做牛做馬。可是你們，連卡西法也一樣，連跟我說聲哈囉的時間都沒有。」

麥可滿懷罪惡感地跳起來，卡西法則好整以暇地說：「我從不打招呼的。」

「有什麼不對嗎？」蘇菲問。

「這樣還差不多，」豪爾說：「總算有人假裝看到我了。蘇菲，真謝謝妳的問候啊！是的，是有事情不對！國王已正式要求我去尋找他的弟弟，甚至強烈暗示說，若能順便把荒地女巫解決掉會更好。你們卻只知道坐在那裡笑。」

說到這裡，豪爾顯然又隨時要製造綠色黏液了。蘇菲趕緊將手裡縫著的東西擺一邊，說：「我來烤一些熱騰騰的奶油吐司。」

「那是妳面對悲劇時唯一能做的事嗎？」豪爾抱怨：「烤吐司！不、不用起來。我一路拖著這些要給妳的東西回來，所以，至少禮貌性地表示一點興趣吧。哪！」他把一堆包裹放到蘇菲大腿上，另外遞了一個給麥可。

蘇菲困惑地將包裹一一解開，裡頭有幾雙絲質長襪，兩包白麻布襯裙，下襬飾有荷葉邊、蕾絲和緞帶，一雙灰鴿色軟皮，側邊有鬆緊帶的靴子，一件蕾絲披肩，還有一件水洗絲製成的灰色洋裝，上面蕾絲的顏色與披肩正好相配。蘇菲以專業者的眼光一一審視，一次次地驚嘆出聲，光是那件蕾絲披肩就價值不菲了。她撫摸著洋裝的絲料，露出敬畏的表情。

麥可拿到的是一件嶄新漂亮的絲絨外套。他滿口抱怨，一點也沒有感激的樣子。「你一定把絲質皮包裡的錢全部用光光了！我不需要這個。你自己才需要新衣服！」

豪爾將靴子掛到他那件藍銀色套裝的剩餘部分上，可憐兮兮地舉高來看。蘇菲雖然很努力地縫著，上面的洞還是多過布料。「我是多麼不自私的人呀！」他說：「我不能讓你們穿得破破爛爛地去國王那裡抹黑我，國王搞不好會認為我沒照顧好我的老母親。蘇菲，怎麼樣啊？靴子合不合腳？」

蘇菲仍滿懷敬畏地在撫摸那件絲質衣服，聞言才抬起頭來，問道：「你這是出於好心還是膽小？非常謝謝，但是我不去。」

「太不知感激了！」豪爾大叫。他將兩隻手臂張開：「再來場綠色黏液吧！然後我將被迫將城堡移到千里之外，從此再也見不到我可愛的樂蒂！」

麥可懇求地望著蘇菲，蘇菲忍不住要呻吟。她清楚地看到，兩個妹妹的幸福都繫於她去見國王這件事上頭，何況背後還有綠色黏液的威脅。「你還沒開口拜託我呢！」她說：「你只是說我會去。」

豪爾微笑著：「妳會去的，對不對？」

「好吧！什麼時候？」

「明天下午。」豪爾說：「麥可可以當妳的僕役。國王會等著接見妳。」他在凳子上坐下，開始冷靜、清晰地解釋，告訴蘇菲該說些什麼。因為事情完全順他的意，他不再有半點「綠黏液情緒」，蘇菲很想甩他耳光。「我要妳做的是很敏感、不易處理的事。」豪爾解釋道：「我要國王能夠繼續雇用我做類似運輸咒語那樣的工作，但又不夠信任到足以把諸如尋找他弟弟之類的工作交託給我。妳得告訴他我得罪荒地女巫的原因，同時告訴他我仍是一個好兒子，對妳很孝順，但是說的時候要有技巧，讓他覺得我這個人實在很沒用。」

豪爾說得很詳細。蘇菲將手環在包裹上，試著記住他說的一切，但心裡忍不住嘆氣：如果我是國王的話，我會完全聽不懂這個老太婆在嘟囔些什麼！

麥可則在豪爾身邊徘徊，伺機要問他關於那個令人困惑的咒語的事，但是豪爾一直有新點子湧上來，新的、微妙的、該告訴國王的細節，他一直揮手要麥可走開。「現在不成。還有，蘇菲，我想到了，妳也許需要來點練習，以免被王宮的氣勢嚇到。我可不希望妳跟國王談話時神情怪異。麥可，現在還不行！所以我安排妳去拜訪我舊日的老師潘思德曼太太。她是很有威嚴的老婦人，就某方面而言，她的威儀還要勝過國王。所以，等妳見過她，再去王宮時就會覺得習慣了。」

蘇菲真希望她從未答應這件事！當豪爾終於轉身跟麥可說話時，她大大地鬆了一口氣。

「好了，麥可，輪到你了。到底什麼事？」

麥可揮舞著那張閃亮的灰紙，很不悅地迅速解釋說，他實在是拿這個咒語沒輒。

豪爾似乎有些意外，接過紙問道：「是哪裡有問題？」邊說邊把紙攤開來。他盯著紙看，一邊的眉毛突然挑高。

「我先當它是謎題來解，後來則想逐句照做，」麥可解釋道：「但是我和蘇菲沒法抓住那顆流星……」

「我的天！」豪爾大叫，然後開始大笑，他必須咬住自己的下唇才能停下來。「可是麥可，這不是我留給你的咒語呀。你這是哪來的？」

「就在工作枱上，蘇菲圍在骷髏旁那一堆東西裡。」麥可說：「那是唯一的新咒語，所以我就想說……」

豪爾跳起來到工作枱上一陣翻找。「蘇菲又闖禍了。」東西被他翻得四處都是。「我早該知道了！沒有，咒語不在這裡。」他拍著骷髏褐色發亮的頭頂。「是你幹的嗎？我有個想法，我覺得你是由那地方來的，我確信那把吉他也是。呃，親愛的蘇菲……」

「什麼事？」

「沒事忙的老笨蛋，無法無天的蘇菲，」豪爾說：「告訴我猜的對是不對。妳是不是曾將門把轉到黑色向下，打開門將妳那好管閒事的鼻子伸出去偷看過？」

「我只把手指伸出去。」蘇菲很有尊嚴地說。

「但妳確實是打開了門，」豪爾說：「那個麥可誤以為是咒語的東西，一定就是這樣進來的。你們兩個難道從沒想過，那東西看起來一點都不像平常所見的咒語嗎？」

「咒語常常看起來怪怪的嘛！」麥可說。「那到底是什麼東西？」

豪爾由鼻子裡哼笑一聲：「決定這段話的意涵，然後自己寫出第二段。噢，天哪！」說完他往樓上跑。「我拿給你們看。」邊說腳步聲邊一路往上響。

「我想我們昨晚在沼澤上跑來跑去全都白費了。」蘇菲說。麥可沮喪地點頭，蘇菲看得出來他覺得自己愚不可及。「都是我的錯，」她說：「是我開了那扇門。」

「那外頭是什麼？」麥可很感興趣地問。

就在此時，豪爾衝下樓來。「原來那本書不在這裡，」他說，看來很生氣。「麥可，我剛才聽你說你們一起出去，試圖捕捉流星？」

「是的，但是它嚇得全身僵硬，掉到水坑裡淹死了。」麥可說。

「謝天謝地！」豪爾說。

「實在令人難過！」蘇菲說。

「難過！」豪爾益發生氣：「一定是妳的餿主意，對不對？一定是的！我閉上眼都可以看到妳在沼澤區裡跳來跳去鼓勵他的樣子。我告訴妳，那是他這輩子所做過最最最愚蠢的事！如果他真的抓到那顆流星，他要難過的事還多著呢！而妳……」

卡西法伸了個懶腰，火光閃動著，直上煙囪。「幹嘛這麼生氣？」它說：「你自己不也抓了一個？」

「沒錯！而我……」豪爾玻璃珠似的眼睛轉向卡西法，但是說沒兩句就住了口，轉而跟麥可說：「麥可，答應我你以後絕對不做這種事。」

「我答應。」麥可欣然同意：「那張紙上面寫的如果不是咒語的話，又是什麼東西？」

豪爾看一下手裡灰色的紙：「這叫做『詩歌』。但這不是全部，可是我想不起後面是什麼？」他就站在那兒思考，然後，好像想到了什麼，臉上露出擔憂的表情。「下一段好像很重要，」他說：「我最好把它送回去，然後……」他走過去將門柄轉到黑色向下，轉過身看看麥可和蘇菲，說：「好吧，我知道我若將蘇菲留下來，她也會想盡辦法鑽過來，那樣對麥可就太不公平了。你們兩位都一起跟我走吧！這樣至少你們會在我視線可及的範圍內。」

他打開門，外面是空無一片，他就這樣踏出去。麥可急著加入，慌慌張張地，絆到凳子摔了一跤。蘇菲一躍而起，包裹全掉到壁爐裡，她匆忙地對卡西法叫道：「別讓它們沾上火花！」

「如果妳答應告訴我那邊有什麼的話。」卡西法回道：「還有，我已經給過妳暗示了。」

「是嗎？」蘇菲說。但是因為實在趕得很匆忙，並未留意。

第 11 章

前往奇異國度

那片虛無不過是一吋左右的厚度。在它之後，是一個灰灰的、下著小雨的傍晚，有一條水泥路通往一座花園的大門。豪爾和麥可在門口等著。過了門，是一條看來平坦堅實的路，路兩旁建有房子。蘇菲在小雨中發抖，她回頭看自己的來處，發現城堡變成一棟有大窗子的黃色磚房。跟其他房子一樣呈方形，很新，前門是波浪紋狀的厚玻璃。沒人在路上走動，或許是因為下雨的緣故，但蘇菲卻覺得，真正的原因在於，雖然這兒有許多房子，但這兒其實是在城市的邊緣了。

「妳好奇夠了沒?」豪爾叫她。他那件鮮豔的灰紅色服裝因為雨滴，看起來霧茫茫的。他手裡拿著一串樣式奇特的鑰匙，大多是扁扁的，黃顏色，好像與這些房子契合。當蘇菲走過去時，他說：「我們的衣服得入鄉隨俗一下。」說完，他的衣服突然一片模糊，好像身旁的小雨突然都變成霧。當影像重又清晰起來時，它雖然仍舊是灰紅色，卻已變了一個樣式。垂下來的長袖不見了，整套衣服看來不僅鬆垮垮的，還舊舊破破的。

麥可的夾克則變成一件及腰的厚襯。他舉起腳，腳上穿的是雙帆布鞋。他盯著緊包在他腿上的藍色東西，呻吟道：「我的膝蓋幾乎沒辦法彎曲。」

「你就會習慣的。」豪爾說：「走啦，蘇菲。」

令蘇菲驚訝的是，豪爾領他們走回頭路，往那棟黃色房子走去。蘇菲可以看到他寬鬆的夾克後頭寫著奇怪的字：威爾斯橄欖球。麥可跟著豪爾走，因腿上穿的東西而腳步僵直。

蘇菲低頭看看自己，看到裙襬和鞋子之間的瘦腿露出原來的兩倍之多，除此之外，她的穿著倒是無啥變化。

豪爾以一把鑰匙打開有波浪紋狀厚玻璃的前門。門邊掛有一塊木牌，上面寫著「禮本戴爾」。蘇菲邊唸邊被豪爾推著，走進一個潔淨發光的前廳。房子裡似乎有人，最靠近前廳的那扇門後傳來吵雜的聲音。豪爾打開門後，蘇菲發現聲音來自一個大大的方形盒子，盒子前面有神奇的彩色圖案在動著。

「豪爾！」一個坐在那兒織東西的女人大叫。

她神情露著些許不悅，放下手裡正織著的東西，但在她站起來之前，一個雙手撐著下巴，看那神奇影像看得聚精會神的女孩跳起來，撲到豪爾身上，大叫道：「豪爾舅舅！」並且跳起來，以雙腳環住他。

「瑪莉！」豪爾也大叫：「小美人！好不好啊！有沒有乖乖？」他和小女孩開始轉用一種外國語交談，說得又快又響。蘇菲看得出他們感情非常好。她想，這不知是什麼語言？聽起來和卡西法那支好笑的燉鍋歌所用的語言很像，但是她不太確定。在那一長串外語之間，豪爾得間或撥出時間告訴他們說：「這是我外甥女瑪莉，我姊姊梅根・派立。梅根，這是麥可・費雪和蘇菲……呃……」

「海特。」蘇菲接著說。

梅根態度保留地和他們兩人握手，顯然對他們不怎麼欣賞。她比豪爾年長，但和他長得很像，都有稜角分明的長臉，但她的眼睛是藍色的，充滿焦慮，髮色也較深。「安靜，瑪莉！」她喊了一聲，打斷外國語的談話：「豪爾，你會停留很久嗎？」

「只一下下就走。」豪爾邊回答邊將瑪莉放下來。

「格里斯還沒回來。」梅根意有所指地說。

「那太可惜了！我們無法留下來。」豪爾露出一個溫暖而虛偽的微笑。「我不過是介紹幾個朋友跟妳認識一下。還有件事妳聽起來或許會覺得有些奇怪，尼爾最近有沒有搞丟一頁英文作業什麼的？」

「你怎麼知道？」梅根大叫：「上星期四他可是到處找哦！他們學校來了一個新的英文老師，嚴格的不得了，不是只管他們拼字拼對就算了，全班都怕她怕得要死，不敢遲交作業。不過這對尼爾那小懶惰鬼當然是有益無害，所以他上星期四是上上下下家裡全找遍了，但他只找到一張寫了東西的舊紙張……」

「啊，」豪爾問：「那張紙他後來怎麼處理？」

「我告訴他就拿去交給安歌麗雅小姐好了。」梅根說：「讓她知道至少他這次是努力嘗試過了。」

「他有交上去嗎？」

「我不知道，你最好自己去問他。他在樓上前面那一間寢室，跟機器黏在一起。」梅根說：「不過我看你是不可能從他那裡問出任何東西的。」

「走吧。」豪爾叫喚麥可和蘇菲，兩人正審視著這個有明亮棕色和橘色的房間。他牽著瑪莉的手，帶他們走出房間上樓去。樓梯都鋪有地毯，粉紅色和綠色，所以豪爾帶領的這個小隊伍，靜悄無聲地走上這個粉紅與綠色的地毯，進入一個鋪有藍色和黃色地毯的房間。不過蘇菲覺得，蹲在窗前那個上面擺有不同魔術盒的大桌前那兩個男孩，恐怕就是銅管樂隊來了都不會抬一下眼。

主要的魔術盒跟樓下那個一樣，前面是玻璃做的，但是樓下那個顯示的大多是影像，這個顯示的卻大多是字和圖表。全部的盒子都長著長長的、鬆垮的白色根莖，伸入房間一邊的牆裡。

「尼爾！」豪爾叫道。

「別吵！」其中一個男孩喊道：「不然他會死掉。」

一聽事關生死存亡，蘇菲和麥可馬上退到房口，但是豪爾絲毫不為所動，大踏步走向牆壁，把那些盒子的根連根拔起，盒上的影像就消失了。兩個男孩隨後說出的話，蘇菲相信就是瑪莎也不會知道。第二個男孩跳起來，轉過身大叫：「瑪莉！看我饒不饒妳！」

「哼！這次才不是我哩！」瑪莉叫回去。

尼爾身體全轉過來了，對豪爾怒目而視。他膚色黝黑，濃眉，瞪起人來目光炯炯。「你幹嘛！把插頭插回去！」

「我可真受歡迎呀！」豪爾說：「我要問你話，等你回答完後我就插回去。」

尼爾嘆氣道：「豪爾舅舅，我正在玩電玩。」

「新的遊戲？」豪爾問。

兩個男孩看來都一副不爽的樣子。「不是，是聖誕節的禮物。」尼爾說：「你也知道的，他們總是叨唸說什麼不能在無用的東西上浪費時間跟金錢，要一直到生日時他們才肯再買一個給我。」

「那簡單，」豪爾說：「如果你不介意玩到一半就停掉的話，我倒可以拿一個新的來跟你賄賂一下……」

「真的？」兩個男孩異口同聲、熱切地問道。尼爾加上一句：「可不可以給我一個別人都沒有的？」

「可以。但是，你得先看看這個，然後告訴我這是什麼。」豪爾把那張發亮的灰紙掏出來，拿到尼爾面前。

兩個男孩同時看著那張紙，尼爾說：「這是詩。」語氣就跟一般人說「這是死老鼠」差不多。

「那是安歌麗雅小姐上星期出的作業。」另一個男孩說：「我記得『風』和『有翼的』，那是有關潛水艇的。」

蘇菲和麥可兩個人眼睛眨呀眨呀的，心裡想著自己怎會沒往這方向去想。「嘿！那是我搞丟的作業，你在哪兒找到的？」尼爾叫道：「而我找到那張怪怪的紙是你的嗎？安歌麗雅小姐說，那個寫得挺有趣的。算我走運！她把它帶回家了。」

「謝謝。」豪爾說。「她住在哪裡？」

「菲利普太太茶店的樓上，在卡迪福街。」尼爾說：「你什麼時候才會給我新的卡帶？」

「當你想起那首詩的下半段時。」豪爾說。

「那不公平！」尼爾抗議道：「我連當場抄下來的都記不住。你不過是在戲弄我的感情……」說到這兒他就停下來了，因為豪爾大笑著，伸手到一個大大的口袋裡一陣摸索，遞給他一個扁扁的小包。「謝謝！」尼爾真心誠意地說。說完，一刻也不耽擱，馬上轉身面對他的魔術盒子。豪爾將那些根叉種回牆上，微笑地對蘇菲和麥可做個手勢，退出房間。兩個男孩開始一系列奇怪的行為，瑪莉想辦法擠進去，吮著拇指看得津津有味。

豪爾很快地走向粉紅和綠色的樓梯，但是麥可和蘇菲兩人則停留在那房門附近，想知道那到底是什麼東西。房裡，尼爾正大聲地唸著：「你置身於一個有四扇門的魔法城堡，每扇門通向一個不同的時空。在第一個時空裡，城堡一直移動，隨時都會遇到危險……」

蘇菲邊蹣跚地往樓梯走去，邊想著這些話聽起來很熟悉。她看到麥可站在樓梯中間，一臉尷尬。豪爾在樓梯下跟他姊姊吵架。

「妳什麼意思？妳把我的書全賣掉了？」她聽到豪爾說：「我特別需要其中一本書。妳無權把我的書賣掉！」

「別一直插嘴！」梅根聲音低低的，很兇惡地說：「你給我聽著，我以前就告訴過你，我這兒不是你的倉庫。你實在是丟盡我和格里斯的臉。衣服穿得吊兒郎當的，也不會去買件正式點的衣服來穿，讓自己至少看起來體面些。老跟下階層的人或者無業遊民混在一起，還帶他們上這兒來！你是存心想把我往下拉到你那個階層是不是？虧你受了那麼多教育，卻不想好好找個正當工作，只是四處瞎混。唸大學那些時間都白費了！別人為你做的犧牲都白費了！浪費錢不說……」

這個梅根一點都不會輸給菲菲克斯太太。她不停地說了又說，蘇菲開始了解為什麼豪爾遇到事情會習慣性地開溜了。梅根是那種會讓人想從最近的一扇門開溜的那種。不幸的是，豪爾被堵在樓梯口，而蘇菲和麥可又在他後面。

「……從沒認真地做過一天事，從沒做過一個讓我可以引以為榮的工作。老是讓我和格里斯覺得丟臉，來這裡把瑪莉寵上天……」毫不倦怠地江河直洩。

蘇菲將麥可推開，砰砰地走下樓，擺出她最威嚴的表情。「走吧，豪爾，」她莊嚴地說：「真的該走了。光在這裡站著，錢就不知少賺了多少。你那些僕人搞不好還偷你的金盤子去賣呢！很高興認識妳，」她走到樓梯底時跟梅根說：「不過我們真的得趕路了，豪爾是個大忙人。」

梅根吃了一驚，瞪著蘇菲。蘇菲對她莊嚴地點了一下頭，將豪爾往那個有波浪紋厚玻璃的前門推。麥可滿臉通紅，因為豪爾轉身問梅根：「我的舊車還在車庫裡嗎？還是也被妳賣掉了？」

「唯一一套鑰匙在你那裡吧！」梅根嚴厲地回道。

那似乎就是再見了。前門重重地關上，豪爾帶他們到位於一條平坦黑路尾端的方形白色建築物去。豪爾沒說任何與梅根有關的事。他打開那棟建築物寬大的門時，說：「我想那英文老師應該會有那本書。」

接下來的經歷，蘇菲但願她能忘記。他們坐在一輛沒有馬駕駛的車裡，以令人害怕的速度前進，車子發出臭氣，吼叫著、震動著，在蘇菲所見過最陡峭的路上狂奔。那些路是那樣陡，以至於蘇菲懷疑它們兩旁的房子為何不會滑下來在底下擠成一堆。她閉上眼睛抓住椅子上破損的布，心裡直祈禱能趕快到達目的地。

幸運地，總算到了。他們抵達一條兩旁擠滿房子的平坦街道，到達一個掛著白色窗簾的大窗子旁邊，窗上掛著一個寫著「茶店打烊」的牌子。牌子上雖然那麼寫著，但是當豪爾按了窗旁小門上一個按鈕時，安歌麗雅小姐卻前來應門了。

三人全盯著她瞧。身為嚴厲的教師，安歌麗雅小姐可說是驚人的年輕、苗條，而且美麗。藍黑色的秀髮由兩邊垂下來，包襯著她淺棕色、心形的臉以及一雙大眼。唯一讓人會將她與嚴厲聯想在一起的，是那一雙大眼睛，看人時眼光直接且聰敏，似乎能看穿人的底細。

「讓我猜猜看。你一定是豪爾・建肯先生吧？」安歌麗雅小姐跟豪爾說。她聲音低低的，很優美，但也帶著相當的自信和愉悅。

豪爾嚇了一跳，隨即換上一個微笑。蘇菲一看就知道，樂蒂和菲菲克絲太太的美夢都再見了，因為安歌麗雅小姐是豪爾絕對會一見鍾情的那種女人。不只是豪爾，連麥可也看得目不轉睛。儘管兩旁的房子看來似乎都無人居住，但蘇菲卻很確定裡面都住滿了人，而且這些人都認得豪爾和安歌麗雅小姐。他們現在正以充滿興趣的眼光，觀看這兩個人之間會不會發生什麼事。她可以感覺到那些隱形的目光，馬克奇平也是這個樣子。

「妳一定是安歌麗雅小姐了。」豪爾說：「抱歉來打擾妳。上星期我不小心把我外甥的作業當成我一張重要的文件帶走了。我想，尼爾把它當成他沒有偷懶的證據交給妳了是吧？」

「是的，」安歌麗雅小姐說：「要不要進來拿？」

蘇菲確定當豪爾、麥可和她魚貫進入安歌麗雅小姐的房門，上樓到她那簡樸的小起居室時，所有房子裡那些隱形眼睛都轉動著，脖子也跟著轉彎。

安歌麗雅小姐體貼地問蘇菲：「要不要坐下來？」

蘇菲還沒從那個「無馬車」的狂奔中恢復過來，聞言很高興地在兩把椅子中的一把坐下。椅子不是很舒服，安歌麗雅小姐的房間不是為圖舒適，而是為了讀書而設計的。雖然房裡許多東西看來很奇怪，但是整牆的書、桌上成堆的紙，以及堆放在地板上的檔案夾，蘇菲是看得懂的。她坐在那兒，看麥可害羞地盯著安歌麗雅小姐，豪爾則使出渾身解數。

「妳怎會知道我是誰？」豪爾擺出誘人的姿態問。

「你在這個城裡好像很引人非議。」安歌麗雅小姐邊忙著在桌上的紙堆裡尋找，邊回答。

「那些在我背後嚼舌的人都說了些什麼？」豪爾渴望地倚著桌子邊緣，試著捕捉安歌麗雅小姐的眼光。

「譬如你常無故失蹤，然後又突然出現。」安歌麗雅小姐回答。

「還有呢？」豪爾的眼光追蹤著安歌麗雅小姐的一舉一動，臉上的表情讓蘇菲知道，樂蒂唯一的勝算是安歌麗雅小姐也對豪爾一見鍾情。

但是安歌麗雅小姐可不是那樣的女人！她說：「還有很多啦，大多不是什麼好話。」說完看看麥可，又看看蘇菲，眼光似乎在暗示那些事都不堪入耳，害麥可的臉都紅了起來。她拿起一張鋸齒邊的黃紙給豪爾：「就是這張，」語氣很嚴厲。「你知道這是什麼嗎？」

「當然了。」豪爾回答。

「那麼，請告訴我。」安歌麗雅小姐說。

豪爾接過紙，接著是一陣小小的扭動掙扎，因為他試著將安歌麗雅小姐的手也一起接過來，結果安歌麗雅小姐贏了，把手抽回去縮在背後。豪爾擺出一個會融化人的笑容，將紙拿給麥可，說：「你來解釋。」

麥可羞紅的臉看到這張紙後一下開朗起來：「是咒語！噢，這個我辦得到！這是放大的咒語，對不對？」

「我也是這麼想的。」安歌麗雅小姐語帶指責地說：「我倒想知道你要拿這樣的東西來幹嘛？」

「安歌麗雅小姐，如果妳聽人家說了我那麼多事，妳一定知道我的博士論文就是與咒語有關的。妳好像懷疑我在使用黑魔術？我可以跟妳保證，我這輩子從未使用過任何咒語。」聽到這樣赤裸裸的謊言，蘇菲忍不住由鼻子裡輕哼一聲。「我可以發誓。」豪爾將手放在胸前，同時對蘇菲不悅地皺眉。「這個咒語純粹是供研究之用。它很古老而且稀罕，所以我才會急著要把它找回來。」

「你這不就找回去了嗎？」安歌麗雅小姐輕快地說：「你離開前能不能把我出的作業還給我？影印是需要錢的。」

豪爾欣然地將那張灰紙拿出來，但是舉在安歌麗雅小姐搆不到的地方，說：「這首詩一直困擾著我。聽來可能好笑，可是我一直想不起後半段。這是華特・拉雷（Walter Raleigh）的詩，對不對？」

安歌麗雅小姐氣餒地瞪了他一眼。「當然不是！是約翰・鄧恩（John Donne）寫的，很出名的詩。你想複習一下的話，我這兒有書。」

「那就麻煩妳了。」當安歌麗雅小姐去書架上找書時，他的眼睛緊緊跟隨著她。蘇菲突然了解到，這才是豪爾來到這個他家人居住的奇怪地方的真正目的。

不過豪爾也想一石二鳥。「安歌麗雅小姐，」她伸手取書時，他的眼光一路跟隨著她的身材，請求地說：「今晚能跟我一道出外用餐嗎？」

安歌麗雅小姐轉過身來，手裡拿著一本厚厚的書，表情比方才還要嚴肅。「不行！」她說：「建肯先生，我不知道你都聽人家怎麼說的，但你一定知道，我仍舊認為自己和賓・蘇利曼的婚約是有效的……」

「我沒聽過這個人。」豪爾說。

「是我未婚夫，」安歌麗雅小姐說：「他數年前失蹤。你要我把詩唸出來給你聽嗎？」

「好的，」豪爾顯然毫無悔意。「妳擁有非常美麗的聲音。」

「那我就由第二段唸起，」安歌麗雅小姐說：「既然你手頭已經有第一段了。」她實在唸得很好！不只是聲音美麗，而且她唸的方式使第二段的音律和第一段能夠相互呼應。不然依蘇菲的看法，這兩段的音律應該是完全不搭調的。

如果你註定要見到奇怪的景象，

一些人家看不見的景象，
那就去吧，離家一萬個日子，
直到年齡令你的頭髮如白雪。
然後，當你回來時，
跟我發誓，
在他處
絕沒有
美麗的女子忠誠地等你回去。

如果你……

豪爾的臉色變得慘白，蘇菲可以看到他臉上冒出冷汗。「謝謝，」他說：「這就夠了。其餘的不用麻煩了。最後一段說的是，即使是好女人也不忠實對不對？我想起來了。真傻！當然是約翰·鄧恩嘛！」安歌麗雅小姐放下手裡的書看著他，他勉強擠出一個微笑。「我們得走了。妳確定妳不會改變主意，跟我一道晚餐嗎？」

「不會，」安歌麗雅小姐問道：「你還好嗎？建肯先生。」

「好的不得了。」豪爾回答。他推著蘇菲和麥可下樓，坐進那輛無馬駕駛的車裡。從豪爾叫他們上車，以及他開走的速度判斷，房裡那些隱形觀眾一定會以為安歌麗雅小姐拿刀在追殺他們。

「到底怎麼了？」麥可問。車子吼叫著上坡，蘇菲再次死命抓緊座位上的破布。但是豪爾充耳不聞，所以麥可一直等到車子在車庫裡停好後，才再問一次。

「噢，沒什麼，」豪爾故做輕鬆地說，領著他們往那棟黃色的禮本戴爾家走去。「不過是被荒地女巫的詛咒趕上，如此而已，反正是遲早要發生的事。」他邊打開花園的門，邊在腦裡算計著什麼。「一萬，」蘇菲聽到他喃喃地說：「那大約就是仲夏時節囉。」

「仲夏時節會發生什麼事？」

「屆時我正好活滿一萬天，」他說，一邊大搖大擺地走進禮本戴爾家的花園。「那也是我必須回去荒地的日子。」蘇菲和麥可不由得停下腳步，瞧著豪爾的背影，上面寫著幾個神祕的字——威爾斯橄欖球。「如果我避開美人魚，」他們聽到他繼續在自言自語：「然後不去碰曼陀羅的根……」

麥可叫道：「我們必須回去那棟房子嗎？」蘇菲叫的則是：「女巫會把你怎樣？」

「我想都不敢想。」豪爾回答。「麥可，你不需要進來沒關係。」

他打開有波浪紋厚玻璃的前門，裡面是熟悉的城堡房間。暮色中，卡西法愛睏的火燄將牆壁染成微微的藍綠色。豪爾捲起長袖，為卡西法添加木頭。

「她追上來啦，老藍臉！」

「我知道，」卡西法說：「我感覺到了。」

第 *12* 章

會見潘思德曼太太

既然荒地女巫已經追上來了，蘇菲覺得現在應該沒什麼必要去國王那裡破壞豪爾的名聲了，但是豪爾說，現在更需要如此做。「我得用盡所有的方法來躲開女巫，」他說：「我不要國王這時來插一腳。」

所以，次日下午蘇菲就穿上新衣，坐著等麥可穿好衣服和豪爾由浴室化妝出來。她覺得心情還好，就是整個人有點僵僵的。在等那兩個男生的時候，她跟卡西法描述豪爾家人居住的那個奇異的國家，這樣她就不會盡想著國王的事。

卡西法深感興趣。「我就知道他來自外國，」它說：「但這聽起來好像是另一個世界似的。這女巫好厲害！居然把詛咒由那裡送過來。真是有夠厲害！我最欽佩這一類咒語了——利用本就存在的東西，將它變成咒語，妳跟麥可那天在唸的時候我就有點想到了，那個笨蛋豪爾跟她說了太多自己的事了。」

蘇菲凝視著卡西法瘦削的藍臉。卡西法會欽佩這個咒語並不令她感到驚訝，它稱豪爾為笨蛋也不令她驚奇。它常在言詞上侮辱豪爾，但是她一直都不確定它是否真的憎恨豪爾，因為卡西法看起來很邪惡，所以很難看得出它真正的想法。

卡西法轉動它橘色的眼睛看著蘇菲，說：「我也很害怕！如果女巫追上豪爾，我會跟豪爾一塊遭殃。如果妳不能趕在那之前將契約打破，我就無法幫助妳了。」

蘇菲還來不及接口，豪爾就由浴室衝了出來，打扮得非常光鮮，房裡充滿傳自他身上的玫瑰香水味。他大聲叫喚麥可，麥可霹哩啪啦地從樓上衝下來，蘇菲拿起她忠實的拐杖，該準備出發了。

「妳看來既富有又莊嚴。」麥可跟她說。

「她很上得了枱面，」豪爾說：「那根難看的老拐杖是例外。」

「有些人哪，」蘇菲說：「是徹頭徹尾的自我中心！這根拐杖跟我最配。我需要它給我精神支持。」

豪爾兩眼看著天花板，沒有和她爭論。

他們就這樣，很氣派地走上金斯別利的街道，蘇菲回頭看看城堡的外觀在這裡變成什麼樣子。她看到的是一個很大的拱形出入口圍繞住一個小小的黑門，城堡其他部分則是兩棟由雕刻的石頭砌成的房子，中間用純白的石膏牆連接起來。

「不用問了，」豪爾說：「不過是一間廢棄不用的馬廄罷了。走這邊。」

他們走過街道，穿著打扮看起來至少不會輸給街上任何一位行人，街上行人其實不多。金斯別利的位置很南方，那天又非常炎熱，像火爐一般，街道都冒出熱氣。蘇菲發現年老還有一個壞處，在熱天裡特別覺得不對勁。那些精巧的建築在她眼前晃呀晃的，她很懊惱！因為她很想好好看看這個城市，但是她只模糊地記得有金色的圓頂建築和高大的房子。

「對了，」豪爾說：「潘思德曼太太會稱呼妳圍龍太太。圍龍是我在這兒使用的名字。」

「為什麼？」蘇菲問。

「偽裝呀，」豪爾說：「而且，圍龍是一個好名字，比建肯好多了。」

「我比較習慣簡單的名字。」蘇菲邊說，邊隨著轉入一條狹窄而陰涼的街道。

「總不能每個人都叫瘋海特（註：源自《愛麗絲夢遊仙境》中的瘋狂帽商）吧！」豪爾說。

潘思德曼太太的房子高大而優美，就在靠近街道盡頭處，美麗的前門兩旁擺設著種在盆裡的橘樹。來開門的是一位身穿黑色絲絨制服的年老僕役，他領他們進入一間很涼爽的黑白兩色棋盤式大理石鋪就的大廳。麥可悄悄拭去臉上的汗水，一向厚顏無禮的豪爾像對待老朋友一般，和那位僕人寒暄、開玩笑。

這位僕人將他們轉交給一位穿紅色絲絨制服的侍童。當這位侍童慎重其事地領著他們走上光可鑑人的樓梯時，蘇菲開始了解為什麼豪爾會說在覲見國王之前，這裡會是一個很好的預習場所了。她覺得自己簡直已經是在王宮裡了。那男童領他們進入一間會客室，蘇菲覺得就是王宮也不可能比這個房間還優雅。房裡所有的東西都是藍、金和白色，小巧而且精緻，但這些都比不上潘思德曼太太本人。她高高瘦瘦，身體挺得筆直地坐在一張有金色刺繡的椅子上，一手僵硬地執杖支撐自己。手上戴著金色網狀手套，拐杖頭則由黃金打造而成。她身穿一襲暗金黃色絲質衣裳，樣式僵硬而古板。頭上戴一頂類似王冠的暗金頭飾，以暗金色的帶子在下巴綁了一個大結，她的臉瘦削如老鷹。她是蘇菲所見過最華美、也最令人敬畏的人。

「啊，我親愛的豪爾。」她說著，伸出一隻戴有金網手套的手。

豪爾彎腰親吻手套，那顯然是必須遵守的禮儀。他做得很優雅，但是若由背後看來，可就大穿幫了——他另一隻手放在背後，拚命對麥可揮著。麥可終於明白他應該去門邊和那個侍童站在一起才對。他迅速地倒退而行，心裡很高興能遠離潘思德曼太太。

「潘思德曼太太，請容我介紹我的老母親給您認識。」豪爾邊說邊在背後對蘇菲揮手，因為蘇菲跟麥可一樣，他只好也來上這麼一招。

「太好了，很高興，」潘思德曼太太說著，對蘇菲伸出她戴有金網手套的手。蘇菲不確定潘思德曼太太的意思是不是要她親吻手套，但她提不起勇氣嘗試，只是把手放在手套上，手套下的手感覺像是隻蒼老、冰冷的爪子。在接觸過她的手後，蘇菲很驚訝潘思德曼太太居然還活著。

「請原諒我沒有站起來，圍龍太太。」潘思德曼太太說：「我健康狀況不佳，三年前也因此被迫由教書工作上退休下來。兩位都請坐。」

蘇菲克制著不要發抖，在潘思德曼太太對面刺繡美麗的椅子上很有威儀地坐下來，以拐杖支撐著，希望能跟潘思德曼太太一般優雅。

豪爾則在旁邊的椅子上優雅地坐下，看來氣定神閒，十分自在。蘇菲真羨慕他。

「我今年八十六歲了，」潘思德曼太太說。「圍龍太太，妳貴庚多少啊？」

「九十。」這是第一個閃進她腦袋裡的大數字。

「這麼高壽了？」潘思德曼太太語氣裡帶著一點淡淡的羨慕：「行動居然還這樣靈活。」

「就是啊，她可靈活著呢！」豪爾在旁邊附和：「有時叫她停還停不下來。」潘思德曼太太斜凝了他一眼，那眼光令蘇菲知道，她當老師時嚴格的程度絕對不輸給安歌麗雅小姐。

「我現在是在跟你媽媽說話。我敢打賭她跟我一樣以你為傲，我們兩個老婦人可說是共同把你塑造成型的。就某種意義而言，你是我們的共同成品。」

「妳難道不認為我自己也有那麼一點功勞嗎？」豪爾問道：「加了點自我風格什麼的？」

「是有那麼一點點。但大都是我不喜歡的。」潘思德曼太太回答：「我想，你不會喜歡坐在這裡聽人家議論你吧？你帶你的侍童去陽台坐，漢曲會拿冷飲給你們。去吧！」

假如蘇菲不是那麼緊張的話，豪爾臉上的表情一定會讓她笑出來，他顯然一點都沒預期到事情會變成這樣。不過，他略略聳了一下肩膀後，還是站起來，投給蘇菲一個略帶警告的臉色，揮手要麥可在他之前走出房間。潘思德曼太太僵硬的身體稍微轉過去，目送他們離開房間，然後她對侍童點點頭，於是他也匆忙離開。在那之後，潘思德曼太太轉過來面對蘇菲，這令蘇菲更加緊張。

「我比較喜歡他黑頭髮的樣子。」潘思德曼太太說：「那孩子有點在往歪路上走。」

「誰？麥可嗎？」蘇菲困惑地問。

「不是那個侍者，」潘思德曼太太說：「他還沒聰明到會讓我擔心的程度。圍龍太太，我說的是豪爾。」

「噢！」蘇菲有些吃驚，不明白為何潘思德曼太太說的是「在往歪路上走」。依她之見，豪爾老早就變壞了。

「看他的外表！」潘思德曼太太一鼓作氣地往下說：「還有，看看他那身衣服！」

「他一向非常重視外表。」蘇菲附和著，但奇怪自己語氣為何如此溫和。

「是的，一向如此。我也很注重外表，我並不覺得這有什麼不好。」潘思德曼太太說：「但是幹嘛去穿一件有迷咒的衣服？那是專用來吸引女孩子的魅力迷咒。我得承認他弄得很巧妙！居然藏在衣服的縫合處裡！連我這個訓練有素的眼睛都很難偵查得出。這迷咒會令女孩子幾乎無法拒絕他。這不是在往黑魔術的邪路上走是什麼?圍龍太太，我相信身為母親的妳一定很擔心吧？」

蘇菲不安地想到那件灰色及大紅色的外套。她在縫布邊時，一點也沒注意到有什麼特別之處。但是潘思德曼太太是魔法的專家，而她蘇菲不過是個做衣服的專家。

潘思德曼太太將兩手放在手杖上頭，上身傾斜，她那訓練有素的銳利眼睛筆直地看入蘇菲的雙眼，蘇菲越來越緊張不安。「我的生命已快走到盡頭。」潘思德曼太太說：「已經有好一陣子了，我可以感覺到死亡在悄悄接近。」

「不會的。」蘇菲試著說些安慰的話。但是當潘思德曼太太那樣盯著她時，說什麼都好像不對勁。

「不會錯的，圍龍太太。」潘思德曼太太說：「這也是為什麼我急著跟妳見面的原因。妳知道，豪爾是我的關門弟子，同時也是我教過最出色的學生。在我將退休時，他由國外跑來。我訓練好班哲明・蘇利曼後，本以為我的教書生涯已經告一段落。班哲明，妳比較熟悉的名字大概是蘇利曼巫師吧?我幫他找了宮廷魔法師的工作，巧的是，他跟豪爾都來自同一個國家。豪爾出現時，我一看就知道他的想像力和能力都在蘇利曼的兩倍之上。雖然個性上有些缺點，但是瑕不掩瑜，我知道他是良善的力量。良善!但是圍龍太太，他現在成了什麼樣了？」

「是啊，為什麼？」蘇菲問。

「他一定出過什麼事。」潘思德曼太太仍然緊盯著蘇菲，說：「我死前一定要把這個糾正過來。」

「依妳猜測，是出了什麼錯？」蘇菲不安地問道。

「我必須仰仗妳來告訴我。」潘思德曼太太說：「我的感覺是，他走上跟荒地女巫一樣的路了。我聽說她原本不是惡人，當然這只是道聽塗說而已，因為她比我們兩人年紀都大，她是靠著魔法維持青春不墜的。豪爾的天賦和她不相軒輊，看來越是天賦高的人，越難避免在一些特別危險的事物上自作聰明，結果就造成致命傷，往邪惡一路墮落下去。豪爾為什麼會這樣，妳有沒有任何概念？」

卡西法的聲音突然在蘇菲腦中出現：「這契約長此以往對我們兩人都很不好。」儘管外頭的熱風透過敞開的窗口吹進這個優雅的房間，她仍然打了一個寒顫。「是的，」她說：「他跟他的火魔簽了某種契約。」

潘思德曼太太拄著拐杖的雙手微顫了一下。「這就是了！圍龍太太，妳一定要把那個契約打破。」

「但願我知道該怎麼做。」蘇菲說。

「我確信妳的母性本能和妳本身強大的魔法天賦，將會給妳指出一個方法。」潘思德曼太太說：「圍龍太太，或許妳沒注意到，但我一直在觀察妳……」

「噢，我注意到了，潘思德曼太太。」蘇菲說。

「而我喜歡妳的天賦。」潘思德曼太太說：「它能賦予生命。譬如妳手中的拐杖吧，顯然妳跟它說過話，說多了它就變成一根外行人所說的魔杖。我想，要破除那個契約對妳應該不會太困難才是。」

「但是，我需要知道契約的內容。」蘇菲說：「是豪爾跟妳說我是女巫的嗎？因為如果他……」

「他沒有。妳無需覺得不好意思。我的經驗足以察知像這樣的事情。」說完，她閉上雙眼，那感覺就像強光突然被關掉一樣，蘇菲暗暗鬆了一口氣。「關於那種契約，」她說：「我並不清楚，也不想知道。」

她的拐杖又動了一下，好像她在顫抖似的，嘴巴則抿成一條直線，好像無意中咬到辣椒一樣。「不過我終於明白，」她說：「女巫發生了什麼事。她跟火魔簽約。隨著時間過去，火魔控制了她。邪魔是不了解善惡的分野的，但是如果人類能給它們貴重的東西——只有人類獨有的東西的話，它們就會接受賄賂而簽下契約。經由簽約，兩者的生命都得以獲得延長，而人類也可以獲得火魔的法力，增長他自己原有的功力。」潘思德曼太太再度張開眼睛。「關於這個話題，我只能說這麼多了。妳必須找出火魔由豪爾那裡拿了什麼。我得跟妳說再見了，我需要休息一會兒。」

然後就像魔法一樣，也有可能是出於魔法，門打開，侍童走了進來，領蘇菲出去。蘇菲很高興終於可以離開，她已經快尷尬到無地自容了。她轉過頭看到門闔起來，將潘思德曼太太僵硬挺直的身影關在門後。她想著：若自己真是豪爾的母親的話，是不是還會怕潘思德曼太太怕得這麼厲害？答案是「會」。她喃喃地跟自己說：「真是蠻佩服豪爾的！可以忍受這樣可怕的老師一天以上。」

「什麼事，夫人？」帶路的侍童問她，以為她在跟他說話。

「我說，下樓梯要走慢點，不然我跟不上。」蘇菲說，她的膝蓋發著抖。「你們年輕人就是橫衝直撞的。」

那侍童體貼地領著她慢慢走下光可鑑人的樓梯。走到一半時，蘇菲逐漸由驚嚇的情緒中恢復過來，開始思考潘思德曼太太方才說的話。她說蘇菲是女巫，奇怪的是，蘇菲很自然就接受了。因為這說明了為什麼一些特定的帽子會熱賣，珍法麗兒為何能嫁給某某男爵，也說明了為什麼荒地女巫會嫉妒她。蘇菲似乎一直都知道這些事，但潛意識裡她又刻意逃避，覺得身為三個小孩中的老大，不應擁有這樣神奇的天賦禮物。樂蒂則較能理性地看待這些事情。

接著她想到那件灰色與大紅色的外套，一失神，差點跌下樓梯。是她把迷咒放上去的！她還記得自己是怎麼跟那件衣服說的——縫了好迷死女孩子們！那衣服當然照做了。那天在果園裡它吸引了樂蒂。昨天，雖然表面上裝得若無其事，安歌麗雅小姐暗地裡一定也受到它的影響。

天哪！蘇菲心中暗暗叫苦，我是幫凶！幫他傷了兩倍的女孩子的心！明天一定得想辦法把那件衣服由他身上剝下來。

豪爾就穿著那套衣服跟麥可在涼爽的黑白相間客廳裡等她。麥可看到蘇菲緩慢地跟在侍童身後走下樓梯，擔憂地以手肘輕推了豪爾一下。

豪爾露出難過的表情。「妳看起來糟透了！我看我們不要去見國王好了。我去跟國王解釋妳不能去的理由時，會順便自我抹黑，我可以說是我邪惡的行為把妳氣病什麼的。那也是實話，瞧妳這個樣子。」

蘇菲當然不想見國王，但是她想到卡西法說的話。如果國王命令豪爾到荒地去，而豪爾不幸被女巫抓住，蘇菲自己也會失去回復年輕的機會。因此她搖搖頭，說：「見過潘思德曼太太後，印格利國國王看起來大概跟普通人差不多了。」

第 13 章

抹黑豪爾的名聲

他們到達王宮時，蘇菲又開始緊張得要命，那些為數眾多的圓形屋頂令她目眩神搖。通往前門的是一串長長的階梯，每隔六個梯級就有一位穿著鮮紅制服的士兵在站崗。可憐的孩子們，這麼大熱天一定快熱暈了，蘇菲想著。她喘著氣，走過一個個士兵的身邊，一路昏沉沉地往上走。

階梯再上去是拱門、大廳、長廊、會客室，一個接一個，蘇菲也記不清到底有多少了。每個拱門口都有穿著美麗服裝、戴白手套的人問他們來的目的，問完後帶他們到下一個拱門，將他們交給拱門口負責接待的人。

「圍龍太太覲見國王。」每個接待者的聲音就這樣一路混著回音響徹長廊。大約半途中，豪爾被禮貌地請去一旁等候，蘇菲和麥可則被人一手轉過一手，一直到他們抵達一間壁上鑲有數百片顏色各異的木片的接待室。在這兒，麥可也被請去一旁等候，蘇菲獨自一人，已經有點搞不清自己是不是在做一場怪夢了。有人領著她走過一道大大的雙扇門，這次，回聲說的是：「陛下，圍龍太太覲見。」

而國王就在那裡！不是坐在王座上，而是坐在接近這個大房間中間，一張只點綴著一丁點金葉的方形椅子上，他的穿著遠比那些服侍他的人樸素。他身邊沒什麼人，看起來與常人無異。他一腿外伸，坐得很有國王的威儀；胖胖的、輪廓不是非常清晰，但仍算得上是英俊好看。在蘇菲看來，他似乎相當年輕，略略帶點王者的傲氣，但她覺得依那張臉來判斷，他對自己其實不是那麼有信心。

他開口問道：「豪爾巫師的母親，妳找我有什麼事？」

蘇菲突然驚覺到，她正面對著國王說話，一時幾乎要被這個巨大的事實所淹沒。她昏沈地想著，好像坐在那裡的人和那個稱為王權的龐大、重要的東西，是恰好坐在同一把椅子上的兩個不同個體。她腦子一片混沌，豪爾事先教她的那些話，她一句也想不起來，但是她總得說些什麼。

「陛下，他要我來告訴你，他不要幫你去找你弟弟。」她說。

她瞪著國王，國王也回瞪過來。天哪，一團糟！

「真的嗎？」國王問道：「我問他的時候，他好像蠻樂意的。」

蘇菲腦袋裡唯一記得的一件事是：她是來破壞豪爾的名譽的。因此她說：「他騙你的。他不想惹你生氣。他滑溜得跟泥鰍一樣，您懂我的意思吧？陛下。」

「而他想從尋找我弟弟賈斯丁的工作上溜走？」國王說：「我知道了。您要不要坐下來？我看您有點年紀了。然後告訴我他的理由。」

房裡還有一把長得很普通的椅子，離國王頗有點距離，蘇菲坐下時，椅子嘰嘰嘎嘎地響。她坐好後，學潘思德曼太太那樣，把雙手搭在拐杖上頭，希望這樣會令她覺得好過些。但她的腦袋仍因為恐懼而一片空白，唯一能想到的是：「只有膽小鬼才會送他的老母親來為他求情，陛下你由這件事就可以推知他到底是怎樣的人了。」

「這樣的方式頗不尋常，」國王沉重地說：「可是我跟他說過，要是他能同意的話，我會給他豐碩的報酬。」

「噢，他倒不是那麼在意錢，」蘇菲說：「但他實在怕荒地女巫怕得要死。因為那女巫對他下了咒，最近那咒語已經追上來了。」

「那樣的話，他是很有理由害怕。」國王說著，輕輕地顫抖了一下。「再多告訴我一些關於巫師的事。」

關於豪爾嗎？蘇菲拚命地想。我得破壞他的名譽！但是她腦袋空空如也。有一會兒她甚至覺得豪爾似乎毫無瑕疵，這種想法實在有夠蠢！「呃，他性格浮燥、粗心自私又歇斯底里，」蘇菲說：「泰半的時間我覺得他只要自己過得好，根本不管別人死活。但是後來我發現，他其實對某些人好的不得了。然後我又想，他只有在必要的時候才會對人好，但是後來又發現他對貧困者的收費都特別低。陛下，我不知道耶，反正他是一團糟。」

國王說：「我對他的印象是，他是一個沒有原則、滑溜的混混，能言善道又腦袋精光。

妳同不同意？」

「說得好！」蘇菲完全贊成。「不過你漏掉虛榮和……」

她狐疑地隔著距離看國王，他好像很樂於幫她抹黑豪爾似的。

國王微笑著。那是一種略帶著不太有把握，很適合他這個人，而不是他應該有的一國之君的微笑。「圍龍太太，謝謝妳。」他說：「妳的坦誠令我如釋重負。豪爾巫師答應去找我弟弟，他答應得太爽快了，害我擔心他若不是天生愛炫耀，就是為貪圖賞金不擇手段。但是妳讓我知道，他正是我需要的人。」

「天哪！該糟了！」蘇菲嘆道：「他要我來告訴你，他不要去的。」

「妳是告訴我了。」國王把椅子拉近些。「讓我也對妳同樣坦白吧，圍龍太太。」國王說：「我急於找我弟弟回來，不光是因為我喜歡他，很後悔跟他吵了一架；也不是為了有些人在背後謠傳說我殺了他——只要是認識我們的人都知道，那根本不可能。圍龍太太，事實是，我弟弟賈斯丁是一個非常出色的將軍。北高地和始坦奇爾很快就會對我國宣戰，我不能沒有他。妳知道，女巫也威脅過我。現在所有的消息都指出賈斯丁確實進了荒地，我相信女巫是打定了主意，要讓我在最需要他的時候找不到他。我想她把蘇利曼巫師抓去，是為了拿他當餌來釣賈斯丁，所以我需要一個很聰明、不同凡俗的巫師去把他救回來。」

「豪爾會偷跑的。」蘇菲警告國王。

「不會的，」國王說：「我不認為如此。由他送妳來這件事就看得出來，圍龍太太，他是要讓我知道他是個懦夫，而且他不在乎我是怎麼看他的，對也不對？」

蘇菲點點頭，她希望她能記住所有豪爾交待她那些技巧高明的話。雖然她不懂，但是國王會聽得懂的。

「這絕不是虛榮的人做的事。」國王說：「沒人會這樣做的，除非是把它當做最後手段。我依此推斷，如果我讓豪爾巫師清楚知道他的最後手段無效，他就會照我的意思去做了。」

「陛下，我覺得你的解讀可能有錯，他應該沒有那樣的意思。」蘇菲說。

「錯不了的，」國王微笑著。原本稍嫌模糊的輪廓突然變得清晰起來，他確信自己判斷正確。「圍龍太太，妳回去跟豪爾巫師說，由現在開始，我任命他為皇家巫師，指揮尋找賈斯丁王子的事宜。在年底前，不論人是死是活都要找到。妳可以離開了。」

他像潘思德曼太太那樣，對蘇菲伸出一隻手，但氣勢沒那麼可怕。蘇菲站起來，不太確定需不需要吻那隻手，因為她最想做的，其實是舉起拐杖狠狠敲國王的頭。她只是握了一下國王的手，並僵硬地行了一個小禮，這樣做好像是對的。她蹣跚地走向門口時，國王給她一個友善的微笑。

「噢，可惡！」她喃喃自語。這不僅跟豪爾期待的結果完全相反！這下可好了！豪爾還得把城堡搬到千里之外。樂蒂、瑪莎和麥可都會很難過不說，還有像傾盆大雨似的綠色黏液鐵定會冒出來。「當老大就是這樣，」她一邊推開那扇沉重的雙扇門邊嘀咕：「總是贏不了！」

出錯的還不只這一樁！在困惑與失望之中，蘇菲走錯了門，進入一間四面都是鏡子的接待室。蘇菲在鏡裡看到自己穿著美麗的灰衣裳，略略駝背，蹣跚行走的身影。房裡有許多人穿著藍色宮廷服，其餘的人則穿著和豪爾一樣美麗的外衣。但是她沒看到麥可，麥可應該是在一間牆上鋪有各色木片的接待室等她才對。

「要命！」她嘆道。

有位朝臣急步對她走來：「魔法夫人，我能幫您的忙嗎？」

這是個小個子男人，眼睛紅紅的。蘇菲瞪著他瞧。「噢，我的天！」她驚嘆了一聲：「咒語生效了，對不對？」

「是的。」小個子男人帶點悲傷地說：「當他一直打噴嚏的時候，我解除了他的武裝。現在他在告我，不過，最重要的是……」他的臉快樂地笑開來。「我親愛的珍終於回到我的身邊。現在，我能為您做什麼？我覺得您的快樂就是我的責任。」

「彼此彼此。」蘇菲說：「你會不會恰好就是卡特拉克男爵？」

「正是在下。」小個子朝臣說著，對她彎腰鞠了一個躬。

珍法麗兒怕不比他高出一呎！蘇菲想著，這絕對是我的錯！「是的，你可以幫我個忙。」蘇菲說。然後跟她描述麥可的長相。

男爵跟她保證他會叫人去帶麥可過來，在入口的大廳和她會合，而且一點也不麻煩。他親自帶蘇菲到一位戴手套的侍者前面，將她託付給他，然後一再地鞠躬和微笑。於是，就如同來時那般，她被一個個轉手，最後終於蹣跚走下有士兵守衛的那個前門的長梯。

但是麥可不在那裡，豪爾也不在，不過沒看到豪爾反而讓她稍稍放心。她想，她早該猜到事情會有這種結果了！那位卡特拉克男爵顯然和她一樣，永遠沒辦法做對任何事。她能找到路出來，搞不好都算運氣了！她又累又熱又灰心，決定不再等麥可。她只想在爐火旁的椅子上坐下，跟卡西法說她如何把事情搞成一團糟。

她笨拙地走下那堂皇的階梯，走過一條壯麗的街道，再沿著一條高塔、尖塔和鍍金屋頂多到令人頭暈目眩的街道走著，她發現情況比她預期得糟糕。她迷路了！她完全沒有概念，要如何才能找到豪爾城堡的入口——那個經過偽裝的馬廄。她轉入另一條美麗的大街，但還是毫無印象。

轉到這個時候，她甚至連回王宮的路都不記得了。她試著問路上的行人，但是大部分的人看來都跟她一樣，又熱又累。「圍龍巫師？」他們問：「那是誰？」

蘇菲無助地蹣跚而行。就在她行將放棄，打算坐在下一個門口過夜時，她正好經過潘思德曼太太的屋子所坐落的窄路。啊，她想，我可以去問她的僕人，他看起來跟豪爾很親，應該會知道豪爾住哪裡。所以她就轉身向那條街走去。

就在這時，荒地女巫對著她迎面走來。

很難說蘇菲是怎麼認出她的，因為她的臉看起來並不相同。她的頭髮在上次見到時是整齊的栗子色捲髮，現在則是濃密的紅色波浪，且一直垂到腰間。她穿著一件飄逸的褐色及淺黃色衣服，看來非常時髦可愛。蘇菲一眼就認出她了，腳步幾乎要停下來。

但是蘇菲想，她沒有理由會記得我，我不過是她下咒害過的幾百個人裡面的一個。所以她勇敢地繼續前進，拐杖在圓石子路上敲出砰砰的聲音，同時在心裡提醒自己，萬一有麻煩的話，潘思德曼太太說過，這根拐杖已成為有強大力量的法器。

這是另一個錯誤！女巫在小路上對著她飄過來，微笑著並轉動著陽傘，後頭跟著兩位穿橘色絲絨制服，臉色悶悶不樂的侍童。當她走到與蘇菲平行時，她停下來，香水味直鑽入蘇菲的鼻子。「咦，這不是海特小姐嗎？」女巫笑著說：「我看過的臉孔絕不會忘記，尤其是我製造出來的，更不會忘。妳來這裡幹嘛？穿得那麼漂亮！如果妳想拜訪那個潘思德曼太太的話，妳可以不用麻煩了。那老傢伙已經死了。」

「死了？」蘇菲嚇了一大跳，一句話差點脫口而出：可是她一個鐘頭前還活著呀！但是她硬生生把話吞回去。因為死亡就是這麼回事——人們一直到死前都是活著。

「是的，死了，」女巫說。「誰叫她拒絕告訴我，一個我在找的人住在哪。她說：『除非我死了。』所以我就幫她了結她的心願。」

她在找豪爾！她思索著：現在我該怎麼辦？如果蘇菲不是又熱又累的話，她早就嚇得不知該如何思考了。一個能力強到足以殺死潘思德曼太太的女巫，要對付蘇菲簡直是輕而易舉，不管有沒有拐杖都一樣。如果讓她起了疑心，懷疑蘇菲可能知道豪爾的下落的話，蘇菲鐵定完蛋。所以也許蘇菲記不起城堡的入口處反倒是好事一件。

「我不知道妳殺的那個人是誰，」她說：「但那讓妳變成一個邪惡的殺人兇手。」

但是女巫似乎還是動了疑心，故意問道：「我記得妳說要去拜訪潘思德曼太太？」

「沒有啊，」蘇菲不上當。「那是妳自己說的。我即使不認識她，衝著妳殺了她這一點，我還是可以叫妳是謀殺者。」

「不然妳要去哪裡？」女巫問。

蘇菲很想叫她少多管閒事，但那樣無疑自找麻煩，所以她說出她唯一想得到的事：「我要去見國王。」

女巫不相信，哈哈大笑。「可是，國王肯見妳嗎？」

「當然了！」蘇菲因為既害怕又生氣而發抖著。「我有預訂見面時間的。我要……要請求他給予帽商較好的工作環境。好叫妳知道，雖然妳把我變成這樣，我還是一直在工作的。」

「那妳走錯方向了。」女巫說：「王宮在妳後面。」

「噢，是嗎？」她不用假裝驚訝：「那我一定是轉錯方向了。自從妳把我變成這樣後，我的方向感就變得很差。」

女巫高興地大笑，說她一句也不相信。「跟我來，我會指給妳看到王宮的路怎麼走。」

蘇菲別無選擇，只能轉身跟在女巫身邊走，那兩個侍童則苦著臉跟在她們後面。

氣憤與無助感籠罩住蘇菲的心頭，她看著身旁步伐流暢優雅的女巫，想起潘思德曼太太說的，她其實已經是一個老婦。不由在心中大叫：不公平！但是她絲毫無能為力。

「為什麼妳要把我變成這樣？」她們走到一條盡頭有噴泉的美麗大街時，蘇菲忍不住問她。

「妳妨礙我搜集一些我需要的情報。」女巫回答。「當然，最後我還是拿到手了。」蘇菲聽得一頭霧水。她正在想，若跟她說她一定是搞錯了，不知會不會有幫助時，女巫說了：

「不過，我敢說妳是完全一無所知！」說完開心地大笑，彷彿這是整個事件中最好笑的一部分。然後她問道：「妳有沒有聽說過一個叫做威爾斯的國家？」

「沒有。那是在海底下嗎？」

女巫覺得這個超爆笑的。「目前還沒。那是豪爾巫師的老家。妳知道豪爾巫師吧？」

「聽人說過。」蘇菲撒謊：「人家說他會吃女孩子，他跟妳一樣邪惡。」邊說邊覺得全身冰冷，但是，這和她們當時正經過的噴泉似乎無關。過了噴泉，越過一個粉紅色大理石鋪就的廣場，就是通往王宮的石梯，王宮高高地坐在上頭。

「到了，王宮就在那兒。」女巫問道：「妳有辦法應付那些階梯嗎？」

「不會輸妳的。」蘇菲說：「妳把我變回年輕的樣子，就是這種大熱天我都可以跑給妳看。」

「那樂趣就要減掉一半了。」女巫說：「上去吧！如果妳真見到了國王，替我提醒他，是他的祖父把我送去荒地的。我跟他有仇。」

蘇菲抬眼看那長長的階梯，心裡充滿無助感。唯一慶幸的是，除了士兵之外，沒有別人在場。但是依她今天的運氣看來，如果麥可和豪爾偏在這時往下走來，她也不會太過驚訝。

女巫顯然決定站在那裡看她走上去，蘇菲別無選擇，只好努力地爬樓梯。腳步蹣跚地走著，經過汗流浹背的士兵們，一直走到王宮的入口處，每走一步就更恨女巫一分。到達最頂端時，她喘著氣轉過身子，發現女巫仍站在原處，遠遠看去像片浮動的枯葉，旁邊是兩個小小的橘色形體。她在等著看好戲，看蘇菲被人由王宮攆出來。

「詛咒她！」蘇菲恨恨地說。她蹣跚地走到拱門的守衛那兒，運氣仍然不佳——麥可和豪爾都不在她視力所及的範圍內。逼不得已，她只好跟守衛說：「我有事忘了跟國王說。」

他們還記得她，所以讓她進去了，由戴白手套的接待人員接待她。蘇菲還沒把事情想清楚前，王宮的接待機制又開始運轉了，她又像第一次那樣，被一手傳過一手，直到她又抵達那個雙扇門，同一個穿藍色制服的人宣告道：「陛下，圍龍太太再度求見。」

蘇菲走進同一個大房間時想著，這真像是一場惡夢！她除了進一步破壞豪爾的名譽之外，似乎別無選擇。問題是，在經過那麼多事以及再度的嚴重怯場後，她的腦袋只有比以前更空白。

這次國王站在角落的一張大書桌前，熱切地在一張地圖上移動旗子。他抬起頭來，和顏悅色地說：「他們說妳有要緊的話忘了跟我說。」

「是的，」蘇菲回道：「豪爾說，除非你答應把公主嫁給他，他才肯去找賈斯丁王子。」我哪來的怪念頭？她心裡暗罵自己，他會把我們兩人一起宰了。

國王憂慮地看了她一眼。「圍龍太太，妳應該知道這是不可能的。」他說：「我能了解妳的心情，妳一定是非常擔心妳兒子才會這麼說，但是妳不能永遠把他綁在身邊呀。這件事我已經決定了。請過來坐下，妳看來很疲倦。」

蘇菲拐著走到國王指著的那張椅子，沉重地坐下去，心想不知何時衛兵會進來逮捕她。國王四處略略張望一下，說：「我女兒剛剛還在這裡的。」然後，蘇菲嚇了一大跳，他彎身在桌子下找。「薇樂莉雅，」他喚著：「薇莉，出來囉。這邊，乖。」

底下傳來一陣小小的腳步聲，不一會兒，薇樂莉雅由桌下側身而出，坐在地上，和氣地露齒微笑。她共有四顆牙，因為年紀還小，頭髮尚未長全，只在耳上顯出稀疏且接近白色的一圈。她看到蘇菲時，嘴咧得更開，將剛在吸吮的大拇指伸出來，抓住蘇菲的衣服。就這樣拉著她的裙子站起來，在蘇菲的裙子上留下一條濕印，然後直直望著蘇菲的臉，小薇樂莉雅以一種完全屬於她自己的外國語言，對蘇菲和氣地咿咿呀呀致意。

「噢，」蘇菲覺得自己像個超級笨蛋。

「圍龍太太，我了解為人父母者的感受。」國王說。

第 14 章

感冒的皇家巫師

蘇菲搭乘一輛由四匹馬拉著的國王座車，回到城堡的金斯別利城入口。車上還有車夫、車童和一位僕役。隨行保護的則有一位士官和六個士兵。所以這樣隆重，全是因為薇樂莉雅公主的緣故，她爬到蘇菲身上玩。馬車在短短的下山路上發出鼓轆鼓轆的聲音，蘇菲衣服上猶留有薇樂莉雅公主濕漉漉的口水痕跡，那是她喜愛的明證，蘇菲忍不住要微笑起來。她終於了解瑪莎的一些想法了，雖然十個小孩感覺上還是太多了些。當薇樂莉雅公主在她身上爬上爬下時，她想起女巫曾經對公主做出某種威脅，她忍不住跟薇樂莉雅說：「我絕不許那女巫動妳一根汗毛！」

當時國王沒說什麼。但是隨後卻叫皇家座車送她回去。

車隊在偽裝的馬廄外頭熱熱鬧鬧地停住了。麥可由門內衝出來，擋在正在扶蘇菲下車的僕役身前，問道：「妳跑那裡去了？我擔心得要死！豪爾心情非常惡劣……」

「我知道他會。」蘇菲擔心地說。

「因為潘思德曼太太死了。」麥可說。

豪爾也來到門口，他看起來蒼白且情緒低落。他手裡拿著一個卷軸，上面蓋有王室紅藍二色的印章，蘇菲帶著罪惡感看它。豪爾賞給那士官一個金幣，一直到車子與車隊轆轆地離開前都一言不發。然後他說：「為了擺脫一個老女人，居然要動用到四匹馬和十個人！妳對國王做了什麼？」

蘇菲跟著豪爾和麥可進入屋裡，她原以為會看到一屋子的綠色黏液，結果居然沒有。卡西法高高地燃上煙囪，露出紫色的微笑。蘇菲沉到椅子裡：「我猜國王大概受不了我一直跟他破壞你的名譽吧？我去了兩次。」她嘆道：「沒有一件事順利！還碰到剛殺死潘思德曼太太的女巫。什麼日子嘛！」

當蘇菲述說當天發生的一些事情時，豪爾靠著壁爐架，放任卷軸垂下來，好像在考慮要不要拿它來餵卡西法似地。「看呀，皇家巫師在此！」他說：「而且我的名聲超爛！」然後，出乎蘇菲和麥可意料之外的，他突然大笑。「看她把那個卡特拉克男爵搞成什麼樣子？」

「我根本不該讓她接近國王的。」

「可是我真的有破壞你的名譽呀！」蘇菲抗議。

「我知道，那是我估計錯誤。」豪爾說：「接下來，我該如何才能去參加潘思德曼太太的葬禮而不被女巫認出來呢？卡西法，有什麼點子沒？」

很明顯的，豪爾對潘思德曼太太去世一事，比對其他事情都來得難過。

反倒是麥可非常擔心女巫的事。第二天早晨，他供說昨夜做了一整夜的惡夢。夢見女巫由城堡的所有入口同時入侵。他緊張地問：「豪爾在哪裡？」

豪爾一早就出去了，浴室裡仍殘留著如常的充滿香氣的水蒸氣。他沒有帶吉他，門柄則轉到綠色向下。連卡西法也只知道這麼多。「不管誰來都不能開門。」卡西法叮嚀道：「除了避難港那一個之外，女巫知道所有的入口。」

麥可擔心的不得了，由院子裡取來一些厚板，橫著嵌在門上，都弄好後才去學習他們由安歌麗雅小姐處拿回來的那個咒語。

半小時後，門柄突然轉到黑色向下，門開始震動。麥可抓住蘇菲，牙齒打顫地說：「別……害怕，我……會保護妳的。」

門激烈地震動了一陣子後，停住了。麥可大大鬆了一口氣，放開抓著蘇菲的手。就在這時，傳來一陣劇烈的爆炸，厚板應聲嘩啦啦地掉到地上。卡西法躲到爐架的底部，麥可躲進放掃把的儲物櫃裡，獨留蘇菲一人站在那裡。門突然打開，豪爾衝了進來。

「太過分了吧！」他說：「好歹我是住這裡的。」他全身濕透，灰色和紅色的外衣變成黑色和褐色，袖子和頭髮都往下垂。

蘇菲看看門把，仍然是黑色朝下。她想，原來是安歌麗雅小姐，而他就穿著那件有迷咒的衣服去見她！「你到哪兒去了？」她問道。

豪爾打了一個噴嚏。「就在雨中站著，不干妳的事。」聲音沙啞。「那些厚板是幹嘛用的？」

「是我放的，」麥可由儲物櫃裡鑽出來。「女巫……」

「你一定以為我很遜是吧？」豪爾生氣地說：「我施放了許多指錯路的咒語，大部分的人根本找不到這個地方。就是女巫也要花上三天才找得到！卡西法，我需要一杯熱飲。」

卡西法本來已爬到燃木之上，但是豪爾才對著它彎身，它就又迅速地躲下去了。「你這個樣子別靠近我！你全身都是濕的！」

「蘇菲？」豪爾懇求道。

但是蘇菲毫無憐憫，雙手交叉在胸前。「你要拿樂蒂怎麼辦？」

「我全身都濕透了，」豪爾說：「我必須喝杯熱的。」

「我剛問你呢，你要拿樂蒂怎麼辦？」

「那就算了。」豪爾說。他全身抖動，水流下來，在地上形成一個圓圈。豪爾跨出來，頭髮已經乾燥並發著亮光，衣服也恢復為灰色和紅色。他走過去拿起燉鍋，「麥可，世界上多的是硬心腸的女人，」他說：「我不用想就可以說出三個人名。」

「其中一個叫做安歌麗雅小姐對不對？」蘇菲頂他。

豪爾沒有回答。剩下的早晨時間，他和卡西法及麥可討論將城堡遷移的事，但是故意對蘇菲不理不睬。豪爾真的像我跟國王警告過的那樣，決心要逃跑了。蘇菲邊坐著縫衣服邊想。她正在把更多的三角形縫到那件藍色及銀色的衣服上面，她知道她必須盡快讓豪爾脫下那件灰紅色的衣服。

「我想我們不需要移動避難港那扇門。」豪爾說著，由空中抓出一條手帕，用力地擤了一下鼻涕，令卡西法緊張地晃動起來。「但是我要這座移動的城堡遠離它以前去過的地方，金斯別利的入口也要關掉。」

突然有人敲門。蘇菲注意到，豪爾跟麥可一樣跳了起來，緊張地四處張望，兩個人都不去應門。懦夫！蘇菲在心裡偷罵，不知自己昨天為何要為豪爾的事那樣費心。「我一定是瘋了！」她跟手上正在縫的藍銀色衣服喃喃地說。

「黑色向下的入口呢？」麥可問。

「那個也留著。」豪爾說著，手指輕彈一下，又由空中拿了一條手帕。

當然囉，蘇菲想著，門外就是安歌麗雅小姐嘛！可憐的樂蒂！

早晨過一半時，豪爾變成一次要拿兩、三條手帕了。事實上，蘇菲看出它們不過是軟趴趴的方形紙罷了。他打噴嚏打個不停，聲音也越來越沙啞，再不久，手帕一拿就是半打了。卡西法旁邊堆滿了他用過的手帕灰燼。

「噢，為什麼每次我去威爾斯就會染上感冒回來？」豪爾啞著聲音抱怨，然後由空中變出一疊手帕。

蘇菲嗤之以鼻。

「妳說了什麼嗎？」豪爾啞著聲音問她。

「沒有。不過是想說，凡事都採取逃避手段的人，活該每次都感冒！」蘇菲說道：「被國王指派了工作，卻還跑到雨中去追女人的人，生病只能怪自己。」

「道德女士，別以為我做的事妳都一清二楚！」豪爾說：「下次我出門前要不要寫張清單給妳呀？我找過賈斯丁王子的！我出門不是只為了追女人的。」

「你什麼時候去找的？」

「哈！耳朵馬上豎起來，長鼻子也突然會抽筋！」豪爾恥笑她：「當然是他剛失蹤的時候嘛！我想知道賈斯丁王子幹嘛來這裡？因為每個人都知道蘇利曼到荒地去了。我的推斷是有人賣了一個假的尋人咒給他，因為他一直找到上福爾丁去，他從菲菲克絲太太那裡買了另一個尋人咒，那個尋人咒把他送到我這裡來，麥可又賣給他另一個尋人咒外加一個偽裝咒……」

麥可的手蓋住自己的嘴巴：「那個穿綠制服的人就是賈斯丁王子嗎？」

「是的，只是我以前不提罷了。」豪爾說：「因為國王可能會認為，你應該也賣了一個假貨給他，但我賣東西可是講良心的。良心，長鼻子太太，妳注意到這個字沒有？我是有良心的。」豪爾又從空中變出一疊手帕，隔著這疊手帕以通紅又水汪汪的眼睛瞪著蘇菲，然後他站起身，說：「我病了，我要去床上躺著，我可能會一睡不起。」他腳步踉蹌，狀極悲慘地走向樓梯。「把我埋在潘思德曼太太身邊。」邊沙啞地說著，邊上樓就寢。

蘇菲比以往更努力地縫紉，這是將那件灰色及暗紅色外衣由豪爾身上剝下來，免得他對安歌麗雅小姐造成更多傷害的大好時機。除非，豪爾穿著那件衣服睡覺，那也不無可能。所以豪爾當初去上福爾丁，其實是為了找賈斯丁王子，結果在那裡遇見樂蒂。可憐的樂蒂！蘇菲想著，邊輕快地在第五十七個藍色三角形周邊縫上細針，再縫四十個就大功告成了。

豪爾微弱的叫喊聲由樓上傳來：「救命，我快被冷落致死了！」

蘇菲嗤之以鼻。麥可放下做了一半的咒語，樓上樓下地跑，整個屋子變得很不安靜。就在蘇菲縫十個藍色三角形的期間，麥可帶著檸檬和蜂蜜跑上樓，然後是某本特定的書，咳嗽藥和吃藥用的湯匙，還有鼻滴劑、舌錠片、漱口藥、筆、紙和另外三本書，以及用柳樹皮熬的汁。此外，前來敲門的人亦是毫不間斷，害蘇菲老是嚇得跳起來，卡西法也緊張得晃個不停。

當沒人應門時，有些人硬是不死心，認定裡面的人是故意不理他們，就用力猛敲門敲上整整五分鐘。

蘇菲開始擔心這件藍銀色的外套越縫越小，要縫上那麼多三角形，而不使用到大量布邊是不可能的。「麥可，」當麥可又因為豪爾午餐想吃燻肉三明治而衝下樓時，蘇菲喚住他：「有沒有讓小衣服變大的方法？」

「有的，」麥可回道：「我的新咒語就是關於這個，等我有時間再弄。他的三明治裡要夾六片燻肉，妳可以請卡西法幫忙嗎？」

蘇菲和卡西法交換了一下目光，卡西法說：「我不認為他會死掉。」

「你如果把頭低下來，我就把肉皮給你吃。」蘇菲放下手裡的工作跟它說。對付卡西法，來軟的比來硬的有效。

他們中餐就吃燻肉三明治，但是吃到一半，麥可又得衝上樓。下來時他說，豪爾要他現在就去馬克奇平買一些搬遷城堡時需要用到的東西。

「可是女巫……這樣出去安全嗎？」蘇菲擔心地問。

麥可舔舔手指上燻肉的油，進入儲物櫃裡，出來時肩上披了一件沾滿灰塵的絲絨斗篷，斗篷下是一個身材粗壯、有紅鬍子的男人。這人舔舔手指，以麥可的聲音說：「豪爾認為我這樣應該就很安全了。這件斗篷有誤導跟偽裝的雙重作用，不知這下樂蒂還認不認得出我？」

這粗壯的男子將門把轉到綠色朝下，跳向下面緩慢移動著的山丘。

接著是一片安詳。卡西法平靜下來，不時發出輕微的爆裂聲。豪爾顯然知道蘇菲不會為他跑上跑下，樓上是一片安靜。蘇菲站起來小心地走到放掃帚的儲物櫃，這是她去拜訪樂蒂的大好機會，樂蒂現在一定很悲傷。蘇菲很確定自從果園那天之後，豪爾再也不曾接近她。如果蘇菲能直接告訴她，她的感覺是因迷咒所造成，可能會有幫助。這是她的錯，她有義務跟樂蒂說。

但是，七里格靴竟然不在櫃子裡！蘇菲起先不能相信，她把所有的東西都翻了出來，結果還是找不到。櫃子裡除了普通的桶子、掃帚之外，只有另一件斗篷。「那該死的混蛋！」蘇菲咬牙切齒，豪爾顯然要確保蘇菲不會再跟蹤他。

她正將東西一一放回櫃子裡時，突然有人敲門。蘇菲一如平常嚇得跳起來，希望那人會自動走開，但是這個人比其他任何人都固執。一直敲著，還是撞著門？因為那聲音不像是一般的敲門聲，而更像是一種撞擊聲。

蘇菲看著不安晃動的綠色小火花，卡西法嚇到只剩這一丁點兒，問道：「是女巫嗎？」

「不是，」卡西法回答，因為躲在木頭裡，聲音悶悶的：「響的是城堡的門，有人沿著城在追我們，我們現在速度已經很快了。」

「是稻草人嗎？」蘇菲問。光是想到就害她的心臟跳了一下。

「是血肉之軀。」卡西法的藍臉攀上煙囪，一臉困惑：「我不確定那是什麼，我只知道他拚命地想進來，我不認為他有惡意。」

因為那撞門聲一直不斷，令蘇菲有一種事情非常緊急的焦慮感，她決定開門好讓他停止。此外，她也很好奇，想知道那到底是什麼？剛剛在儲物櫃一陣翻找後，她手裡仍拿著那件斗篷，她邊往門走去，邊將斗篷披在肩上。卡西法瞪大了眼睛，然後，自從蘇菲認識它以來，它第一次自動低頭，捲曲的綠燄下傳來不可遏抑的爆笑聲。蘇菲奇怪自己到底變得有多可笑，邊將門打開。

一隻巨大、身材細長的灰狗由山坡一躍而起，穿過城堡那些嘎嘎作響的黑色磚頭，降落在房間中間。蘇菲丟下斗篷急速後退，她一向怕狗，而灰狗看起來一點都不會讓人比較安心。這隻狗就擋在她跟門之間，定定地盯著她。蘇菲看著外頭轉動的岩石和石南，心想不知喊豪爾的話會不會有幫助？

狗原來已經彎彎的背彎得更厲害了，並且以後腿站立起來，幾乎與蘇菲同高。牠的前腿僵硬地往前伸，再度用力往上挺舉，然後，就在蘇菲張開嘴準備叫喚豪爾時，牠奮力地掙扎，往上掙出一個穿著皺巴巴褐色外套的人形。這人有一頭赤黃色的頭髮，及一張蒼白、不快樂的臉。

「來自上福爾丁！」狗人喘著氣說：「愛樂蒂。樂蒂遣我來……樂蒂一直哭，很不快樂……要我來找妳……叫我留下來……」話還沒說完，牠開始彎身、縮小，發出痛苦絕望的嚎叫聲：「別告訴巫師！」隨即消失在一堆紅色捲毛裡，又變成一隻狗，一隻不同的狗，這次牠似乎是一隻紅色的雪達獵犬。這隻紅色獵犬搖著毛茸茸的尾巴，以一雙令人心碎的、悲傷的眼睛熱切望著蘇菲。

「天哪！」蘇菲關上門：「朋友啊，你確實有麻煩哩！你是那隻柯利狗，對不對？現在我終於知道菲菲克絲太太到底在說什麼了。那個女巫真是該殺，真是該殺！但是樂蒂為何會送你來這裡？如果你不要我告訴豪爾巫師……」

聽到豪爾的名字，狗輕聲嚎叫起來，同時搖著尾巴懇求地望著蘇菲。

「好吧，我不告訴他就是了。」蘇菲承諾。狗似乎感到安心，走到壁爐前，擔心地看看卡西法，然後就在炭園旁邊躺下來，瘦瘦的、紅色的一團。「卡西法，你有什麼看法？」蘇菲問。

「這隻狗是被下咒的人。」卡西法說了等於沒說。

「我知道。但是，你能幫他去除咒語嗎？」蘇菲問。她的猜測是，樂蒂跟很多人一樣，聽說現在有一個女巫在幫豪爾做事。而如何在豪爾下床發現牠之前，把這個狗人變回人，然後送回上福爾丁似乎十分重要。

「不行，我必須跟豪爾聯結才有辦法做到。」卡西法說。

「那我只好自己試試看了。」蘇菲說。可憐的樂蒂！為了豪爾心碎，而她的另一個戀人大部分的時間是一條狗！蘇菲將手放在狗柔軟的圓形頭上，說：「變回你原來的樣子。」說了許多遍。但是唯一的功效似乎只是讓狗沉沉地睡去。牠打呼，靠著蘇菲的腳抽動著。

樓上開始傳來呻吟聲，蘇菲故意不理，只是繼續跟狗喃喃地說話。接下來是一陣劇烈的乾咳，越咳越小聲，最後又轉為更多的呻吟，蘇菲還是不理。於是，咳嗽之後加上震耳欲聾的噴嚏聲，每個噴嚏都令窗戶和門震動起來。這些就比較難忽視不理，但蘇菲還是做到了。「噗——噗——」那是擤鼻涕的聲音了，像在隧道裡吹低音簫一樣，然後咳嗽聲再度揚起，混雜著呻吟聲。接著是噴嚏聲混合著呻吟與咳嗽，越來越響，到後來豪爾似乎是咳嗽、呻吟、擤鼻涕、打噴嚏和悲嘆同時進行。門晃動著，屋樑抖動著，甚至卡西法的一根木頭都滾落到壁爐裡。

「好啦，好啦！知道了啦！」蘇菲說。把木頭放回爐架上。「下一步就是綠色黏液了！卡西法，確定那隻狗就待在那兒。」交代完後，她往樓上走，一邊大聲抱怨：「什麼跟什麼嘛！這些當巫師的！以為別人沒感冒過是不是？好了，到底什麼事？」她拐著腳走進房門，踏上骯髒的地毯。

「我無聊的要死！」豪爾可憐兮兮地說：「也許我真的要死了也說不定。」

他躺在墊高的骯髒灰色枕頭上，看起來非常可憐，身上蓋著一件原該是拼布做成的小被單，現在卻因為蒙上灰塵，看來只是單一的顏色。那些似乎深為他所喜愛的蜘蛛，正在床頂的罩篷上忙碌地結網。

蘇菲摸摸他的額頭。「你確實有點發燒。」她說。

「我有幻覺。」豪爾說：「我眼前有圓點在爬來爬去。」

「那是蜘蛛。」蘇菲問他：「你為什麼不用個咒語把自己治好？」

「因為感冒是沒有咒語可治的。」豪爾悲傷地說：「我腦子裡有東西一直在轉……也有可能是我的腦子在繞著東西轉。我一直在想女巫咒語裡的那些條件。我一直不知道她可以將我揭露成那個樣子。被人太了解不是好事，即使到目前為止那些都是真實的事，確實出於我自己所為。我一直在等其他部分發生。」

蘇菲回想那首詩的內容。「你說的是哪些事情？是『告訴我過去的歲月都去了哪裡』那一句嗎？」

「噢，那個我知道。」豪爾說：「我自己的，或任何其他人的，都在那裡！在它們一向在的地方。若我願意的話，我可以在我自己的洗禮儀式上扮演壞仙女的角色。也許我真的這樣做了，才會有這些麻煩。不！我真正在等的只有三樣事情：美人魚、曼陀羅花的花根，以及吹著誠實心靈向前的風。至於我會不會有白頭髮？反正我沒辦法把咒語解除，活到那個時候了。離這些事情發生只剩三個星期了。等它們逐一兌現後，女巫就會抓住我。幸虧橄欖球俱樂部的同學會是在仲夏夜舉行，所以，至少我還趕得及參加。其他的事，很久以前都發生過了。」

「你是指落下的星辰和永遠找不到真愛的部分？」蘇菲問他。「照你這樣的生活方式，我一點也不覺得奇怪。潘思德曼太太說你在往邪路上走，她說的沒錯，是不是？」

「即使丟了這條性命，我也得去參加她的葬禮。」豪爾悲傷地說：「潘思德曼太太總是把我想得太好。大概是被我用迷咒弄瞎了眼。」有水從他眼中溢出。蘇菲不太確定他是真的在哭，還是因為感冒的緣故。但是她發現他又開始規避問題。

「我問的是，為什麼你老是在跟女士們求愛後就馬上拋棄她們？」她問：「為何要這麼做？」

豪爾以顫抖的手指著床鋪上空的罩篷說：「這是為什麼我會喜歡蜘蛛的原因。『一試再試做不成，再試一下』。我一直試，」他語氣充滿極度的悲傷。「但我這是自作自受，這是多年前我跟人做了一筆交易之後的結果。我知道我這輩子再也不能好好地愛人了。」

這次由他眼中湧出的，絕對是淚水了，蘇菲很擔心。「啊，不要哭——」

門外傳來霹哩啪拉的聲音，蘇菲轉過頭，看到狗人半彎著身緩緩溜進房間。她擔心牠進來是為了要咬豪爾，便一把抓住牠的皮毛。但牠只是倚著她的腿，她只好踉蹌地往剝落的牆壁後退。

「這是什麼？」豪爾問。

「我的新狗。」蘇菲說，抓著捲毛的手仍不放鬆。

她靠到牆上，從這裡可以由寢室的窗戶外眺。照說外頭應該是後院才對，但她看到的卻是一座整潔的方形花園，中間有一架小孩的金屬鞦韆，夕陽將垂掛在鞦韆上的雨滴映照成藍色及紅色。就在蘇菲站著看傻眼的時候，豪爾的外甥女瑪莉跑過潮溼的草地，豪爾的姊姊梅根追在後頭。顯然她在喊著，叫瑪莉別坐到濕鞦韆上面，但是聲音透不過來。「那就是叫做威爾斯的地方嗎？」蘇菲問。

豪爾大笑，用力拍著被子，灰塵如煙霧般揚起。

「別管那狗了！」他啞著聲音說：「我跟自己打過賭，說妳待在這裡的期間，我能防止妳由那個窗子窺探的。」

「哼……」蘇菲放開狗，恨不得牠能咬豪爾一口，但是狗只是繼續靠著她，將她往門邊推。「所以你之前說過的話不過是胡說八道的，都是一場遊戲罷了，是不是？」她說：「我早該知道了！」

豪爾躺回那灰色的枕頭，臉上帶著被誤會的傷心。「有時候，」他語帶責備地說：「妳說話的語氣簡直和梅根一樣。」

「有時候，」蘇菲回道，一邊將狗趕出房間，「我可以了解梅根為何會變成這樣。」然後她砰地一聲，用力關上門，把蜘蛛、灰塵和花園全都關在身後。

第 15 章

變裝參加葬禮

蘇菲回去繼續縫紉時，狗人蜷曲著身體躺著，就壓在蘇菲的腳指頭上。或許牠希望，若能就近待在她身邊，她就能想出辦法幫牠解除咒語吧！一個粗壯、紅鬍子的男人衝進屋裡，手中拿著盒子。他脫掉披肩變回麥可，手裡仍拿著盒子。狗人站起來搖尾，牠讓麥可拍牠的頭並揉牠的耳朵。

「我希望牠留下來，」麥可說：「我一直想要一隻狗。」

豪爾聽到麥可的聲音，便裹著那件褐色的拼布被單走下樓來。蘇菲停止縫紉，小心地抓住狗，但是狗對豪爾挺客氣的，當豪爾由被單裡伸出一隻手來拍牠時，牠並沒有抗議。

「怎麼樣？」豪爾啞著聲音問，同時由空中抓取一些衛生紙，被單上的灰塵隨之飛揚。

「全買齊了。」麥可說：「而且，運氣還出奇的好。馬克奇平正好有間商店要出售，以前是開帽店的。你想我們能不能把城堡搬過去？」

豪爾坐在一把高凳子上，活像穿著袍服的羅馬議員，他思考著。「看要價多少再決定吧。我很想把避難港的入口移到那裡。這工作可不太容易，因為必須連卡西法一起搬。避難港是卡西法真正住著的地方。你怎麼說，卡西法？」

「要搬動我的話，必須非常小心，」卡西法說，它的臉色蒼白了好幾個色度。「我覺得你應該把我留在原處。」

芬妮要把店賣掉？當他們三人繼續討論搬家事宜時，蘇菲想著。而豪爾所謂的良心亦不過爾爾。但是最令她感到困惑的，是這隻狗的行為。雖然蘇菲跟牠說過許多次，她無法幫牠解除咒語，牠還是無意離開。牠也不想咬豪爾。當晚以及次日早晨，牠都讓麥可帶牠去避難港的沼澤地跑步。牠的目的似乎在成為這個家族的成員之一。

「如果我是你的話，我就回上福爾丁，確定樂蒂由打擊中恢復過來時，贏得她的芳心。」蘇菲跟牠這麼說。

第二天，豪爾一會兒起身，一會兒躺著。當他躺下時，麥可就忙著樓上樓下兩頭跑。當他起床時，麥可則四處跑，跟著他丈量城堡並且用金屬托架固定每一個角落。

在空檔期間，豪爾老是裹在他的拼布被單和灰塵中跑來問問題或宣布一些事情，大都是為蘇菲的利益著想。

「蘇菲，既然妳把我們發明這座城堡時做的記號全漆掉了，也許妳可以告訴我，麥可房裡的記號是在什麼地方？」

「不，」蘇菲邊縫著第七十個藍色三角形邊說：「我不行。」

豪爾悲傷地打著噴嚏離去，過一會兒他又出現。「蘇菲，如果我們買下那家店面，我們可以賣什麼？」

蘇菲發現她已經受夠了帽子，這輩子都不想再碰這個行業。「不要賣帽子。」她說：「你知道吧？你可以只買店面，不作生意的。」

「這件事就交給妳那殘忍的腦袋瓜去處理，」豪爾說：「或者思考了。如果妳知道思考是怎麼一回事的話。」說完他又大踏步上樓去了。

五分鐘後，他又下來。「蘇菲，關於另一個入口，妳有什麼特別喜好沒有？妳希望我們住那裡？」

蘇菲馬上想到菲菲克斯太太的房子。「我想要有個很好的房子，房子四周種滿了花。」她回答道。

「知道了。」豪爾啞聲說，再度大踏步離開。

等他再度出現時，他已穿著整齊。那天這已是第三次了，因此蘇菲起先不以為意。但是接著，他卻披上麥可曾穿過的那件絲絨斗篷，變成一個蒼白、咳嗽著的紅鬍子，手裡拿著一塊紅色的大手帕正在擦鼻子。她這才知道他打算要出門，忍不住說：「這樣感冒會惡化的。」

「我會死掉，然後你們每個人都會覺得很抱歉。」紅鬍子男人說。然後將門把轉到綠色向下，出門去了。

接下來的一小時，麥可有時間弄他的符咒，蘇菲則一直縫到第八十四個藍色三角形。然後，紅鬍子男人回來了。脫下斗篷，又變回豪爾，咳得比未出門前嚴重，而且，還真服了他了！居然可以比以前還自憐。

「我把店買下來了。」他跟麥可說：「它後面有個有用的小房間，旁邊還有一棟住家，我整個都買下來了。不過我還不知道到時錢要從哪裡來。」

「如果你找到賈斯丁王子，那個獎金不就可以用了？」麥可說。

「你忘了，」豪爾沙啞地說：「我們做這些的目的，就是為了不要去找賈斯丁王子。我們要憑空消失！」說完他就咳著上樓、上床，然後過不了多久，就開始為了引人注意而大聲打噴嚏，弄得屋樑都震動起來。

麥可只好趕快放下咒語跑上樓，蘇菲本來也要去的，但是狗人把她擋住，這是牠另一個奇特的行為。牠不喜歡蘇菲為豪爾做任何事，蘇菲覺得這很合理，於是坐下來縫第八十五個三角形。

麥可高高興興地下樓，又開始弄他的咒語。因為非常高興，他邊工作邊加入卡西法的燉鍋歌，並且學著蘇菲跟骷髏說話。「我們要搬去馬克奇平了，」他跟骷髏說：「我可以每天都去看我的小樂蒂了。」

「這是你跟豪爾提那間店的原因嗎？」蘇菲穿著針問道。現在她已縫到第八十九個三角形。

「是的，」麥可快樂地說：「我們正在討論以後如何才能再見時，樂蒂跟我說的。我就告訴她……」

他的話被豪爾打斷，豪爾身上仍披著那件拼布被單。「這肯定是我最後一次下來，」他說：「我忘了告訴你們，潘思德曼太太明天下葬，地點就在她靠近避難港的私人土地上。我這件衣服需要清洗。」他把灰色及暗紅色的衣服由被單裡拿出來，丟在蘇菲腿上。「妳把時間花錯對象了。我喜歡的是這一件，但是我沒有力氣自己清洗。」

「你不一定要去參加葬禮吧？」麥可緊張地問。

「我是絕對會去的，」豪爾說：「潘思德曼太太把我造就成這樣的巫師，我一定得去跟她致敬。」

「但是你的感冒又加重了。」麥可說。

「是他自找的！」蘇菲說：「不在床上躺著，還出去追女生。」

豪爾馬上裝出最高尚、無辜的表情。「我會沒事的。」他啞聲說：「只要記得避開海風就好了。潘思德曼那片地產位於受風地帶。樹全被吹得歪一邊長，連綿幾哩都沒有避風雨的地方。」

蘇菲知道他不過是故意要人同情罷了，由鼻子裡哼了一聲。

「那女巫呢？」麥可問。

豪爾可憐兮兮地咳嗽：「我會變裝再去，也許裝成另一具屍體。」說完，他又拖著腳步往樓梯去。

「那你根本不需要這件衣服！你需要的是裹屍布。」蘇菲在他身後叫道。豪爾沒有回答，繼續拖著腳步往樓上走，蘇菲也沒有再抗議。她手裡抓著那件有迷咒的衣服，真是機不可失！她拿起剪刀，一口氣將這件灰、紅色的衣服剪成七塊，這下子，豪爾就不會再想要穿它了。然後她回頭把最後幾個三角形縫到銀、藍色衣服上，這些都是領口的部分。衣服現在變得好小，就是給潘思德曼太太的侍童穿，都嫌小一個尺碼。

「麥可，」她喚道：「你那個咒語弄快一點！事情緊急！」

半小時後，麥可逐一檢查單子上的項目，然後說應該是準備好了。他對著蘇菲走過來，手裡拿著一個小碗，碗底有很少量的綠色粉末。「妳要用在哪裡？」

「這裡。」蘇菲剪斷最後一根線，將睡著的狗人推到一邊，然後將那件只剩兒童尺碼的衣服小心地攤在地上。麥可同樣小心地將碗傾斜，在衣服的每一吋撒上綠粉。

然後兩個人一起焦慮地等著。

過一會兒，麥可輕鬆地嘆了口氣，衣服慢慢變大了。他們看著它變大、變大，直到一邊頂著狗人，堆在那兒。蘇菲必須將它拉遠一些，讓它有空間長大。

大約五分鐘後，兩個人都同意衣服看來已是豪爾的尺寸。麥可將它拿起來，小心地將多餘的粉抖落到爐架上，卡西法轟一下竄起來吼叫，狗人也由睡眠中驚醒，跳起來。

「小心點！」卡西法說：「那威力蠻強的。」

蘇菲拿著這件衣服躡手躡腳地走上樓去，豪爾頭靠在灰色枕頭上睡著，他的蜘蛛們在他四周忙碌地結網。在睡眠中，他看來高尚而悲傷。蘇菲走過去，將衣服放在靠窗的舊衣櫃上頭。她試著告訴自己，就這一會兒功夫，衣服並沒有繼續長大。「不過，如果它害你不能去參加葬禮的話，也沒什麼不好。」她喃喃說著，同時往窗外看去。

太陽低低垂掛在那整潔的花園上頭。一個高大、深色皮膚的男子站在那兒，興沖沖地投擲一顆紅色的球給豪爾的外甥尼爾，尼爾臉上則寫著痛苦的忍耐。蘇菲看得出那人是尼爾的父親。

「又在多管閒事了。」豪爾突然在她後面說話。蘇菲帶著罪惡感快速地轉過身來，卻發現豪爾其實處在半睡半醒狀態。他的思緒仍停留在前天，因為他說：「教我免叫嫉妒刺傷的方法，那都已經是過去的事了。我愛威爾斯，但威爾斯不愛我。梅根就是充滿了嫉妒，因為她受人尊敬，而我不是。」然後他稍稍再清醒些，問道：「妳在幹嘛？」

「不過是替你把衣服拿過來。」蘇菲說完，就匆忙離開。

豪爾一定又睡著了。當晚沒再下樓。次日早晨，當蘇菲和麥可起來後，也沒聽到他起床的聲音。兩人都小心避免吵到他，也都覺得去參加潘思德曼太太的葬禮不是個好主意。麥可悄悄溜出去，帶狗人去山丘跑步。蘇菲在家裡踮著腳尖走路，準備早餐，心裡希望豪爾會睡過頭。麥可回來時仍然不見豪爾的蹤影，狗人很餓了，蘇菲和麥可在櫃子裡忙著找可以給狗吃的東西。就在這時，他們聽到豪爾慢慢走下樓梯的聲音。

「蘇菲！」豪爾的聲音透著責難。

樓梯的門開著，豪爾一手扶著那門，整隻手都藏在一個巨大無比的藍、銀色袖子裡。他的腳在樓梯的底階，被套在一件巨大無比的藍、銀色上衣的上半部裡。另一隻手則離另一隻巨大的袖子十分遙遠。蘇菲可以看到那隻手的輪廓，在一個很大的、有皺褶領子下鼓動著做手勢。他身後的樓梯則蓋滿藍、銀色的套裝，一路拖曳到他的臥室裡面。

「天哪！」麥可說：「豪爾，這都是我的錯，我……」

「你的錯？騙人！」豪爾說：「我一哩之外就可以感知到蘇菲的手，這件衣服可是有好幾哩長的。親愛的蘇菲，我另一件衣服在哪裡？」

蘇菲趕緊將那件被她藏在儲物櫃裡的灰色及暗紅色的外衣拿出來。

豪爾打量之後說：「真有妳的！我還以為會變得小到看不見呢。給我！七片全拿過來！」蘇菲手上捧著布塊，把手對他伸直。豪爾的手在那件藍銀色衣服的巨大袖子裡好一陣摸索，再由兩針縫線的間隙中掙脫出來，將布塊由蘇菲手中一把搶過。「現在，我，」他說：「要準備出門參加葬禮了。拜託你們兩位，在這期間什麼都別做。我看得出蘇菲現在正處於巔峰狀態，不過我下來的時候，希望看到這個房間仍是原來的大小。」

他轉過身，神氣十足地往浴室走，跋涉在藍色及銀色的外衣中。剩下的衣服跟著他走，一步步拖下樓梯，然後是沙沙地拖過地板。等豪爾進入浴室時，大部分的外套都到了地板，褲子則才剛出現在樓梯上。豪爾將浴室的門半開著，然後，似乎是以兩手輪流拉動衣服。蘇菲、麥可和狗人站著，看到一碼又一碼的藍銀色布料在地板上行進，偶爾有大如磨石的鈕釦及巨大、規則、粗如繩索的縫線點綴其中，怕不綿延有一哩長！

當最後一個扇形飾邊終於在浴室門的轉角消失時，麥可說：「我想，我那個咒語大概沒完全弄對。」

「他這不就讓你知道了嗎？」卡西法說：「再給我一根木頭。」

麥可給卡西法加了一根木頭，蘇菲去餵狗人。兩個人在豪爾走出浴室前，除了站著吃麵包加蜂蜜當早餐之外，什麼都不敢做。

兩小時後，豪爾由充滿馬鞭草香味的蒸氣中現身，全身黑色：黑色套裝、黑色靴子，甚至連頭髮都是黑的，像安歌麗雅小姐那種藍黑色。還有，長長的耳環也是黑的。蘇菲猜想他那頭黑髮是為了對潘思德曼太太致敬才改的。她同意潘思德曼太太所說——黑髮比較適合豪爾。他綠色玻璃珠似的眼睛跟黑髮比較搭配，不過她不確定那套黑衣服到底是由哪一套變來的。

豪爾由空中抓過一張黑色衛生紙擤鼻涕，令窗子嘎嘎作響。他由工作枱上拿起一片沾有蜂蜜的麵包，叫喚那隻狗人。狗人露出懷疑的眼光。「我只是要好好看看你，」豪爾啞聲說，他的感冒還是很嚴重。「來這兒，狗狗。」狗遲疑地爬到房間中間時，豪爾說：「長鼻子太太，妳在浴室裡找不到我另一套衣服的，以後我再也不要妳碰我任何衣服。」

本來往浴室躡手躡腳走去的蘇菲，聞言停下來，看豪爾繞著狗走，一會兒吃沾蜂蜜的麵包，一會兒擤鼻涕。

「拿這個當偽裝怎麼樣？」說完，豪爾就將黑色衛生紙彈給卡西法，然後向前趴，雙手及膝蓋往地板上搭。他才一開始動，人就不見了，等他碰到地板時，已經變成一隻有紅色捲毛的雪達獵犬了。

狗人委實大吃一驚！出於狗的本能反應，牠毛髮倒豎，耳朵下垂，開始咆哮。豪爾也有樣學樣——或者同樣出於本能？兩隻長得一模一樣的狗互相對繞，瞪眼、咆哮、毛髮聳立，大戰隨時一觸即發。

蘇菲抓住其中一隻她覺得應該是狗人的尾巴，麥可則抓住可能是豪爾的那一隻。豪爾很快變回人形，蘇菲發現她跟前站著一個高大、一身黑的男人，趕緊將豪爾黑外套的後頭放開。狗人則坐在麥可腳上，悲慘地看著。

「很好，」豪爾說：「如果我騙得過別的狗，就可以騙過任何人。葬禮上不會有人注意到一隻流浪狗舉腳靠在墓碑上的。」他走到門口，將門把轉到藍色向下。

「等等，」蘇菲喚住他：「如果你要偽裝成紅色雪達犬去參加葬禮的話，幹嘛還大費周章打扮得一身黑？」

豪爾抬起下巴，一副很高貴的樣子。「這是對潘思德曼太太的敬意。」邊說邊開門：「她喜歡人們考慮到所有的細節。」說完就踏上避難港的街道。

第 16 章

衆多的魔法

數個小時過去，狗人肚子又餓了，麥可跟蘇菲也決定要吃午餐了，蘇菲拿著煎鍋走近卡西法。

「為何不能有一次只吃麵包和乳酪呢？」卡西法抱怨道。

說歸說，他還是把頭低下。蘇菲剛把鍋子放到捲曲的綠燄上頭，不知由哪兒突然傳來豪爾沙啞的聲音：

「卡西法，當心！她找到我了！」

卡西法一下跳起來，煎鍋跌出來，掉在蘇菲膝上。卡西法吼著，以令人目盲的狂燄衝上煙囪。幾乎同時，它幻化為十幾個燃燒的藍臉，好像它被人猛烈晃動一樣，並且發出巨大的、有喉音的呼呼聲。

「他們一定是打起來了，」麥可小聲地說。

蘇菲吮著略略燙到的手指，以另一隻手由裙上撿起一片片的燻肉，同時注視著卡西法。它在壁爐裡左右晃動，影像模糊的臉由深藍轉為淺藍，然後幾近白色，一會兒有好多橘色眼睛，下一刻又變成成排似星的白色眼睛。她從未想像過會有這樣的事。

有東西由屋頂上掠過發出爆炸聲，震動了整個房間。下一秒，另一樣東西追過去，發出長長的、刺耳的吼叫。卡西法喘成藍黑色，蘇菲的皮膚因為感受到魔法的反作用力而發出嘶嘶聲。

麥可匍匐著攀上窗子。「他們離得好近。」

蘇菲也拐著走到窗邊，魔法的風暴似乎影響到房裡一半以上的事物。骷髏上下兩排牙齒不停地打顫，整顆頭顱繞著轉圈；小包跳來跳去，瓶裡的粉沸騰般地騷動著。一本書由架上重重掉下來，打了開來，在地上自動前前後後的翻書。房子另一頭，芳香的蒸氣由浴室滾滾而出；另一頭則有豪爾的吉他傳出走調的叮咚聲。卡西法動得越發厲害了。

麥可把骷髏放到浴缸裡，以免他打開窗戶伸長脖子往外瞧時它會掉到地上，但是不管外面發生了什麼，他們卻看不見，這簡直要叫人發狂！對街的人都擠在窗口和門口，指著上空某處。蘇菲和麥可衝到儲物櫃，各拿了一件斗篷披上。蘇菲拿到的是會將穿戴者變成紅鬍子男人的那件，現在她總算知道她穿另一件時卡西法為何會大笑了，麥可是一匹馬。但當時實在沒時間笑，蘇菲將門拉開，衝到街上，狗人緊跟在她後面，牠對整件事的反應是令人驚訝的冷靜。麥可則在她之後，以根本不存在的馬蹄喀答喀答地小跑出來，獨留卡西法在後頭拚命揮動著，由藍色轉為白色。

街上擠滿了仰頭上望的人，沒人有空去注意到「馬由房子裡跑出來」這種事。麥可與蘇菲隨著眾人的眼光看去，發現就在煙囪上頭，有一大片雲在沸騰、扭轉。雲是黑的，劇烈地自行扭轉，看來不像是光線的白色閃光刺穿這片陰鬱。但就在蘇菲和麥可即將逃離城堡之時，這片魔法的塊狀物突然變成一群朦朧的、戰鬥的蛇，然後在發出一聲像貓打架時的巨響後，一分為二。一部分嚎叫著、迅速越過屋頂往海上奔去，另一半則尖叫著追過去。

有些人退回屋裡，蘇菲跟麥可則加入那群較勇敢的人，走下傾斜的路到碼頭邊去。每個人似乎都認定了港灣防波堤呈弧形的地方視線最好，蘇菲也蹣跚地往那裡走，但是其實走到港務長居住的小屋遮蔽處就可以了。空中有兩股雲，在海上，離港口有些距離，接近另一邊的防波堤，平靜的藍天中就這麼兩團雲高掛著。

很容易就看到了。兩片雲之間有黑色的風暴在海面上醞釀，激起滔天白浪。一艘倒楣的船不幸地陷身其中，船桅被打得前後晃動。人們可以看到浪不停地從四周打在船身。船上的水手拚命要收帆，但是至少有面帆已被撕成飛揚的灰色碎布。

「他們難道不能放過那艘船嗎？」有人憤憤不平地說。

然後由暴風雨捲起的風與浪突然打向防波堤，白浪衝擊過來，堤邊勇敢的人群全匆忙地退到碼頭周邊，停泊在碼頭的船上下激烈地晃動。在一片動亂之中，夾雜著許多像是高昂歌唱聲的尖叫。蘇菲由小屋後面伸出頭到風裡探看，發現那狂暴的魔法驚擾到的不僅是海洋與船舶而已，許多身上濕漉漉、看起來滑溜溜、有飛揚的青褐色頭髮的女子，正奮力爬上防波堤，邊尖叫著邊伸出長長的、潮濕的手，幫那許多仍在浪裡尖叫、沉浮的同伴上岸。每個女子都長著一條魚尾巴，沒有雙腿。

「要命！」蘇菲嘆道：「咒語裡提到的美人魚！」這意味著只剩兩件不可能的事會成真了。

她往上看那兩朵雲。豪爾跪在左邊這一朵上面，比她預期中來得近、也來得大。他仍穿著黑衣，正回過頭在看那些驚慌失措的美人魚。但他的表情看來，完全不像記得她們是詛咒中的一部分。

女巫現身站在右邊的雲上，穿一件火紅的袍子，長長的紅髮飛揚著，雙手高舉要進一步召喚魔法。豪爾轉過身看她時，她的雙手正好撲下。豪爾的雲爆出一股噴泉般、玫瑰色的火燄，產生的熱氣掃過港口，防波堤的石頭隨之冒出蒸氣。

「沒事的。」馬喘著氣說。

豪爾人在下面那艘擺盪著、幾乎要沉掉的船上面。他現在看來只是一個小小的黑色人形，他故意厚臉皮似地對女巫揮手，好讓她知道她失手了。他手才舉起來，女巫就看到了。雲、女巫及一切迅即幻化成一隻兇猛的紅鳥，對著船俯衝而下。

船消失了，美人魚唱出悲傷的尖叫。船原先所在的地方只剩海水悶悶地起伏盪漾，但是，俯衝的鳥衝得太快煞不住，直直衝下水去，激起高大的浪花。

所有碼頭上的人都歡呼起來。「我本來就知道那不是一艘真的船！真的！」蘇菲後面有個人這麼說。

「是啊，一定是幻覺。」馬聰明地說：「它太小了。」

事實證明，那船遠比它看起來還近。麥可話都還沒說完，鳥入水時激起的海浪就已來到防波堤。一個二十呎高的綠色水牆平滑地斜越過它，將尖叫的美人魚掃進港口，將所有停泊在港裡的船劇烈地掃向一邊，渦流在港務長的小屋四周旋轉著發出重擊聲。馬身旁突然伸出一隻手來，將蘇菲往回拉，往碼頭方向走。蘇菲喘著氣，在及膝的灰水中踉蹌涉行。狗人跟在他們身邊跳躍前行，水都浸到牠耳朵了。

他們才走到碼頭，港口的船全被打得豎立起來，第二股巨浪又以如山壓頂的架勢湧過防波堤。水波較平緩的一邊躍出一隻怪獸，長長黑黑的，長著爪子，半是貓，半是海獅，沿著防波堤朝碼頭奔來。浪擊中港口時，另一隻怪獸由浪中跳出來，也是長長的，長相粗野，但身上更多鱗片，在第一隻怪物身後緊追不捨。

每個人都了解到戰鬥尚未結束，踏濺著水，趕緊後退到碼頭邊的小屋及房子尋求庇護。蘇菲一路跌跌撞撞的，先是絆到繩子，然後絆到門階，馬伸出手，將她拉起來。兩隻怪獸奔馳而過，帶起鹽水橫飛四濺。又一股巨浪湧過防波堤，又兩隻怪獸湧現，與前兩隻長得一模一樣，只不過有鱗的那一隻離像貓的一隻較近。然後又是一股浪潮帶來另外兩隻，兩隻間的距離又更近了。

「這到底是怎麼一回事？」看著第三對飛奔而過，防波堤上石頭隨之震動，蘇菲忍不住要嘮叨。

「幻覺，」麥可的聲音自馬傳出。「有些是。他們都試著要讓對方追錯對象。」

「那個是哪個？」蘇菲問。

「不知道。」馬回答。

有些看熱鬧的人大概覺得怪物太可怕，就回家了；有些為了避開碼頭，跳到搖盪的船上。蘇菲和麥可加入那些死忠的看熱鬧者，沿著避難港的街道追下去。他們先是跟著一長條的海水走，然後是潮濕的巨大爪痕，最後是怪物的爪子在街道石頭留下的白孔與抓痕，這些將他們引到避難港鎮後的沼澤區，也就是蘇菲和麥可追逐流星的地方。

這時，六隻怪物已成為六個跳躍的黑點，在遠方的平地消失。群眾沿著堤岸分散開來，成不規則的一條線，極目四眺，希望還有更多好戲可看，同時又擔心害怕著。好一會兒，除了空盪盪的沼澤之外，什麼也看不到，什麼也沒發生。許多人已轉身開始離去了，突然聽到其他的人大叫：「看！」遠處有顆蒼白的火球緩緩升起，體積顯然非常龐大，爆炸的聲音一直到火球化為四處飄散的煙時，才傳到看熱鬧者的耳朵，人們全被那巨大的聲響震得直眨眼。他們一直看到那些煙散開來，成為沼澤霧氣的一部分，仍繼續等著，但剩下的唯有寧靜和詳和。風吹響沼澤上的野草，鳥再度鳴叫出聲來。

「我猜他們大概是同歸於盡了。」人們說。群眾漸漸散開來，各自回去原來的工作崗位，繼續他們未完成的工作。

蘇菲和麥可一直等到最後，確定一切真的都結束了，才慢慢轉身走回避難港。兩人都不想說話，只有狗人看起來高興不已，牠在他們身邊輕快漫步，蘇菲確信那是因為牠認為豪爾已經死了。因為對這個情況太滿意了，當他們轉到豪爾房子所在的街道，一隻流浪貓正好在他們面前過街時，狗人愉快地吠了一聲，放足追趕。牠一路飛快地追，直將牠追到城堡門口，貓突然轉身瞪眼。

「滾開，」牠喵道：「我可不需要這個。」

狗露出慚愧的表情往後退。

麥可喀噠喀噠地奔到門口，大叫道：「豪爾！」

貓縮成小貓，神情顯得十分自憐。「你們兩個看起來超爆笑的。」他說：「開門吧，我累慘了。」

蘇菲打開門，貓爬了進去，爬到壁爐邊，卡西法縮到只剩下一點點藍色火花。貓費力地將前爪放到椅子上，然後慢慢變回豪爾，彎著身。

「你殺了女巫沒有？」麥可熱切地問，同時脫掉斗蓬，又變回自己。

「沒有，」豪爾回答。他轉身，啪噠一聲沉到椅子裡，就這樣躺著，看起來非常疲倦的樣子。「都感冒了還來這一場……」他啞聲說：「蘇菲，看在老天爺的份上，把妳那可怕的紅鬍子脫掉，去櫃子裡給我找瓶白蘭地——除非酒已被妳喝掉，或變成松節油。」

蘇菲把斗篷脫掉，找到白蘭地和杯子。豪爾一喝就是一杯，好像那是白開水一樣，然後他又倒了一杯，但是並沒有喝掉，而是小心地滴在卡西法身上。卡西法燃燒起來，發出嘶嘶聲，似乎稍稍恢復了些。豪爾倒了第三杯，躺回椅上慢慢啜飲。「別站在那裡瞪著我瞧！」他說：「我不知道是誰贏了。女巫非常難攻擊，她大都倚賴她的火魔，自己躲在後面。不過我想我們是給了她一些顏色瞧瞧，夠她好好想想的。對吧，卡西法？」

「它比我老，」卡西法從木頭下嘶嘶說話：「我比較強壯，但是它知道一些我從未想過的事，她已經擁有它一百年了，它幾乎要了我半條命！」嘶嘶作響後，它稍稍爬高一些，抱怨道：「你早該告訴我的。」

「我有呀，你少假了！」豪爾疲倦地說：「你知道我所知道的每一件事。」

豪爾躺著喝白蘭地時，麥可找出麵包和香腸給大家吃。食物使大家都恢復了元氣，只有狗人，因為豪爾平安歸來，反而顯得無精打采。卡西法開始燃燒起來，回復平常的藍色模樣。

「行不通的！」豪爾突然站起來，說：「女巫知道我們在避難港。所以現在我們不僅要搬動城堡和金斯別利入口，還得把卡西法搬到和帽店一塊買下來的那間房子裡去。」

「搬我？」卡西法發出霹啦的爆裂聲，臉因為擔心而變為淡青色。

「是的，」豪爾說：「你只能在馬克奇平跟女巫中選一個。這事由不得你挑剔！」

「可惡！」卡西法嚎叫著躲回爐架底部。

第 *17* 章

移動的城堡搬家

豪爾拚命工作，彷彿他才剛休息了一整個星期般，要不是蘇菲親眼看到他一小時前那場令人精疲力盡的魔法大戰，她絕不會相信。他和麥可跑來跑去，彼此喊著一些量好的尺寸，然後在他們以前用金屬架固定的地方用粉筆畫上奇怪的符號。他們似乎必須用粉筆在每一個角落做記號，連後院也不放過。蘇菲樓梯下的小窩以及浴室屋頂那個形狀不規則的空間，似乎頗令他們傷了一陣腦筋。蘇菲跟狗人被趕過來又趕過去，最後是趕到遠遠的一邊，以便麥可可以趴在地板上，在地板上的圓圈內以粉筆畫出一個五角星。

麥可才剛弄完，將灰塵與粉筆末由膝蓋上撣落時，豪爾衝了進來，黑衣服上滿是一塊塊的白色塗料。蘇菲跟狗人又被趕一邊去了，好讓豪爾能在地上爬來爬去，在圓圈及星星的裡裡外外寫上符號。蘇菲跟狗人只好去坐在樓梯上，狗人發著抖，這好像不是牠所喜歡的魔法。

豪爾跟麥可衝到院子裡去，然後豪爾又衝回來。「蘇菲！」他大叫：「快點！我們店裡要賣什麼？」

「花。」蘇菲說，心裡再次想到菲菲克斯太太。

「好極了！」豪爾說著，快步走到門口，手裡拿著一桶油漆跟一把小刷子。他將刷子浸到油漆裡，小心地將藍點漆成黃色。他再浸一次刷子，這次變成紫色，他用來改變綠色的部分。第三次油漆是橘色的，用來覆蓋原先紅色的部分。豪爾沒有動黑色的地方。當他轉身離開時，袖子的尾端跟刷子一起掉入油漆桶裡。「討厭！」他咕噥著，將袖子拖出來。袖子尖端沾有彩虹的七種顏色，但是豪爾一甩，又變回黑色。

「那到底是哪件衣服？」蘇菲問。

「我忘了。別吵！困難的才要開始。」豪爾說完，匆匆將油漆桶拿到工作枱上，然後拿起一小瓶的粉，叫道：「麥可，銀鏟子在哪裡？」

麥可由院子跑進來，手裡拿著一個大大的、發光的鏟子。柄是木製的，但是鏟身看來倒是純銀製作。「全放這兒。」

豪爾將鏟子放在膝上，以便在鏟柄和鏟身都畫上記號。他由瓶子裡灑了些紅粉在上面。然後小心翼翼地在星星的每個尖角放上一點同樣的粉末，其餘的則全部放到中間。

「清場了，麥可。」他說：「大家都清場。卡西法，你準備好沒？」

卡西法由它的木頭間竄出一條長長的藍燄，「不能再好了。」它說：「你知道這可能會害我喪命的。」

「往好處想吧，」豪爾說：「被殺的可能是我。抓緊了！一、二、三。」他把鏟子穩穩地、緩慢地插到爐架下面，讓它與柵欄平行，然後輕巧地稍稍前推到卡西法下面。接著，他更為穩定、小心地將鏟子舉起，麥可顯然一直屏息以待。「好了！」豪爾說。木頭倒向一邊，似乎不再燃燒。豪爾站起來，轉身，卡西法就在他手裡的鏟子上。

屋裡充滿了煙，狗人輕聲吠叫並且發抖。豪爾咳著，因此有些難以保持鏟子的穩定。蘇菲的眼睛被煙薰得淚汪汪，看東西是一片模糊，但是就她視力所見，正如以前卡西法告訴她的一樣，它不僅沒有腳也沒有腿，只是一個長長尖尖的藍臉，根植在一個微微發光的黑塊上頭。這黑色塊狀物的前頭有一個凹點，第一眼看去會誤以為卡西法盤著細小的腿跪著，但是蘇菲發現，事實並非如此。當那黑塊在鏟上微微晃動時，看得出下面是圓的。卡西法顯然非常沒有安全感，它的橘色眼睛因恐懼而圓睜著，身體兩側不時發射出微弱、類似小手臂的火燄，徒勞無功地想抓住鏟子的周邊。

「很快就好了！」豪爾想安慰它，但一開口就嗆到。他緊閉著嘴，一動也不動地站著，強要把那咳嗽壓下去。鏟子微微動著，卡西法看來是嚇壞了。豪爾小心地向前跨出一大步，進入粉筆畫的圓圈，然後，將鏟子平舉著，他開始慢慢轉圈，轉了整整360度。卡西法跟著他轉，臉色轉為淡藍色，眼裡滿是驚恐。

然後，好像整個房間都跟著他們一起轉動起來。狗人靠著蘇菲蹲著，麥可腳步踉蹌。蘇菲覺得他們所處的世界似乎與整個世界脫軌，以令人昏眩的方式搖晃並急速輕快地旋轉著。

她一點也不怪卡西法會驚慌失措。當豪爾由圓圈和星星裡小心地跨出來時，所有的東西都仍在搖動旋轉。豪爾在壁爐前跪下，極度小心地將卡西法滑進爐架，然後在它周圍圍上木頭，卡西法的綠燄馬上竄到最高點，豪爾倚著壁爐咳起嗽來。

房間搖啊搖的，慢慢安定下來，好一會兒，煙仍瀰漫著整個房間，但是蘇菲驚喜地由那熟悉的輪廓看出，這是她出生的房子的會客室。雖然地上只剩光溜溜的地板，牆上也沒半張圖，她還是認得出來。城堡的房間似乎擠進會客室的空間，把這邊擠出去一點，那邊拉進來一些，天花板拉下來以配合它有樑木的天花板，直到二者溶合為一，又成為城堡房間的模樣。只不過，現在是稍微高些，也方正一些。

「卡西法，你弄好了沒有？」豪爾咳著問。

「應該是好了。」卡西法邊說著，邊升到煙囪上。那趟鏟子之旅似乎未造成任何傷害。

「不過，你最好自己檢查一遍。」

豪爾拄著鏟子站起來，將門把扭到黃點向下打開來，外面是蘇菲打出生以來所熟知的馬克奇平的街道。她所熟悉的人們，在晚餐之前到街上來散步，這是許多人夏天的習慣。豪爾跟卡西法點個頭，關上門，門把轉到橘色向下，然後再打開。

一條寬寬的、長滿雜草的路由門口展開，蜿蜒伸入側面被低沉的夕陽映照得如圖畫般美麗的樹林。遠處站著一座上有雕像的雄偉石門。「這是什麼?」豪爾問。
「是山谷尾端一間空的豪宅。」卡西法語帶防衛地說:「你不是叫我找個好房子嗎?這個很好啊。」
「我相信它是的,」豪爾說:「我只是希望它真正的主人不會介意。」他關上門,將門把轉為紫色朝下,「現在是移動的城堡。」他邊說邊將門打開。
那兒已近黃昏,一陣帶著不同香味的暖風吹進來,蘇菲看到整片暗色樹葉在眼前飄浮過去,間雜有碩大的紫花。這些慢慢地轉開去,景色被整片模糊的白色百合所取代,隱約還瞥見陽光照在下面的湖水,味道是那麼甜美,蘇菲被吸引著,等驚覺時已走過半個房間。
「不行,到明天早上之前,妳的長鼻子都不准多事。」豪爾說完,用力把門關上。「那部分正坐落在荒地的邊緣。做得好,卡西法!太完美了!正如事先預計的一般,一棟好房子及許多花。」然後就丟下鏟子上床去了。豪爾一定是非常累了,他既沒有呻吟、叫囂,也幾乎沒有咳嗽聲。
蘇菲跟麥可也疲倦了。麥可跌坐在椅子上,撫摸著狗,眼睛空洞無神。蘇菲坐在凳子上,感覺很奇怪。他們搬家了!感覺一樣,卻又有所不同,真是令人迷惘!而且,為什麼移動的城堡會在荒地的邊緣呢?是那咒語將豪爾往女巫拉近嗎?或者豪爾老是拚命開溜,溜到後來想開了，反而變誠實了？

蘇菲看看麥可，想知道他是怎麼想的，但麥可睡著了，狗人也是。蘇菲轉頭去看卡西法，它在燒成玫瑰色的木頭間睏倦地搖曳著，橘色的眼睛幾乎要闔起來了。她想到卡西法喘著氣，臉色發白，眼睛也變成白色，還有它在鏟子上搖晃，目光驚恐的樣子。它讓她想到了什麼，它的整個形狀讓她聯想到了什麼。

「卡西法，」她問道：「你曾經是一顆流星嗎？」

卡西法張開一隻橘色眼睛看她。「當然，」它說：「一旦妳知道了，我就可以談論它，這是契約所允許的。」

「是豪爾抓住了你？」

「五年前，」卡西法說：「在避難港的沼澤地，就在他剛剛以建肯魔法師之名開業不久。他穿著七里格靴追我，我怕他怕得要死，反正我很怕就是了，因為只要你開始往下跌，你就知道你要死了，我願意不計代價避免死亡。當豪爾提議說讓我用人類的方式活著時，我當場提出一個契約，但是我們都不知道事情的嚴重性。我充滿感激，而豪爾完全是出於同情我。」

「跟麥可那天一樣。」蘇菲說。

「你們在說什麼？」麥可醒過來，說：「蘇菲，我但願我們不是在荒地的邊緣上。我事先不知道，所以現在我覺得沒有安全感。」

「在巫師家裡沒有人會安全的。」卡西法感性地說。

次日早晨，門被設定在黑色朝下。但是，蘇菲懊惱的是，門怎麼樣都打不開。她想看花！管他女巫不女巫的！為了發洩心中的不耐，她拿了一桶水，擦洗地板上的粉筆痕。

正洗著，豪爾走進來。「工作、工作、工作！」邊說邊跨過蘇菲，他看來有點奇怪。他的衣服仍舊是深黑色，但是頭髮已變回金色，在黑衣襯托下，顯得白白的。蘇菲斜睨他一眼，想到咒語。豪爾或許也在想同一件事吧？他從洗手槽裡拿起骷髏頭，一手拿著，悽慘地說：「天哪，可憐的優麗克！他聽到美人魚的聲音，因此知道丹麥那個國家裡有東西在腐敗。我得了一個怎麼也好不了的感冒，幸虧我非常不誠實，這一點我一定要堅持。」他可憐兮兮地咳著，但是他的感冒已經好了很多，咳嗽聲聽起來不怎麼有說服力。（註：優麗克為莎士比亞名劇《哈姆雷特》中著名的宮廷弄臣。）

蘇菲跟狗人交換了一眼。狗人正看著她，表情跟豪爾一樣悲慘。「你應該回到樂蒂身邊的，」她喃喃地說道：「你到底哪根筋不對勁？」然後她問豪爾：「跟安歌麗雅小姐進行得不順利嗎？」

「壞透了。」豪爾說：「莉莉・安歌麗雅的心像是煮熟的石頭。」他把骷髏放回洗手槽，然後扯開喉嚨叫喚麥可：「吃飯！工作！」

吃過早餐後，他們把儲物櫃裡所有的東西都搬出來，然後麥可跟豪爾在櫃子裡側邊的牆上敲了一個洞。灰塵由櫃子的門飛出，然後是奇怪的敲打聲。最後，兩個人齊聲叫喊蘇菲。蘇菲應聲過來，手裡故意帶支掃把。原來牆所在的地方有個拱道，通向連結店鋪與住家的階梯。豪爾做勢要她過去看店鋪。店裡空盪盪的，有回聲。它的地板現在鋪著和潘思德曼太太的大廳一樣的黑色及白色方形的磁磚。原來放帽子的架子上有一瓶蠟染的緞帶玫瑰花，配上一小束絲絨的野櫻草。蘇菲知道他等著聽她讚美，卻故意什麼也不說。

「這些花是我在後面那間工廠找到的。」豪爾說：「來，到外面看看。」

他打開通往街道的門，蘇菲從小聽到大的那個門鈴叮噹響起。蘇菲蹣跚地走到清晨空盪的街道，店的前頭新近才被漆過，是綠色及黃色，窗上的花體字寫著：**建肯鮮花店，每日供應鮮花**。

「你對普通名字的觀感改變啦？」蘇菲問。

「純為了偽裝罷了。我還是比較喜歡圍龍那個名字。」

「鮮花要從哪裡來？」蘇菲問。「總不能招牌這樣寫，賣的卻是由帽子上取下來的緞帶玫瑰吧！」

「等著瞧！」豪爾說著，帶領大家回到店裡。

他們穿過店鋪，走到那個蘇菲打出生以來就知道的後院。它現在只剩一半大小，因為豪爾移動城堡的院子將它占去一半。蘇菲抬眼，眼光越過豪爾院子的磚牆，看著自家的舊宅。房子看起來很奇怪，因為多了一個屬於豪爾臥室的新窗子。而當蘇菲想到，由那窗子望出去所看的，並非她現在所見的景象時，那感覺就更怪異了。她可以看到自己舊寢室的窗子，在店鋪上方，但這也教她覺得怪怪的，因為現在似乎沒辦法上去了。蘇菲跟著豪爾再度走進屋裡，走上樓梯到儲物櫃。她突然意識到，自己一直都板著臉。見到自己的老房子變成這樣，讓她心中亂成一團。「我覺得一切都蠻不錯的。」她說。

「是嗎？」豪爾冷冷地說，他的感情受傷了。蘇菲想，他是多麼希望別人能感激他所做的一切啊。她嘆了口氣。豪爾走到門前，將門柄轉到紫色朝下。但是，蘇菲又想，她好像從未誇獎過豪爾或者卡西法，為什麼這次就要例外？

門開了，開滿花朵的高大樹叢在眼前緩緩飄過，然後停住，以便蘇菲可以爬上去採花。在樹叢與樹叢間，長長的、明亮的綠草徑通往四面八方。豪爾跟蘇菲選最近的一條路走，城堡在後頭跟著，不時掃落沿路的花瓣。雖然城堡高高黑黑的，樣子怪怪的，而且邊走還邊從這或那的角樓吹出奇怪的煙，但在這個地方卻一點也不顯得不搭調。蘇菲知道，那是因為魔法也在這裡作用著，所以城堡才顯得協調。

空氣悶熱潮濕，滿載著成千成百的花香。蘇菲差點要說，這味道讓她聯想到豪爾洗完澡後的浴室，但她把話硬生生吞了回去。這地方實在太美妙了！在開滿紫的、紅的、白的花朵的樹叢之間，潮濕的草地上也滿是小花：只有三片花瓣的粉紅花、巨大的三色堇、野生的草夾竹桃、各色的羽扇花、橘色水仙、高高的白水仙、鳶尾花及數不盡的其他種花。有花朵大到足以做帽飾的爬藤、矢車菊、罌粟花，以及形狀奇特或葉子顏色怪異的植物。雖然這與蘇菲夢想要擁有像菲菲克斯太太的花園很不相同，但她忘了一切的不快，心情變得非常好。

「知道了吧，」豪爾揮一下手，驚起數百隻正在一叢黃色玫瑰上進食的藍蝴蝶。「我們可以每天早晨來這裡剪一大堆花，拿到馬克奇平去賣，上面都還沾著露珠呢。」

在那條綠色小徑的盡頭，草地變得柔軟，樹叢下開有大片的蘭花。豪爾和蘇菲來到一個開滿蓮花的溫泉水塘前面，城堡斜斜飛開，繞過水塘，飄到另一條鋪滿不同花朵的草徑。「妳自己獨自前來時，記得一定要帶拐杖來探勘地面。」豪爾說：「這兒有許多湧泉和泥沼。此外，別超過那個地方。」

他指向東南方，那裡，太陽像霧氣中一面刺眼的白色圓盤。「那邊就是荒地了。很熱、很荒涼，而且有女巫。」

「是誰在荒地邊緣種花的？」蘇菲問。

「蘇利曼巫師一年前開始的。」豪爾說，轉身面向城堡。「我想他的原意是要讓荒地開滿花，讓女巫無法立足。他由地下喚來溫泉，開始將計畫付諸實行。剛開始一切進行得很順利，後來就被女巫發現了。」

「潘思德曼太太提到其他的名字，」蘇菲說：「他跟你來自同一個地方，對不對？」

「算是吧。」豪爾說：「我從未跟他見過面。幾個月後我來這裡，試著將計畫完成，就是這樣才遇見女巫的，她反對在這兒種花。」

「為什麼？」蘇菲問。

「她喜歡當自己是一朵花，」豪爾邊說邊開門：「一朵孤零零，盛開在城堡在等他們。

荒地的蘭花，真是蠻可憐的。」

蘇菲跟著豪爾進入城堡前，又看了群花一眼，光是玫瑰就有數千朵之多。「女巫不會知道你在這裡嗎？」

「我試著做她最出其不意的事。」豪爾回答。

「那你會不會試著去找賈斯丁王子？」蘇菲問他，但是豪爾又藉故逃掉了，他快速跑過儲物櫃，大聲呼喚麥可。

第 18 章

城堡變成花店

花店第二天就開張，而就像豪爾所指出的，事情真是再簡單不過了。每天清晨，他們只需要將門把轉到紫色向下，然後開門到那流動的綠色霧靄裡去採集花朵，很快地，這變成每日的固定工作。蘇菲帶著拐杖和剪刀四處走動，跟拐杖說話，用它來測試柔軟的土地，或者勾下想摘取的、長在高處枝椏的玫瑰。麥可帶著他非常引以為傲的發明——一個漂浮在空中，跟著麥可在樹叢中四處走動、裝了水的大錫桶。狗人也跟著，興高采烈地在濕濕的綠草徑上奔跑，追逐蝴蝶，或試圖抓住那靠著吸取花蜜為生、色彩明豔的小小鳥。牠四處跑的時候，蘇菲就去剪長柄的鳶尾花、百合、葉狀的橘色花朵或整枝的木槿。麥可則在他的錫桶中裝滿蘭花、玫瑰、滿天星、亮麗的朱紅色花朵，或任何他正好看上眼的花。這是他們的快樂時段。

然後，在樹叢間的熱氣上升到叫人難以忍受之前，他們將當天的花帶回店裡，將它們安插在各色各樣的瓶子或桶子裡，那都是豪爾由院子裡挖出來的，其中兩個桶子其實是七里格靴。蘇菲邊將成把的劍蘭放到靴裡邊想道，再沒有比這更能證明豪爾是如何徹底地對樂蒂失去興趣。他現在根本不在乎蘇菲用不用它們。

每天他們採花的時候，豪爾差不多總會失蹤，而門柄總是黑色朝下。通常他會回來吃個比別人晚的早餐，臉上帶著做夢的表情，身上則仍舊穿著那套黑衣。他從不肯告訴蘇菲，那套黑衣究竟是哪一套衣服變成的，他只肯說：「我還在為潘思德曼太太守喪。」如果麥可或蘇菲問他為何總在那個時間外出，他就會露出受傷的表情說：「想跟老師說話的話，一定得在學校開始上課前才有辦法啊。」說完就會消失到浴室裡去，一進去就是兩個鐘頭。

這時，蘇菲跟麥可就穿上他們的好衣服，開店做生意。穿漂亮衣服是豪爾堅持的，他說那會有助於招徠顧客，蘇菲則堅持大家都要穿圍裙。起先幾天，馬克奇平的鎮民只是隔窗觀望，沒有進來購買，但是觀望過去之後，店裡生意變得很好，人們口碑相傳，說建肯花店裡有他們從未見過的花卉。蘇菲從小熟知的人進來大量買花，但是沒有人認出她，這真是奇怪的感覺。他們都以為她是豪爾的媽媽，但是蘇菲已受夠了喬裝成豪爾的媽媽，她告訴希賽利太太：「我是他阿姨。」於是人們就以「建肯阿姨」來稱呼她。

等豪爾穿著黑衣和搭配的黑圍裙來到店裡時，店裡通常已經很忙了，而他的到來總會令店裡忙上加忙。蘇菲開始覺得那套黑衣八成是那件有迷咒的灰紅色衣服改裝的，因為每個豪爾接待過的女士，至少都會買下原來想買的兩倍數量的花，大多數的時間，買的甚至是十倍。因此，要不了多久，蘇菲發現女士們會先在店外窺探，看到豪爾在店裡的話，她們就不進來了。她一點也不怪她們。如果你只想買一朵可以插在鈕釦孔的玫瑰，當然不想被硬性說服去買三打蘭花。因此，豪爾到院子另一頭的小工廠待上很久時，她一點也沒阻攔他。

「好叫妳知道，我是在設置防禦女巫的系統。」豪爾說：「等我完成後，她就完全進不來了。」

有時有賣不完的花需要處理。蘇菲不忍心任它們在夜裡凋萎，她發現若跟它們說說話，花就可以保持新鮮，從此，她就常常跟花兒們說話。她要麥可幫她弄了一個植物營養咒，她就在水槽的桶子，以及她從前裝飾帽子用的那個工作間的浴缸裡做實驗，她發現她可以讓一些植物保鮮數日之久，所以她又做了更多的實驗。她由院子裡取來煤灰，將東西種在裡頭，口中不住地喃喃自語。用這樣的方法，居然給她種出了一朵藍色玫瑰，令她高興莫名。起先，那花苞是似炭的黑色，隨著花瓣的開展，顏色越來越藍，越來越藍，終至成為接近卡西法的藍色。蘇菲高興極了！她將垂掛在樑上袋子裡的根全拿出來實驗。她告訴自己，這輩子不曾這樣快樂。

但這其實不是真的，有什麼事不太對勁，偏偏她又說不出個所以然來，有時她想，或許是因為馬克奇平沒有人認出她來。她不敢去看瑪莎，怕瑪莎也認不出她。基於同樣的理由，她也不敢將花由七里格靴拿出來，穿著靴子去拜訪樂蒂，她無法忍受以老婦的模樣出現在兩個妹妹面前。

麥可一天到晚帶著店裡多餘的花去看瑪莎，有時蘇菲覺得，那可能就是造成她不快樂的原因。麥可是那麼快樂，而她被獨自留在店裡的時間卻越來越多，但原因似乎又並非如此，因為她蠻喜歡獨自一個人賣花的。

有時似乎又跟卡西法有關。卡西法覺得日子太無聊了！它唯一的工作是，讓城堡輕輕地在草徑間漂浮，繞著水池跟湖泊行走，並確定每個早晨到不同的地點採不同的花。當蘇菲和麥可帶著花進門時，它的藍臉總是熱切地伸出爐架。「我想知道外面的世界。」它說。蘇菲給它帶回味道又香又甜的葉子做燃料，令城堡的房間像豪爾的浴室那樣，充滿香味，但卡西法說它最需要的其實是同伴。他們整天在店裡，留下它一人，孤孤單單的。

因此，蘇菲規定麥可每天早上至少得在店裡幫忙一個鐘頭，她就利用這個時間跟卡西法說話。她還發明一種猜謎遊戲，當她忙著時，可以讓卡西法有事做，但是卡西法還是不快樂。「妳什麼時候才要幫我解除我和豪爾的契約？」它問的次數越來越頻繁。

蘇菲總是推拖著，說：「已經在想辦法了。」「不會太久了。」但事實並非如此。除非不得已，蘇菲是不會去想它的。當她把潘思德曼太太所說的，以及豪爾和卡西法告訴她的事綜合起來後，她對那個契約有一個很強烈的可怕想法。她很確定一旦契約被打破，豪爾跟卡西法都會死亡。豪爾或許是咎由自取，但卡西法可不成，而且，既然豪爾很努力要避開女巫剩下的咒語，除非她真的幫得上忙，否則還是別輕舉妄動。

有時，蘇菲又覺得是狗人的緣故，牠的遭遇真是挺悲慘的。牠每天唯一快樂的時光、大概就是早上在綠徑上追逐的時候了，其餘時間牠都意志消沉地跟在蘇菲身後，深深嘆氣。因為蘇菲也幫不上牠的忙，因此，當日子越來越接近仲夏，天氣越來越熱，狗人必須躲在後院陰涼處喘氣時，她著實鬆了一口氣。

這段期間內，蘇菲種的那些根變得相當有趣。洋蔥長成一棵小棕櫚樹，樹上長著有洋蔥味的小小豆子，另一條根長成粉紅色的向日葵。只有一棵長得特別慢。當它終於長出兩片圓形的葉子時，蘇菲真是等不及要看它會長成什麼樣子。次日，它看起來像是會長成蘭花的樣子，尖葉子上有著淡紫色斑點，中間一根長長的莖，上面長著一個碩大的花苞。又次日，蘇菲把鮮花留在錫桶裡，迫不及待趕到小房間裡要看花的生長情形。

花苞已開成一朵粉紅色、像蘭花的花朵，形狀怪異，彷如被軋布機碾過一般扁平，與莖連接處只有一個圓點，中間鼓起，呈粉紅色，由此伸出四片花瓣，兩片向下生長，另兩片則向上長了一半，即斜向旁邊。蘇菲正看著，突然傳來一陣濃冽的春天花香。豪爾進來，就站在她身後。

「這是什麼東西？」他問道。「瘋狂科學家，如果妳期待的是一棵紫外線紫羅蘭或紅外線天竺葵，妳鐵定是弄錯了。」

「看來像是被壓扁的花的小小孩。」麥可也進來看。

確實如此！豪爾震驚地看了麥可一眼，將花連盆拿起，把花由盆中倒出，拿在手上，仔細地將白色線狀的根、煤灰以及剩餘的肥料咒分開，直到他找到那截褐色分叉的塊根。

「我早該知道的！」他說：「這是曼陀羅花的根，蘇菲又擊中要害了。妳真是誰碰上誰倒楣。」他把花種回去，拿給蘇菲，然後走開，臉色看來十分蒼白。

這一來，咒語的條件幾乎都齊全了。蘇菲到店裡，將鮮花在窗邊擺開，一邊想著：就只剩下一樣了——吹著誠實心靈向前的風。如果這意味著豪爾的心必須要誠實，這個咒語倒有可能永遠不會兌現。她告訴自己，若真發生了，豪爾也是活該，誰叫他要每天穿著有迷咒的衣服去追求安歌麗雅小姐。但她還是覺得驚慌，並且有罪惡感。她將一束白色百合放到七里格靴裡，然後爬到窗台去把它們放好。就在這時，她聽到外面街上傳來一陣規則的喀嗟喀嗟聲，那不是馬蹄的聲音，是一根棍子擊打在石頭上的聲音。

蘇菲還沒鼓起勇氣探頭出去，心臟就已經開始亂跳了。是的，沒錯，是稻草人，緩慢但是堅定地，從街道中間對著她跳過來。外伸的雙臂上掛著的破布更少，更舊了。蘿蔔臉風乾到有一股堅定不移的表情，彷彿在豪爾將它吹跑之後，它就不斷地跳著，直到跳回來為止。

蘇菲不是唯一被嚇到的人，一大早就在街上的少數行人都盡快跑開，但是稻草人毫不在意，只一心一意地跳著。

蘇菲把臉藏起來，不敢讓它看到。「我們不在這兒，」她悄聲，嚴厲地說：「你不知道我們在這兒，你找不到我們，快快跳走！」

稻草人越來越近花店。棍子跳動的喀噠喀噠聲漸漸慢下來。蘇菲想尖叫，要豪爾過來。但她所能做的似乎只是一再重複：「我們不在這裡！快快走開！」

那跳動聲漸漸加快。正如她所交待的，稻草人跳過花店，穿過馬克奇平，跳走了。蘇菲以為她要昏倒了，結果似乎只是因為太緊張，忘了呼吸而已。她深深地吸了一口氣，心情放鬆後開始顫抖。假如稻草人又回來，她可以再度把它送走。

蘇菲到城堡房間時，豪爾已經外出。「他的心情似乎非常不好。」麥可說。蘇菲看看門把，是黑色朝下。還沒不好到那個程度，她想。

那天早上，麥可也出去了，去希賽利。蘇菲獨自一人在店裡，天氣非常熱，雖然有咒語，花還是枯萎了。幾乎沒有人想要買花，店裡情形如此，加上曼陀羅花的事件，以及稻草人的重現，蘇菲的情緒繃到最高點，她覺得心情惡劣到無以復加。

「雖然或許是因為咒語盤旋著要追上豪爾，」她對著花嘆氣：「但是我想，這其實跟我是家裡的老大有關係。我離家想創一番事業，結果又回到原點不說，人還老得跟什麼似的。」

狗人將牠光滑的紅鼻子放在通往後院的門旁，小聲叫著，蘇菲嘆了口氣。這隻狗每一小時就會過來看看她，「是的，我還在，」她說：「不然你以為我會去哪裡？」

狗進來屋裡，坐起來，將前腳僵直地伸在前面，蘇菲意識到牠試著要變回人形。可憐的傢伙！她嘗試著對牠好，因為畢竟牠的處境比她還悽慘。

「再用力些！」她說：「背脊用力。意願夠強的話就可以辦到。」

狗伸直了背，用力地掙了又掙，就在蘇菲認定牠若不放棄就會向後栽跟頭時，牠以後腳人立起來，挺成一個滿面愁容、有赤黃色頭髮的男人。

「我羨慕……豪爾，」他喘著氣說：「變得那麼容易。我是…樹叢裡那隻狗……妳救了我。告訴了樂蒂……我認得妳，我會保護妳。我在這……以前……」他身體又開始前傾變成狗，生氣地嚎叫著：「跟女巫去店裡！」他叫著，手碰到前面的地上，同時長出許多灰色及白色的毛。

蘇菲瞪著這隻站在她面前，大大的長毛狗。「你跟女巫在一起？」現在她想起來了。那個以驚恐眼光瞪著她的，滿臉焦慮的赤黃色頭髮男子。「那麼，你知道我是誰，你也知道我被下了咒？樂蒂也知道嗎？」這隻大大的長毛狗點點頭。

「她叫你格斯頓，」蘇菲想起來了。「噢，我的朋友，她真是讓你的日子很不好過呢！這種天氣裡還蓋著那一身長毛，你最好到陰涼的地方去。」

狗再度點頭，悲傷地拖著腳步走到後院。

「但是樂蒂為何要送你過來呢？」蘇菲奇怪著。她覺得非常困惑不解，於是上了樓，穿過儲物櫃，去找卡西法商量。

但是卡西法也幫不上什麼忙。「有多少人知道妳被下咒又有什麼差別？」它說：「那隻狗也一樣啊！還不是一點幫助也沒有。」

「但是——」蘇菲剛張口，就聽到城堡的門輕響了一聲，被打開。蘇菲跟卡西法望過去，看到門把仍是黑色朝下。他們等著豪爾走進來，結果很難說是誰比較吃驚，這個小心翼翼溜進來的人，居然是安歌麗雅小姐。

安歌麗雅小姐顯然也嚇了一大跳。「噢，對不起！」她說：「我還以為建肯先生可能會在這裡。」

「他出去了，」蘇菲僵硬地說。心想，如果豪爾不是去找安歌麗雅小姐的話，會是去了哪裡？

安歌麗雅小姐把門柄放開。方才因為驚嚇，一直都握著。她就任它開著，外頭是一片虛無，然後一臉請求地走向蘇菲。蘇菲發現自己不知何時已經起身，走過房間，彷彿要將安歌麗雅小姐擋出去似的。「拜託，」安歌麗雅小姐說：「請不要告訴建肯先生我來過。讓我跟妳實話實說吧，我所以鼓勵他來接近我，是因為我希望能得到關於我未婚夫——賓・蘇利曼的消息。我確信賓是在建肯先生常消失不見的地方消失的，唯一的差別是，賓沒有回來。」

「這裡沒有蘇利曼先生。」蘇菲說。同時心裡想著，那是蘇利曼巫師的名字！她說的話我一個字也不相信！

「我知道，」安歌麗雅小姐說：「可是我感覺應該就是這個地方。妳不介意我稍微四處看一看吧？我想知道賓現在過的是什麼樣的生活。」她把黑髮攏到一邊的耳後，試著深入房間，但是蘇菲擋在中間。這逼得安歌麗雅小姐只好踮著腳尖、面帶懇求地繞到旁邊的工作枱。「多有趣呀！」她看著那些瓶瓶罐罐讚歎，然後，看著窗外說：「多有趣的小城呀！」

「那是馬克奇平鎮。」蘇菲說著，移動位置，逼安歌麗雅小姐後退，往大門移動。

「樓上是什麼？」她指著通往樓梯的門問。

「豪爾私人的房間。」蘇菲語氣堅定地說，邊逼著安歌麗雅小姐往後退。

「另一扇開開的門通往哪裡？」安歌麗雅小姐又問。

「一間花店。」蘇菲嘴裡答著，心裡罵道：有夠愛問的！

這時安歌麗雅小姐若不是得坐到椅子上，就是得走出大門了。她微微蹙眉地盯著卡西法看，好像不太確定自己看到的是什麼來著，卡西法直瞪回去，一言不發。這讓蘇菲對自己的不友善覺得好過些，只有了解卡西法的人才會在豪爾的家裡受到歡迎。

但是安歌麗雅小姐閃過椅子，看到豪爾的吉他靠在角落，她嬌喘一聲，一把抓住，轉過身來，將吉他緊緊抱在胸前。「這是打哪兒來的？」她聲音低低的，充滿感情的說：「賓有一把像這樣的吉他，這很可能就是賓的。」

「我聽豪爾說，這是他去年冬天買的。」蘇菲說著，又往前逼進幾步，試圖將安歌麗雅小姐趕離那個角落，趕出門去。

「賓一定出事了！」安歌麗雅小姐顫抖著聲音說：「不然他絕不會跟他的吉他分開的。他在哪裡？我知道他不可能死了。如果他死了，我心裡一定會有感覺！」

蘇菲不知該不該告訴她，蘇利曼巫師被女巫抓住了。她眼睛往骷髏所在瞄去，但骷髏放在洗手槽裡，藏在一桶多出來的羊齒蕨和百合後面。她知道自己若走過去的話，安歌麗雅小姐一定又會抓住機會進到房裡。此外，這樣也太殘忍。

「我可以把吉他帶走嗎？」安歌麗雅小姐緊握著吉他，沙啞地問道：「讓我可以記得賓。」

她聲音中的顫抖令蘇菲不悅。「不成，」她說：「妳無需這樣情緒化，妳根本無法證明這是他的。」她拐著腳走近安歌麗雅小姐，抓住吉他的頸狀部。安歌麗雅小姐痛苦的睜大眼睛看著她。蘇菲用力拉，但是安歌麗雅小姐不肯放手。吉他發出難聽、走調的叮咚聲。蘇菲將吉他用力扯離安歌麗雅小姐的手，「別傻了，」她說：「妳無權走進別人的城堡，並擅自拿走他人的吉他。我已經告訴過妳，蘇利曼先生不在這裡。妳回威爾斯去吧！去啊。」然後，她用那把吉他將安歌麗雅小姐往後推，推過那扇仍開著的門。

安歌麗雅小姐退到那片虛無之中，直到她有半個人都消失了。「妳心腸好硬！」她指責道。

「沒錯！」蘇菲說完，用力將門關上。然後把門把轉到橘色向下，以免安歌麗雅小姐又跑回來。她將吉他噹地丟回原來的角落，「你敢告訴豪爾她來過的話，就給我試試看！」她不講理地跟卡西法說：「我敢打賭她是來找豪爾的，其餘的說詞全是謊言！蘇利曼巫師住在這裡是幾年前的事了，也許就為了要躲開她那恐怖的顫抖聲音。」

卡西法咯咯地笑：「從沒看過那麼快就被趕出去的。」

這令蘇菲覺得自己很不友善，並有罪惡感。畢竟，她自己也是用類似的方式進來城堡的，而且她的好管閒事比起安歌麗雅小姐，只怕是兩倍有餘。「啐！」她說。

她重重踩著腳步進入浴室，盯著鏡中自己那張老臉。她拿起一包上面寫著「皮膚」的小包，又將它扔下。即便她能回復青春的模樣，她也不認為自己的臉足以跟安歌麗雅小姐相比。「啐！哼！」她很快地拐到洗手槽那裡，將羊齒蕨和百合拿起來，就這樣濕漉漉地，一路滴著水來到店裡。她將它們一把丟到一桶營養咒裡。「變成喇叭水仙！」她用瘋狂、生氣、嘶啞的聲音叫道：「笨蛋！六月裡全給我變成喇叭水仙！」

狗人將牠長滿長毛的臉放在後院門上，當牠看到蘇菲情緒惡劣時，趕緊開溜。一分鐘後，麥可高高興興拿著一塊派餅進門，蘇菲橫了他一眼，眼光非常恐怖，麥可馬上想起豪爾交待他要補做一個咒語，迅速穿過儲物櫃逃生去也！

「呿！」蘇菲對著他的背影張牙舞爪，再度彎身對著桶子嘶聲叫道：「變喇叭水仙！變喇叭水仙！」她知道自己這樣發脾氣很愚蠢，但是心情一點也沒有因之好轉。

第19章

狗人波西瓦

近傍晚時，豪爾打開店門晃進來，邊吹著口哨，他似乎已由曼陀羅花根帶給他的震驚中恢復過來。但是發現他沒有去威爾斯，並未讓蘇菲覺得好過些。她給他最最惡毒的一瞥。

「我的天！」豪爾叫道：「我好像被那個眼光瞪成石頭了！到底什麼事？」

蘇菲張牙舞爪：「你穿的到底是哪套衣服？」

豪爾低頭看看身上的黑衣。「有關係嗎？」

「就是有！」蘇菲吼道：「別跟我來什麼『守喪中』那一套！到底是哪一件？」

豪爾聳聳肩，拉起一邊垂下的長袖，彷彿他自己也不太確定到底是哪一件。他望著袖子，露出困惑的表情。袖子的黑色開始由肩膀一路往下退，退到垂著的袖子尖端。他的肩膀與袖子上部先是變成褐色，然後轉灰，尖尖的袖端則越來越黑，越來越像墨汁，直到那件黑衣的一隻袖子變成藍色和銀色，尾端則好像在瀝青桶裡浸過。「就是這個。」說完，他讓黑色又爬回肩膀。

但是蘇菲不知為何更加生氣，無聲地發著脾氣。

「蘇菲！」豪爾用最帶著笑意、懇求的語氣喚她。

狗人推開後院的門走進來。牠從不肯讓豪爾跟蘇菲談太久的話。

豪爾盯著牠瞧。「妳又去搞了一隻英國牧羊犬。」他說，好像很高興能轉移話題。「兩隻狗要吃掉不少東西的。」

「只有一隻，」蘇菲生氣地說：「牠被下了咒。」

「什麼？」豪爾說著，對狗衝過去，速度之快顯示他很高興能離開蘇菲。狗人當然不願意，牠往後退。豪爾撲過去，在牠逃到門口前雙手抓住兩把長毛。「果然沒錯。」他蹲下來看進牧羊犬的雙眼。「蘇菲，」他問：「妳什麼意思？瞞著我這樣的事？這狗是一個人呢！牠的狀況非常可憐！」他以一個膝蓋做軸心轉過來，手裡仍抓著狗。蘇菲看著豪爾玻璃珠似的眼睛，知道他在生氣，而且是非常生氣！

很好！蘇菲想找人好好吵一架。「是你自己沒發現！」她瞪回去，想施放綠色黏液就來呀！她心裡蓄意挑釁著。「何況，狗牠自己不想……」

豪爾氣得不想聽，他跳起來，將狗拖過地板。「如果我不是心裡有事的話，早發現了。」他說：「過來，我要你來卡西法前面。」狗四隻腳緊抓著地板，豪爾用力拉牠，牠死命撐著，滑著。「麥可！」豪爾大叫。

那聲吼叫裡有種特別的東西，麥可聽了飛奔而來。

「你知道這隻狗其實是人嗎？」兩人一起拉著這隻奮力抗拒的大狗上樓時，豪爾問他。

「不會吧！牠？真的？」麥可張口結舌。

「那我就不找你算帳，只找蘇菲。」他們將狗拖過儲物櫃。「像這樣的事永遠都跟蘇菲有關！但是，卡西法，你也知道吧？」兩個人將狗拖到壁爐前時，豪爾問道。

卡西法一直退到背都靠到煙囪了。「你從沒問過。」

「這種事還要我問嗎？」豪爾怒道：「好吧，我是應該自己發現。但是你令我作嘔！那女巫是怎麼對待她的火魔的？相較之下，你的生活簡直好得令人嫌惡。我唯一要求的回報是你告訴我，我需要知道的事。但是，這是你第二次辜負我了！現在，立刻幫我把這傢伙變回原形！」

卡西法的臉色變成不尋常的病懨懨藍色，悻悻然地說：「好啦！」

狗人試著逃跑，但是豪爾將肩膀頂在牠胸部用力推，令牠以後腿站起來。他跟麥可就這樣抓著牠。「這笨傢伙幹嘛一直抗拒？」豪爾氣喘吁吁。「感覺上好像又是女巫的傑作，不是嗎？」

「是的，有好幾層。」卡西法說。

「把狗的部分先去掉吧。」豪爾說。

卡西法高漲成一股吼叫的、深藍色的燄火，蘇菲站在儲物櫃的門口慎重看著。她看到長毛狗的形象在人的形象內消失，人又消失成狗，再變為人，然後是一片模糊，接著，影像逐漸具體化。最後，豪爾跟麥可各抓著一個穿著皺巴巴棕色套裝，有赤黃色頭髮男子的一隻臂膀。蘇菲一點也不奇怪為何她沒認出他來，因為雖然他臉上滿是焦慮，但他的臉幾乎完全沒有個性。

「好了，朋友，你叫什麼名字？」

這人舉起雙手，顫抖著摸自己的臉。「我…我不確定……」

卡西法說：「最近一個他有反應的名字是波西瓦。」

這人看著卡西法，彷彿他希望卡西法不知道似的。「是嗎？」

「那我們就暫時叫你波西瓦好了。」豪爾說完，將他轉個身，按他坐下。「坐著，放輕鬆點，告訴我們你記得什麼。由你的樣子看來，你在女巫控制下已經有好一段時間了。」

「是的，」波西瓦再度摸摸自己的臉，說：「她把我的頭拿掉，我…我記得我在架子上，看著其餘的自己。」

麥可大吃一驚，抗議道：「可是那樣你不就死了嗎？」

「不見得，」豪爾說：「你還沒學到那個階段的魔法。可是如果我夠小心的話，我能夠將你身上的任一部分取下來，讓其他部分仍活著。」他對這個先前是狗的人皺眉。「不過我不認為女巫把他拼回去時拼得很正確。」

卡西法顯然很努力要證明他一向為豪爾賣力工作，說：「這人不完全，而且他有一些零件是別人的。」

波西瓦看來更苦惱了。

「別嚇他了，卡西法。」豪爾說：「他已經夠難過了。朋友，你知道女巫為何把你的頭拿掉嗎？」他問波西瓦。

「不知道，」波西瓦說：「我什麼都不記得。」

蘇菲知道那不是真的。由鼻孔裡哼了一聲。

麥可突然有一個令人非常興奮的想法，他彎下腰問波西瓦說：「有沒有人稱呼你為賈斯丁或閣下過？」

蘇菲再次哼了一聲，波西瓦還沒回答，她就知道這個假設很荒謬了。波西瓦說：「沒有。女巫叫我格斯頓，但那不是我的名字。」

「別逼問他了，麥可。」豪爾說：「也別再惹蘇菲由鼻子裡哼哼哈哈的，依她現在的心情，下一步她會把城堡拆了。」

雖然那意味著豪爾似乎不再生氣了，蘇菲卻覺得更氣。她蹣跚地走到店裡，把東西敲得震天價響，然後關店，收拾東西。她走過去看那些喇叭水仙，它們顯然發生很可怕的事，全都變為濕濕的褐色物體，垂在桶外。桶裡則滿是她所見過聞起來毒性最強的液體。

「噢，該死的！」蘇菲大叫。

「又怎麼了？」豪爾來到店裡，問道。他彎腰聞一聞，說：「這好像是非常有效的除草劑。拿大房子車道旁的雜草開刀，試試它的威力怎麼樣？」

「我會的，」蘇菲說：「我想殺些什麼！」她四處翻得砰砰作響，終於找到一個灑水壺。她帶著這個灑水壺和那桶除草劑進入城堡，用力打開門，橘色向下，去到大房子的車道。

波西瓦抬起頭來，臉上透著焦慮。他們把吉他拿給他，就像給小孩波浪鼓一樣，他一直坐在那兒玩吉他，弄出可怕的噪音。

「波西瓦，你去跟著她。」豪爾說：「依她現在的心情，搞不好所有的樹都會跟著遭殃。」

波西瓦放下吉他，將桶子小心翼翼地由蘇菲手中接過來。蘇菲走出大門，迎接她的是山谷尾端金黃色的夏日黃昏。截至目前為止，每個人都太忙，無暇顧及這間大宅，它比蘇菲所知的還要壯觀。外頭有個雜草叢生的陽台，四周飾有雕像，由陽台可以走下車道。當蘇菲回頭想叫波西瓦走快些時，她發現這房子實在很大，沿著屋頂還有更多的雕像，然後是整排整排的窗戶，但整個房子都荒廢了。綠色的霉長滿了每個窗口下剝落的牆，許多窗子都破了，而原該收好、靠在窗邊的木板套窗都成了灰色，油漆都已斑駁。

「哼！豪爾至少也該把這個地方弄得像樣一點，像有人住的樣子。可是沒有！成天只知道忙著往威爾斯跑。波西瓦，別光站在那裡！把那東西倒一些到灑水壺裡，然後到我旁邊來。」

波西瓦順從地照做了。兇這個人一點都不好玩，蘇菲懷疑這就是為什麼豪爾會要他跟過來的原因。她哼哼出聲，把怒氣出在雜草上。不論殺死喇叭水仙的到底是什麼東西，它的毒性確實很強！車道上的雜草一碰到它就死，連車道旁的草皮都跟著遭殃，一直到蘇菲情緒稍稍平復下來為止。

是傍晚的氣氛令她平靜下來，新鮮的空氣由遠方的山丘吹撫過來，種在車道旁的樹叢隨之颯颯作響。

蘇菲走了約莫車道的四分之一，邊走邊殺雜草。當波西瓦替她加滿灑水壺時，她指責他：「你記得的遠比你招供的多。女巫到底想由你那裡得到什麼？那次她為何帶你到店裡來？」

「她想知道關於豪爾的事。」波西瓦回答。

「豪爾？」蘇菲問道：「可是，你不是不認識他嗎？」

「不認識。但是我一定知道些什麼，這應該跟她下在他身上的詛咒有關。」波西瓦解釋道：「但是我不知道那是什麼，我們到店裡後被她拿到了。我覺得糟透了，試著阻止她，因為我知道咒語是邪惡的。當時我會那樣做，也是因為想到樂蒂的緣故。樂蒂一直在我腦海裡出現，我不知道我是怎麼跟她認識的，因為後來當我去上福爾丁時，樂蒂說她從沒見過我，但是我卻知道所有跟她有關的事。因此，當女巫逼我告訴她關於樂蒂的事時，我說她在馬克奇平開一家帽店。所以女巫就上那兒去，要給我們兩人一點教訓。結果妳在那裡，她以為妳是樂蒂，我嚇壞了，我根本不知道樂蒂有個姊姊。」

蘇菲拿起灑水壺，大量噴灑除草劑，心裡只願那些雜草就是女巫。「然後她就把你變成狗？」

「才剛出城，」波西瓦說：「我一讓她知道她想要的消息後，她就打開車門，說：『跑吧！我需要時再叫你。』於是我開始沒命地跑，因為我可以感覺到有某種咒語在追著我。那咒語在我剛跑到一個農場時追上我。農場上的人看到我變成狗，以為我是狼人，想要殺死我，我必須咬傷其中一人才能逃開。但是我無法擺脫那根拐杖，我想穿過樹叢時被它卡住了。」

蘇菲邊聽邊灑除草劑。「後來你就去菲菲克斯太太那裡？」

「是的，我去找樂蒂。她們都對我很好，」波西瓦說：「即使她們從未見過我。豪爾巫師一直來追求樂蒂，樂蒂不喜歡他，要我去咬他好擺脫他。直到豪爾突然開始問她，有關妳的……」

蘇菲差點把除草劑灑到自己的鞋子上，除草劑灑到石頭，石頭冒出煙來。「什麼？」

「他說：『我認識一個叫蘇菲的人，她跟妳長得有點像。』樂蒂不加思索地回答說：『那是我姊姊。』」波西瓦說。「後來，她開始非常擔心，因為豪爾繼續追問有關她姊姊的事，樂蒂說她恨不得咬掉自己的舌頭。妳來拜訪那天，她正假意對豪爾好，以便發現他是如何認識妳的。豪爾說妳是個老婦人。菲菲克斯太太也說她有見到妳。樂蒂哭了又哭，說：『蘇菲一定遭遇了可怕的事！更糟的是，她誤以為豪爾不會對她構成威脅。她太善良了，不知道豪爾多麼沒心肝！』看到樂蒂那麼悲傷，所以我努力變回人形，跟她說我會來保護妳。」

蘇菲以大大的弧形、像煙霧般灑出除草劑。「虧她這麼麻煩！她實在太好心了。我真是愛她！我也一直在為她擔心。但是，我並不需要一隻看門狗！」

「妳需要的。」波西瓦說。「或者，妳當時需要。因為我來得太遲了。」

蘇菲一下子轉過來，除草劑在手，波西瓦必須跳進草叢，拚命跑到最近的樹後躲起來。他身後的草地變成一條長長的褐色。「詛咒每個人！」她大叫：「我再也跟你們沒任何關係！」她將冒煙的灑水壺丟在車道中間，穿過雜草往石製的大門走去。「太遲了！」她一邊大踏步一邊喃喃地說：「什麼鬼話！豪爾不僅沒心肝，還令人無法忍受！此外，」她加上一句：「我還是個老婦人。」

但是她無法否認，自從城堡搬家後，有些事開始變得不對勁，又或者在尚未搬家前就開始了？這和蘇菲很奇怪地，一直無法去面對她的兩個妹妹似乎也有關係。

「我跟國王說的話都是真的！」她繼續說。她會兩腳都穿上七里格靴，一路走下去，不再回頭，好讓每個人知道！誰在乎可憐的潘思德曼太太說的——她倚賴蘇菲阻止豪爾往歧路上走。蘇菲本身就是失敗者了！這是因為身為老大的緣故，何況潘思德曼太太不過是錯認她為豪爾慈愛的老母親罷了。但是，事情真是這樣嗎？是或不是？蘇菲不安地想到，如果她那訓練有素的眼力可以看出縫在衣服裡的迷咒，荒地女巫那麼強烈的咒語當然更逃不出她的法眼。

「噢，那件該死的灰紅色衣服！」蘇菲說：「我拒絕相信我自己會被迷倒！」問題是，那件藍銀色的衣服似乎也能產生同樣的效果。她又往前走了幾步。「總之，」她如釋重負地說：「豪爾並不喜歡我！」

但是這個令人安心的想法本身，就夠她走上一整夜了。一陣不安的感覺突然襲上心頭。她聽到遠處傳來哆哆哆的聲音，她就著將沉的夕陽極目探看，就在那兒——在石門後面的道路轉彎處，遠遠地，有一個人形，手臂直伸著向前跳跳跳。

蘇菲拉起裙子，迅速轉過身，循著來路飛快往回跑，激起的灰塵和小石在她身邊形成雲霧。波西瓦孤單地站在車道上，腳旁躺著水桶和灑水壺。蘇菲抓住他，將他拖到最近的樹後。

「有什麼不對嗎？」他問。

「噓！那個可怕的稻草人又來了。」蘇菲喘著氣，她閉上眼睛喃喃地說：「我們不在這裡，你找不到我們。走開！很快很快很快地走開！」

「為什麼……」波西瓦問。

「閉嘴！不在這裡、不在這裡、不在這裡！」蘇菲拚命地唸唸有詞。她張開一隻眼睛偷窺，稻草人差不多走到門柱中間了，它停了下來，不確定地轉動著。「這就對了，」蘇菲說：「我們不在這裡。快快走開！兩倍快、三倍快，以十倍快的速度走開！走──開！」

稻草人遲疑地轉過身，開始往回跳。跳了幾下後，步伐開始加大加快，並且越來越快，正如蘇菲希望的。蘇菲屏息以待，緊抓著波西瓦的袖子，直到稻草人完全消失為止。

「它有什麼不對？」波西瓦問：「妳為什麼不要它？」

蘇菲全身發抖。既然稻草人就在路上某處，她就不敢離開了。她撿起灑水壺，走回大宅，邊走著，她突然注意到有什麼在飄動著，她抬起頭來，看到陽台雕像後頭敞開的法式窗子，有長長的白色窗簾在飄揚。雕像都變成乾淨地白色石雕，幾乎每個窗戶都掛上窗簾，並且裝上了玻璃。木製套窗都新上過白漆，好好地收在窗旁。屋前新刷上的白石膏上見不到一點綠斑或泡泡。前門更是個精心傑作——黑漆大門加上金色的蔓葉花飾，中間是隻鍍金的獅子，嘴裡銜環，做為叩門之用。

「嚇！」蘇菲非常驚訝。

她抗拒從開著的窗子進去一探究竟的誘惑。豪爾就是要她這麼做，她才不上當！她直接走向前門，抓住金色的門把，砰一下將門用力打開。豪爾跟麥可正在工作枱忙著拆除一個咒語，其中一部分顯然是用來改變大房子用的，但是其餘的部分，就蘇菲所知，是屬於某種竊聽咒。見到蘇菲來勢洶洶，兩張臉都急忙抬起，緊張地看著她，卡西法則馬上沉到木頭底下。

「麥可，你躲我後面。」豪爾說。

「竊聽者！」蘇菲叫道：「窺人隱私者！」

「哪裡不對了？」豪爾問：「妳希望木製套窗也是黑色搭配金色嗎？」

「你厚顏無恥……」蘇菲開始結巴：「你聽到的不只這些！你…你…你知道我…我是……有多久了？」

「被下了咒？」豪爾說：「這個嘛……」

「是我告訴他的，」麥可由豪爾身後探出頭來，緊張地說：「我的樂蒂……」

「你！」蘇菲尖叫。

「另一個樂蒂也說了，」豪爾很快地接口：「妳知道她說了的，還有菲菲克斯太太那天也說了很多。有一陣子，幾乎每個人都在跟我說這件事，甚至連卡西法也——是我問它的。難道你真的認為我的能力不足以感知到那樣強的魔咒嗎？有好幾次，當妳沒注意的時候，我試著要將那咒語解除，但是都沒成功。我帶妳去潘思德曼太太那裡，希望她能幫得上忙，但是顯然她也辦不到。我的結論是，妳喜歡維持這樣的喬裝。」

「喬裝！」蘇菲叫道。

豪爾笑起來。「一定是的，因為是妳自己弄的，你們家人真是奇怪耶。妳的真名是不是也叫做樂蒂呢？」

這實在太過分了！波西瓦正好在此時緊張地由門口擠進來，手裡提著半桶除草劑。蘇菲放下手裡的灑水壺，由他手中抓過水桶，對著豪爾扔過去。豪爾低下身體，麥可也躲開，除草劑在地板和天花板間造成一片綠色火燄。水桶落在水槽裡，槽裡剩下的花馬上集體死亡。

「哇！」卡西法在木頭下驚嘆：「好厲害！」

豪爾小心地由仍然冒著煙的褐色花朵殘骸下撿起骷髏頭，並以他的一隻袖子擦拭。「當然厲害了，」他說：「蘇菲做事，向來都是傾全力的。」骷髏在他擦拭之下，變成明亮的白色，用以擦拭的袖子則出現一片褪色的藍銀色。豪爾將骷髏放下，悲傷地看著袖子。

蘇菲很想就這樣走出去，走出城堡，走下車道。但是外頭有稻草人！她只好選擇走到椅子那裡，坐下來，一個人生悶氣。我再也不跟他們任何人說話了！她生氣地想著。

「蘇菲，」豪爾說：「我盡力了。妳有沒有發現，最近妳身上的疼痛已經好很多了？」蘇菲沒有回答。豪爾也沒再嘗試跟她說話，他轉身跟波西瓦說：「我很高興看到你還保有一些腦袋，你讓我變擔心的。」

「我真的記得不多。」波西瓦說。但是他不再繼續扮傻瓜。他拿起吉他調弦，不一會兒，吉他聲就變得很悅耳了。

「我的悲傷因此顯露無遺，」豪爾可憐兮兮地說：「我天生是沒有音樂細胞的威爾斯人。你跟蘇菲說的是全部了嗎？你真的知道女巫想找的是什麼東西嗎？」

「她想知道威爾斯。」波西瓦說。

「我想也是這樣。」豪爾冷靜地說：「啊，好吧！」他走進浴室，一待就是兩個小時。這段時間內，波西瓦慢慢思索著，以吉他彈奏出一些曲調，彷彿他在教自己如何彈奏。麥可則拿著一塊冒煙的破布，在地板上爬行，要抹乾那些除草劑。蘇菲坐在椅子上，仍是一言不發。卡西法不斷探頭出來偷偷看她，然後又沉入它的木頭底下。

豪爾由浴室出來時，衣服是光亮的黑色，頭髮則是光亮的白色，籠罩在散發出龍膽根香味的蒸氣裡。「我可能很晚才回來，」他跟麥可說：「午夜過後就是仲夏日了，女巫可能會嘗試些什麼，所以所有的防衛系統都得啟動。並且，記住所有我跟你說過的話，拜託！」

「好的。」麥可說著，將手裡剩下的冒煙破布放到水槽裡。

豪爾轉身。「我想我知道你出了什麼事。」他跟波西瓦說：「要幫你破除咒語並不簡單。不過，我明天回來後將會開始進行。」豪爾走到門邊，一手放在門把上，停下來問道：「蘇菲，妳還是不跟我說話嗎？」聲音中透著難過。

蘇菲知道只要情況需要的話，豪爾是連在天堂裡都可以裝可憐的，他不過是利用她來從波西瓦那裡套取消息罷了。「不要！」她叫道。

豪爾嘆了口氣，走出去。蘇菲抬起頭來，看到門把是黑色朝下。夠了！她想著，我才不管明天是不是仲夏日，我要走人了！

第 20 章

危機浮現

仲夏日的黎明降臨了，曙光初露的同時，豪爾乒乒乓乓地由門口衝進來，蘇菲一下從她的小洞穴裡驚跳起來，以為女巫緊追在他身後。

「他們根本不把我放在眼裡！每次我還沒到他們就直接開賽！」豪爾大聲咆哮。接下來，當豪爾絆到椅子摔跤，又一腳絆到凳子，將它踢過房間時，蘇菲的理解是，他不過是想唱卡西法的燉鍋歌，然後躺下來睡覺。在那之後，他試著經過儲物櫃上樓，走不通時，換走後院。這似乎令他有些困惑，他終於找到樓梯，但顯然錯過最底下的階梯，跌了個狗吃屎，震動了整個城堡。

「到底怎麼了？」蘇菲將頭探出欄杆問道。

「橄欖球俱樂部的同學會，」豪爾很自豪地回答：「妳不知道我以前替我的大學球隊打球時，常飛身到側翼截球吧！長鼻子太太！」

「如果你剛才是試著要飛的話，你一定是忘記怎麼飛了。」蘇菲說。

「我天生視力就跟人不同，」豪爾說：「可以看到人家看不到的東西。我剛才是要上床，是妳阻撓了我。我知道過去的歲月都去了哪裡，也知道是誰劈裂了魔鬼的腳。」

「去睡覺啦，笨蛋！」卡西法愛睏地說：「你醉了。」

「誰？我嗎？」豪爾說：「朋友，我可以跟你保證，我清醒的要命。」他站起來往樓上走，一路摸著牆，好像擔心若不這樣做的話，牆就會逃走，不過他臥室的門倒是真的逃走了。「我剛說的是徹頭徹尾的謊言，」豪爾邊說邊撞到牆上：「我那令人炫目的不誠實將會是我的救命法寶。」他又撞了好幾次牆，每次撞的地方都不相同。終於他找到臥室的門，碰碰撞撞地穿過門進了房間。蘇菲可以聽到他四處跌跤，抱怨說他的床在躲他。

「真是無可理喻！」蘇菲說著，決定馬上離開。

不幸的是，豪爾那一番吵鬧，把麥可也吵醒了，還有波西瓦，他睡在麥可房間的地上。麥可下樓來，說既然都醒了，不如趁著清晨天氣尚涼，到外頭去採仲夏日花環要用的花，蘇菲不排斥到那花的世界去做最後一次巡禮。外頭有溫暖、乳白色的薄霧，充滿香氣及半隱藏的顏色。蘇菲以拐杖探測柔軟的土地，砰砰使勁走著，沿路聆聽成千上百的林鳥吱吱喳喳唱個不停，她覺得好遺憾！她撫摸一朵潮濕的緞百合，並以手指撫弄一朵破損的、滿是花粉的長花蕊紫色花朵。她回首看那挺立在霧中高高的黑色城堡，忍不住嘆了口氣。

「他把這地方改善了很多，」波西瓦將一大把木槿花放進麥可的飄浮水桶時說。

「誰？」麥可問。

「豪爾，」波西瓦說：「剛開始時只有樹叢，而且都又乾又小。」

「你記得你來過這裡？」麥可興奮地問。他一直沒放棄波西瓦可能就是賈斯丁王子的想法。

「我想我是和女巫一起來的。」波西瓦不確定地說。

他們共摘了足以裝滿兩大浴缸的花。蘇菲注意到，當他們第二次進屋時，麥可將門把轉了好幾次，這一定是跟將女巫擋在門外有關吧！接著當然就是製造仲夏節花環了，那花了好久的時間。蘇菲本來是想讓麥可和波西瓦兩人去負責的，但是麥可盡忙著問波西瓦一些精明、巧妙的問題，而波西瓦行動非常遲緩。蘇菲知道為何麥可會那麼興奮，波西瓦身上帶有一股特別的氣氛，好像他期待著很快將會發生某事一樣。這令蘇菲想到，他到底還受女巫掌控多少？結果她必須獨力完成大部分的花環。所有她曾有過、關於留下來幫助豪爾抵抗女巫的想法，全都煙消雲散了。因為那個只消一揮手，就能製造所有這些花環的人正鼾聲雷動，她在店裡都聽得一清二楚。

他們花許多時間做花環，結果花環還沒做完就已到開店時間了。麥可攜來麵包和蜂蜜，他們一邊應付第一批湧入的人潮一邊吃早餐。雖然像許多節慶日一樣，今年馬克奇平仲夏日的天氣既灰暗又陰冷，但鎮上一半的人都來了，穿著美麗的節慶日衣裳，買節慶要用的花及花環。街上人潮如一般節日時一樣熱鬧擁擠，客人川流不息。蘇菲一直到近中午時，才終於能夠偷偷走上階梯，通過儲物櫃。她躡手躡腳地打包——拿了一些食物，連同她的舊衣服一起包起來，心裡邊想著，他們已偷存了好多錢，現在麥可存在壁爐石下的儲蓄，怕不有十倍之多了。

「妳來找我說話嗎？」卡西法問她。

「等一會兒。」蘇菲說，將包裹藏在身後走過房間。她不想引起卡西法對那個契約的事強烈抗議。她伸手去解那掛在椅子上的拐杖，突然有人敲門。蘇菲愣住了，手仍伸著，她轉頭詢問地看著卡西法。

「是大房子的門，」卡西法說：「血肉之軀，而且無害。」

敲門聲再度響起，蘇菲想道，每次我試著要離開時就會這樣！她把門把轉到橘色向下，打開。敲門的是一位非常高大的僕役。繞過他龐大的身軀，蘇菲可以瞥見一輛由兩匹駿馬拉著的馬車，正停在雕像後面的車道上。

「薩琪維拉．史密斯太太來拜訪新屋主。」僕役說。

真彆扭！蘇菲想著，都是豪爾的新油漆和窗簾造成的。「我們還沒…呃……」她開口說，但是薩琪維拉．史密斯太太已經將僕役推開，走了進來。

她吩咐僕役：「去車子那邊等我，席爾泊。」然後由蘇菲身旁走過，並收起手上的陽傘。

這是芬妮！穿著乳白色絲綢，看起來非常有錢的芬妮。她頭上戴著一頂乳白色、飾有玫瑰花的絲質帽子。蘇菲記得再清楚不過了，她跟那帽子說：你將會嫁給有錢人。而從芬妮的外表看來，她顯然是的。

「噢，天哪！」芬妮四處張望了一下，說：「一定是搞錯了。這邊是僕人的宿舍！」

「呃、呃…夫人，我們還沒完全搬進來。」蘇菲說。心裡同時想著，芬妮若知道舊帽店就在儲物櫃後面，不知會怎麼想。

芬妮轉過身來，張口結舌。「蘇菲！」她大叫道：「噢，我的天！孩子，妳出了什麼事？妳看起來像九十歲。妳生病了嗎？」令蘇菲驚訝的是，她把帽子、陽傘和有錢人的不可一世全拋開，伸出雙手擁抱蘇菲，流著淚哭道：「我不知道妳出了什麼事。我去找瑪莎，也寫信給樂蒂，但是她們都不知道。妳知道嗎？那兩個傻孩子居然互換工作地點，但是沒有人有妳的一點消息，我到現在都還有懸賞在外，結果妳居然在這裡當僕人！妳應該是跟我和史密斯先生一道住在山上享受富裕的生活呀！」

蘇菲發現自己也跟著哭，她很快地將包裹丟下，帶芬妮去椅子上坐下。她把凳子拉出來，坐在芬妮旁邊，握著她的手。兩個人都又哭又笑，實在是太高興看到對方了。

「說來話長，」在芬妮第六次問她到底發生什麼事後，蘇菲告訴她：「當我看到鏡子裡自已變成這樣子時，實在太震驚了，就這樣迷迷糊糊地走掉……」

「工作過度，」芬妮悲慘地說：「我是多麼自責啊！」

「不是那樣的，」蘇菲安慰她：「妳不用擔心，因為豪爾巫師收留我……」

「豪爾巫師！」芬妮大叫：「那個非常邪惡又邪惡的人！是他把妳弄成這樣的嗎？他人在哪裡？看我怎麼對付他！」

她抓起陽傘，一副要打架的樣子，蘇菲必須將她按住。蘇菲不敢想像，如果芬妮拿著陽傘將他由睡夢中戳醒，豪爾會有什麼反應，「不、不是的！」蘇菲說：「豪爾對我很好。」邊說著蘇菲邊意識到事實確實如此。雖然豪爾對人好的方式表現得有些奇怪，但是若考慮到蘇菲曾做了那麼多令他生氣的事，他實在是對她夠好了！

「可是他們說他會吃活生生的女人！」芬妮仍掙扎著要站起來。

蘇菲把她揮舞著的陽傘按下。「他真的沒有，」她說：「妳一定要聽我說，他一點都不邪惡！」這句話引來壁爐那邊一些嘶嘶聲，卡西法略帶興趣地聽著她們的對話。「他真的沒有！」蘇菲說，這話既是對卡西法，也是對芬妮說的。「我在這兒的時間裡，一次也沒見到他製造邪惡的咒語。」她知道這也是事實。

「那麼，我必須相信妳了。」芬妮說完，輕鬆下來。「不過我相信，那一定是出於妳的影響。妳一直有一種特別的能力，妳能讓瑪莎停止鬧彆扭，我對她卻是完全無能為力。我也總是說，多虧了妳，才能讓樂蒂只有一半、而不是所有的時候，凡事都能順她的意，任性妄為。但是，親愛的，妳實在應該告訴我妳到哪裡去了！」

蘇菲知道她應該那麼做，但是她完全聽信瑪莎對芬妮的評語，她應該更加去了解芬妮的，她覺得很慚愧。

芬妮迫不及待要告訴蘇菲關於薩琪維拉・史密斯先生的事，她很興奮地說了很久。蘇菲離開的那個星期，她就遇見史密斯先生，那個星期尚未結束他們就結婚了。她說話時，蘇菲一直看著她，年老讓她可以由完全嶄新的角度來看芬妮。她是一個仍然年輕貌美的女人，她跟蘇菲一樣，覺得帽店很無趣。她已經被那間店綁很久，而且努力盡過心力了——不僅對那間店，還包括三個女孩，一直到海特先生去世為止。然後，她突然覺得害怕，就跟蘇菲所感覺的一樣：變老，沒有目的，沒有成就。

「然後，既然妳不在，店沒有人繼承，我好像沒有理由不把店鋪賣掉。」芬妮說到這裡，儲物櫃那裡傳來一陣腳步聲。

麥可走過來，說：「我們把店關了。妳看，是誰來了！」他正握著瑪莎的手。

瑪莎瘦了些，髮色變淡了些，看來幾乎回復她原來的樣子了。她放開麥可，奔向蘇菲，抱著她叫道：「蘇菲！妳應該告訴我的！」接著她以兩手緊抱芬妮，好像她從未那樣說過芬妮似的。

但事情還不只如此。繼瑪莎之後，樂蒂和菲菲克絲太太也相繼穿過儲物櫃，兩人合提著一個食物籃。波西瓦跟在後面，看起來比蘇菲見到他的任何時候都有生氣。「我們天一亮就搭車出門，」菲菲克絲太太說：「我們帶來……我的天！是芬妮！」她丟下她提著的半邊食物籃，跑過來擁抱芬妮。樂蒂也放下她那半邊，跑過去抱蘇菲。

事實上，整間屋裡都是擁抱、驚嘆和尖叫聲，蘇菲覺得豪爾沒被吵醒實在是奇蹟。但是，即使透過這些叫喊聲，她還是能夠聽到他的鼾聲。她思索著，今晚必須離開，但因為很高興看到大家所以不想太早離開。

樂蒂很喜歡波西瓦。當麥可將食物籃提到工作枱，拿出冷雞肉、葡萄酒和蜂蜜布丁時，樂蒂一直以一種蘇菲不太能贊同的、擁有者的姿態，握住波西瓦的手臂，要他告訴她所有他能記得的事，波西瓦似乎一點也不介意。樂蒂看起來是那麼可愛，所以蘇菲沒有責怪他。

「他就這樣跑來，一直變成人，再變成不同的狗，還堅持說他認得我。」樂蒂跟蘇菲說。「我知道我從未見過他，但那沒關係。」她拍著波西瓦的肩膀，彷彿他還是一隻狗似的。

「但是，妳見過賈斯丁王子？」蘇菲問。

「噢，是的，」樂蒂隨口回答：「他當時變裝，穿著一身綠色制服，但顯然是他沒錯。他非常殷勤有禮，即使他在為那個尋人咒生氣也不例外。我必須弄兩次，因為咒語一直顯示蘇利曼巫師人就在我們跟馬克奇平間的某處，但是他發誓說那絕不可能。我在弄咒語的期間，他一直打斷我的工作，以一種略帶諷刺的語氣稱呼我為『甜蜜女士』，還問我是誰？家住哪裡、幾歲等等。我覺得他臉皮好厚！我寧可要豪爾巫師。可見我對他的評價有多差！」

每個人都走來走去的，吃東西、喝酒。卡西法似乎有些害羞，縮成綠色的閃光，似乎也沒有人注意到它。蘇菲想介紹樂蒂給它認識，她試著誘它出來。

「這真的是掌有豪爾生命的邪魔嗎？」樂蒂低頭看著綠色的閃光，露出不可思議的神情。

蘇菲抬起頭來跟她保證確實如此，卻看到安歌麗雅小姐站在門口，神情羞怯不安。

「噢，對不起，我來的時候不對，是不是？」安歌麗雅小姐說：「我只是想跟豪爾說話。」

蘇菲站起來，不太確定該怎麼做。她對自己上次把安歌麗雅小姐趕出去的事感到羞愧，那是因為她知道豪爾在追安歌麗雅小姐。但話又說回來，那並不表示她必須喜歡她。

麥可替蘇菲解了圍，他對著安歌麗雅小姐燦然一笑，大聲地說歡迎。「豪爾現在在睡覺，」他說：「妳等著的時候進來喝杯酒吧！」

「謝謝。」安歌麗雅小姐說。

但安歌麗雅小姐顯然很不快樂，她婉拒了葡萄酒，焦急地走來走去，小口地吃一根雞腿。房裡滿是彼此非常熟悉的人，而她是完全的局外人。芬妮從和菲菲克絲太太不間斷的談話中轉過來，說：「好特別的衣服。」但這只徒增她的不自在。

瑪莎也是，只有把事情弄得更糟。她看到麥可和安歌麗雅小姐打招呼時那充滿讚美的神情，便走了過去，決心讓麥可除了她自己和蘇菲之外，不能跟任何人說話。樂蒂則完全不理她，跟波西瓦坐在樓梯說話。安歌麗雅小姐似乎很快就決定她受夠了，蘇菲看到她站在門邊，試著開門。她快步走過去，覺得很有罪惡感。畢竟，安歌麗雅小姐一定是很喜歡豪爾，才會這樣專程跑來。「請先別走，」蘇菲說：「我去把豪爾挖起來。」

「不，不用了。」安歌麗雅小姐說，微笑中帶點緊張。「我今天不用上課，我可以慢慢等，我只是想去外面看一看，況且那個怪怪的綠火燒得屋裡有點氣悶。」

對蘇菲而言，再沒有比這更完美的了——不用採取任何手段即能擺脫安歌麗雅小姐。她禮貌地為她開門，但是，或許是跟豪爾要麥可記得張起的防衛網有關吧。門把被轉到紫色向下，外面是罩霧的陽光，還有成片的紅色、紫色的花在眼前飄浮。

「好棒的杜鵑花！」安歌麗雅小姐用她最沙啞、最令人心跳的聲音說：「我非看看不可！」她熱切地跳到柔軟的草地上。

「別往東南走！」蘇菲在她身後喊道。

「我的天！」芬妮走到蘇菲身後，驚叫一聲：「我的馬車怎麼不見了？」

蘇菲盡其所能地解釋了一下，但是芬妮還是很擔心，所以蘇菲只好把門轉到橘色向下，打開來，讓她看看另一個灰暗許多的天空，在大宅的車道上，芬妮的僕人和車夫一同坐在馬車的車頂上，邊吃冷香腸邊玩牌，芬妮這才相信她的馬車沒有被神祕地偷走。當蘇菲試著解釋（其實她自己也不甚明瞭）為何一個門可以開往那麼多不同的地方時，卡西法突然由木頭裡高高竄起，吼道：

「豪爾！」整個煙囪充滿了藍色的烈燄，它繼續吼叫：「豪爾！豪爾・建肯！女巫找到你姊姊家了！」

樓上傳來兩聲巨響，豪爾衝出房門，以及豪爾衝下樓的聲音。樂蒂和波西瓦都被他推開，芬妮見到他時微微發出一聲尖叫。他頭髮像稻草，外帶兩個紅眼圈。「被她找到我的弱點了，該死！」邊大叫邊衝過房間，黑色袖子飛揚著。「我就怕她會這樣！謝了，卡西法！」他推開芬妮，用力開門。

蘇菲蹣跚地上樓時，聽到豪爾砰一聲關門的聲音。她知道這樣有點窺人隱私，但是她非得親眼看看發生了什麼！她走進豪爾房間時，聽到後面有一票人跟著她。

「好髒的房間啊！」芬妮驚呼。

蘇菲由窗子看出去，那個整潔的花園裡正下著毛毛雨，鞦韆上掛著雨珠，女巫的紅色捲髮上滿是水珠。她靠著鞦韆站著，穿一身紅袍，個子高眺，威風凜凜。她一直在招手，豪爾的外甥女瑪莉，拖曳著腳步，穿越潮濕的草地朝著她走過去。看起來她似乎不想過去，但身不由己。在她後面是豪爾的外甥尼爾，他腳步拖得更慢，以最兇狠的目光瞪著女巫。跟在兩個小孩身後的是豪爾的姊姊梅根，蘇菲可以看到她兩手比著手勢，嘴巴開開合合的，很明顯地是在罵人，但是她也一直被女巫吸過去。

豪爾衝到草地上，他沒時間改變他的衣服，也沒時間管什麼魔不魔法，只是直接朝女巫衝過去。女巫試著抓住瑪莉，但是瑪莉仍離她有段距離。豪爾先抓住瑪莉，將她往身後一扔，繼續朝女巫衝過去。女巫撒腿就跑，像被狗追趕的貓，跑過草地，越過整齊的圍牆，火燄般的紅袍飛揚著。豪爾像追貓的狗，在她身後一呎處緊追不捨，並且逐漸拉近。女巫紅色的身影在圍牆另一頭消失，豪爾黑色有垂袖的身影如影隨形地跟過去。然後，圍牆將他們兩人的身影都擋住了。

「我希望他能抓住她。」瑪莎說：「那小女孩在哭呢！」

梅根將手環住瑪莉，帶兩個小孩到屋裡去。由這裡無法看出豪爾跟女巫戰鬥的結果，樂蒂、波西瓦、瑪莎和麥可都回到樓下，芬妮和菲菲克絲太太則是被豪爾房間的髒亂嚇呆了。

「看看那些蜘蛛！」菲菲克絲太太驚嘆道。

「還有窗簾上的灰塵！」芬妮說：「安娜貝兒，我看到妳走過來的那個通道裡有一些掃把。」

「我們去拿，」菲菲克絲太太說：「我可以幫妳把衣服別起來，然後我們一起動手。我無法忍受房間髒成這個樣子！」

噢，可憐的豪爾！蘇菲想著，他真的很愛那些蜘蛛的！她在樓梯徘徊，不知該如何阻止芬妮和菲菲克絲太太。

麥可的聲音在樓下喊道：「蘇菲，我們要去大房子那邊看看，妳來不來？」

再沒有比這更理想的，得以阻止這兩位女士清掃豪爾房間的理由了。蘇菲叫喚芬妮，然後迅速往樓下走，樂蒂和波西瓦已經將門打開。蘇菲跟芬妮解釋門的開法時，樂蒂並沒有聽，而波西瓦顯然也不明白。蘇菲看到門把轉錯了，紫色朝下，趕過去要阻止，但已經太遲了。

稻草人就站在門口，背後是一片繁花。

「關門！」蘇菲尖叫，她知道出了什麼事了。事實上，她昨夜叫稻草人跳十倍快反而幫了它。它很快就跑到城堡的入口，試圖進來，但是安歌麗雅小姐在外頭呢！蘇菲擔心她是不是嚇昏在哪個樹叢裡。於是改口，微弱地說：「不、不要關。」

不過，反正也沒人在聽她說話。樂蒂的臉色跟芬妮的衣服一樣白，緊緊抓著瑪莎，波西瓦站在那裡只是瞪著看。麥可則試著要抓住骷髏頭，因為它兩排牙齒嘎嘎作響到快連著旁邊的酒瓶一起滾下工作枱了。這骷髏頭好像也對吉他產生了奇怪的影響，吉他一直發出長長的噹噹聲——努—哈倫！努—哈倫！

卡西法再度衝上煙囪。「它在說話，」它跟蘇菲說：「說它毫無惡意。它無意像上次那樣衝進來。」卡西法顯然很信任它，因為城堡整個停下來了。蘇菲看著那個蘿蔔臉和飛揚的破布，它其實一點也不可怕，事實上，她曾一度對它充滿同情。她懷疑自己是不是利用它做為不離開城堡的藉口？因為她其實想要留下來，但是現在再留下來已經毫無意義了，因為豪爾喜歡的是安歌麗雅小姐，她必須離開。

「請進，」她說，聲音有些沙啞。

「啊哈！」吉他唱著。稻草人強有力地往側面一跳，就進了屋裡。它單腳站著，身體擺動著，好像在尋找某種東西，隨它飄進來的花香並未能掩蓋住它身上爛蘿蔔及灰塵的味道。

骷髏頭再度在麥可手上嘎嘎叫起來。稻草人轉過身，很高興地對著它側身倒下。麥可試著要救骷髏，但是馬上縮手。因為稻草人才倒向工作枱，就傳來強力魔法嘶嘶的衝擊聲，骷髏頭隨即溶入稻草人的蘿蔔頭裡。進入後把蘿蔔撐開來，變成一張該算是相當陽剛粗獷的臉。問題是，臉面向著稻草人的後面。稻草人的木棍一陣攪動，不太確定地跳起身來，然後輕快地轉動身體，把頭的位置換來前面。慢慢地，它把兩隻伸直的手放到身側。

「現在我能說話了，」它的聲音有些模糊。

「我快昏倒了。」芬妮站在樓梯口說。

「胡說，」菲菲克絲太太站在芬妮後面。「那不過是魔法師的傀儡罷了，魔法師送它們出去執行任務，它們是無害的。」

但是樂蒂還是一副要昏倒的樣子。不過呢，真正昏過去的只有波西瓦，他帕躂一聲倒下，安安靜靜地蜷曲著身體躺著，彷彿在睡覺一般。樂蒂儘管怕得不得了，仍然對他跑去，但是很快又退回來，因為稻草人一跳跳到波西瓦面前。

「這是我必須尋找的一部分。」它用模糊的聲音說道，它轉身面對著蘇菲。「我的頭顱離得太遠，我還沒追上就已經力氣用盡。如果不是妳來，藉由說話把生命給了我，我就永遠躺在那樹籬裡了。」說完，它轉向菲菲克絲太太，然後轉向樂蒂。「也謝謝妳們兩位。」它說。

「誰遣你出來的？你的任務是什麼？」蘇菲問它。

稻草人不確定地四處轉動。「還有，」它說：「還有一些不見了。」每個人都等著，大多數根本是嚇得說不出話來。稻草人則一會兒轉這邊一會兒轉那邊，似乎在努力思考。

「波西瓦是什麼的一部分？」蘇菲問它。

「讓它平心靜氣地想一想，」卡西法說：「以前沒人問過它任何……」它突然停止說話，往下沉到只剩一點點綠燄，麥可和蘇菲交換了一下驚慌的眼神。

然後不知從哪兒傳來一個新的聲音，聲音經過放大，顯得有些悶悶的，彷彿是在箱子裡說的，但那毫無疑問是女巫的聲音。「麥可・費雪，」她說：「告訴你的主人豪爾，他被我的替身騙了。我現在手頭有個叫做莉莉・安歌麗雅的女人，關在我荒地的碉堡裡。告訴他，只有他親自來要人，我才會放她走。聽清楚了沒？麥可・費雪。」

稻草人轉過身，往開著的門跳去。

「噢，不成！」麥可叫道：「阻止它！一定是女巫差它來的，這樣她才能進來！」

第 21 章

最後的勝負

大部分的人都去追趕稻草人，但是蘇菲卻往另一個方向跑，穿過儲物櫃，跑進店裡，手裡一路抓著她的拐杖。

「這都是我的錯！」她喃喃自語：「我是做錯事的天才！我應該把安歌麗雅小姐留在室內的！我只需要禮貌地跟她說話。可憐的人！豪爾雖然在許多事上都原諒我，但這件事絕對沒那麼容易了！」

到了花店，她把七里格靴由櫥窗擺設拿下來，把裡面的木槿、玫瑰和水一股腦地全倒在地上。她打開鎖住的店門，將濕漉漉的靴子拖到擁擠的街道上。「對不起，」她對一堆擋到她路的鞋子和垂袖說。她抬頭望向太陽，在多雲灰暗的天色中並不容易找到。「讓我看看，東南方。是那邊。好，對不起、對不起。」說著，在慶祝節日的人群中清出一小塊地來放靴子。她將靴子的方向對好，腳踩進去，然後開步走。

滋滋，滋滋，滋滋，滋滋，滋滋，滋滋，滋滋。就是這麼快！而且，兩隻靴子比一隻跑起來更快，景色更模糊，更令人喘不過氣。蘇菲在兩個長步之間可以短暫瞥見：山谷尾端的大房子在樹林之間發光，芬妮的馬車就停在門前。山丘邊的羊齒，一條小河奔流向一座綠色山谷，同一條河滑進一個更大的山谷，同一個山谷變寬到幾乎無有邊際，遠處變成藍色。還有遠處一堆像高塔聚集在一起的，很可能是金斯別利。平原再度朝著山巒變窄，一座山在她腳下陡峭地傾斜。雖有拐杖的幫助，她仍然蹣跚欲倒，踉蹌的腳步將她帶到一座有藍霧的深邃峽谷邊緣，遠遠就能看到下面的樹頂。若非她趕緊又跨了一步，就要摔下去了。

然後她降落在碎碎的黃沙上。她將拐杖插進沙裡，小心地四處探望。在她右肩後面，幾哩遠的地方，一片白色如蒸氣的霧幾乎掩沒了她剛剛穿越的群山，霧靄下面是一條帶狀的深綠。蘇菲點點頭，雖然隔這麼遠看不到城堡，但是她很確定霧靄處就是群花所在的地方。她小心地再跨一步。滋。溫度熱得可怕。黏土般的黃沙往各個方向延伸，在高溫下微微發亮，岩石不規則地散落著，唯一生長的，是偶爾可見的可怕灰色樹叢，眾山看起來彷彿是地平線上升起的雲。

「如果這是荒地的話，」蘇菲說，汗水順著所有的皺紋往下流。「那我真是同情女巫，必須住在這樣的地方。」

她再跨一步，揚起的風一點也沒能讓她涼快，岩石與樹叢看來仍是同一模樣，但是沙的顏色變灰，而山似乎沉到天底。蘇菲透過前方閃動的灰色強光凝視，她覺得似乎看到比岩石高出許多的東西。她又跨了一步。

現在溫度簡直像烤爐了，但是在前面四分之一哩處，有一個形狀特別的堆狀物，站在稍稍隆起的岩石地上。那是一棟形狀奇特的城堡——一些形狀扭曲的小塔拱著一座稍稍傾斜的主塔，像是多節的老人手指。蘇菲把靴子脫掉，天氣太熱了，無法攜帶這麼重的東西走路。她只拄著拐杖，蹣跚地走去調查。

這建築物似乎是由荒地那些黃、灰色的砂礫所造成。起先，蘇菲想說這會不會是一種奇怪的螞蟻住的蟻丘？但是走近後，她才看到那是將數千個有粗礫的黃色花盆黏在一起，成為一個頂端尖細的建築。她忍不住微笑起來，她常覺得移動的城堡很像是煙囪的內部，而眼前這個建築則很明顯的是煙囪頂的集合體。這一定是出自火魔之手。

當蘇菲喘著氣往上走時，她突然再無任何懷疑——這確實是女巫的碉堡！兩個小小的橘色身影由碉堡底下一個黑暗處走了出來，站著等她，她認出那是女巫的兩個侍童。雖然她又熱又喘著氣，還是試著禮貌地跟他們打招呼，讓他們知道她跟他們無怨無仇。「午安。」她說。

他們只是悶悶不樂地看著她，其中一位對她鞠躬，然後伸出手，指向由煙囪頂造成的彎曲柱子間，一個造型不佳的黑暗拱門。

蘇菲聳聳肩，隨他走進去，另一個侍童則跟在她身後。當然，她一進門，入口就消失了。蘇菲再度聳聳肩，這個問題等回程的時候再來傷腦筋。

她把蕾絲披肩重新披好，拖得髒髒垮垮的裙子拉好，然後往前走。那感覺很像是城堡的門把黑色朝下時，走出城堡大門的感覺，有好一會兒的虛無，然後是朦朧的光。光來自四周燃燒、閃爍的綠黃色火燄，但這些火燄很陰暗，不散發出熱量，亮度也非常低。當蘇菲注視它們時，火燄絕不會在她目光所及處，一定是在旁邊。魔法就是這樣吧！蘇菲再度聳聳肩，跟著那侍童在煙囪頂造成的細柱間穿梭。

最後，這兩位侍童將她帶到一個像是中央私室的地方，又或許，那只是位於一些柱子間的一塊空間。蘇菲已經有些搞糊塗了，這碉堡似乎很大，但她懷疑這跟移動的城堡一樣，只是幻覺。女巫站在那裡等她，很難說蘇菲怎麼會知道，但是，不可能有別人了不是嗎？眼前的女巫看起來非常高瘦。頭髮是金色的，纏成髮辮垂在瘦骨嶙峋的一邊肩膀上。當蘇菲手中揮舞著拐杖，對著她走過去時，她往後退。

「少威脅我！」她說，聲音聽起來很疲倦、衰弱。

「把安歌麗雅小姐交給我，我就不威脅妳。」蘇菲說：「我會帶著她離開。」

女巫又往後退，伸出雙手做了個手勢，兩個侍童一起溶成兩顆黏黏的橘色球體，升到空中，對著她飛過來。「好噁心，走開！」蘇菲邊叫邊用拐杖打它們。橘色黏球似乎很不喜歡她的拐杖，閃躲著，四處穿梭，然後對著她的背後直飛過去。

她才在想她打敗它們了，卻發現自己被它們黏在一根煙囪頂造成的柱子上。當她試著掙脫時，黏黏的橘色線狀物質將她的足踝綑住，還用力扯她的頭髮，把她弄得很痛。

「我幾乎要比較喜歡綠色黏液了！」蘇菲說：「我希望這兩個不是真正的小孩。」

「只是被賦予能力的形體。」女巫說。

「放開我！」蘇菲叫道。

「不行！」女巫說完就轉身走開，似乎對蘇菲完全失去興趣。

蘇菲開始擔心她一如以往，又把事情搞砸了。那些黏黏的物質似乎越來越硬，越有彈性。當她試著移動時，它們就把她彈回去緊靠在陶製的柱子上。「安歌麗雅小姐在哪裡？」她問道。

「妳找不到她的，」女巫說：「我們就在這兒等豪爾來。」

「他不會來的。」蘇菲說：「他比我有辨別力。還有，妳的咒語根本沒能生效！」

「會的。」女巫微微一笑：「既然妳中計跑到這裡來，豪爾這次想不誠實也不行了。」她又做了一個手勢，這次的對象是模糊的火光，一個像王座的東西由兩根柱子間滾動出來，上面坐著一個男人，身穿綠色制服及光亮的長靴子。起先，蘇菲以為他在睡覺，頭側靠在另一邊，所以她看不到。但是女巫再比了一個手勢，那人就坐直了。他肩膀上面是空的，沒有頭。蘇菲這下知道了，她眼前看到的是賈斯丁王子剩下的部分。

「假如我是芬妮的話，」蘇菲說：「我就要威脅說我要暈倒了。馬上把他的頭放回去！他這樣看起來好難看！」

「我好幾個月前就把兩個頭顱都處理掉了。我賣掉蘇利曼巫師的吉他時，也順便賣掉他的頭骨。賈斯丁王子的頭則和其他剩餘的部分一起在外頭亂走。這個身體是賈斯丁王子和蘇利曼巫師的完美組合。現在只等豪爾的頭來合成一個完美的人類。等我拿到豪爾的頭，新的印格利國王也就隨之產生了。我將以王后的身分來統治這個國家。」

「妳瘋了！」蘇菲叫道：「妳無權把人像拼圖一樣拼來拼去，而且，我不認為豪爾的頭會聽命於妳，他會想辦法溜掉。」

「豪爾將對我言聽計從，」女巫說著，露出一個狡猾、神祕的微笑。「我會控制住他的火魔。」

蘇菲意識到自己其實非常害怕，她知道事情被她搞得一團糟。「安歌麗雅小姐在哪裡？」她揮動著拐杖問道。

女巫不喜歡蘇菲揮動她的拐杖，她向後退，說：「我累了。你們這些人一直破壞我的計畫。先是蘇利曼巫師不肯靠近荒地，我只好去威脅薇樂莉雅公主，好讓國王命令他來，但是他來了後卻躲在那裡種樹。接著好幾個月，國王都不肯讓賈斯丁王子來找蘇利曼。好不容易他出來尋找了，卻不知為什麼跑到北邊去，我必須想盡辦法把他引來。豪爾給我惹的麻煩更多，他逃走過一次，我必須動用咒語來套住他。而就在我四處蒐集與他有關的資料以施放咒語時，妳卻闖進蘇利曼剩下的腦子裡，給我惹出更多麻煩。現在妳落在我手裡，卻還在那裡揮舞妳的棍子跟我吵架。我為了這一刻已經努力了很久，我不准任何人來破壞。」她轉身走開，走入陰暗中。

蘇菲的眼光跟隨這個高高的白色身影，在昏暗的火光中移動，她的年齡終於追上自已了。蘇菲心想，她瘋了！我一定得想法子脫身，把安歌麗雅小姐救出來。她想到那橘色物質跟女巫都避著她的拐杖，就把拐杖舉到肩膀後，朝著那黏黏的物質與柱子接觸的地方揮舞，同時叫道：「走開！放我走！」她的頭髮扯得很痛，但是那些黏黏的東西開始向旁飛開。蘇菲更用力地揮動拐杖。

她的頭和肩膀都鬆開時，突然傳來一陣悶悶的隆隆聲。蒼白的火燄搖晃著，蘇菲身後的柱子也一陣震動。然後轟然巨響，像一千套茶具同時摔下樓梯，碉堡的一部分被炸開。光線從一個長長的、鋸齒狀的缺口照射進來，令人目盲。一個身影由洞口跳進來，蘇菲熱切地轉頭去看，希望來的是豪爾，但是那個黑色輪廓顯示的只有一條腿，來的是稻草人。

女巫氣得尖叫，朝它撲過去，金色的辮子飛揚起來，兩隻骨瘦嶙峋的手臂直伸出去，稻草人也對她跳過去，又是一陣巨響！兩個人籠罩在魔法的雲霧當中，就像豪爾跟女巫戰鬥時，籠罩在避難港上空的那種雲霧。雲裡看不見兩人的激烈纏鬥，只聽見灰塵飛揚的空氣中充滿尖叫聲和轟隆聲，蘇菲的頭髮跟著滋滋作響。雲不過在幾呎之外，在陶製的柱子間移動，時東時西，牆上的破洞也離她很近。正如蘇菲所猜測，碉堡其實不大。每當雲霧移過那令人目盲的白色洞口時，蘇菲可以看透它，看到兩個瘦瘦的形體在其間戰鬥，她邊看邊對著背後揮動拐杖。

就在她除了腿之外全都獲得自由時，雲再度由光線前尖叫著移動過去。蘇菲見到一個人從雲後方的缺口跳進來，這個人有飛揚的黑色長袖。那是豪爾！蘇菲可以清楚看到他的輪廓，雙手交叉，站在那裡觀戰。好一會兒，看來他好像有意讓女巫和稻草人繼續打下去，但是接著豪爾舉起雙手，長袖啪噠啪噠地鼓起，喊出一個很奇怪的長字，聲音蓋過尖叫和轟隆聲，一串長長的雷聲隨之響起，女巫和稻草人同時受到衝擊，啪啪聲繞著陶製的柱子，造成一串串回聲，綿綿不絕。每次的回聲就令魔法的雲霧少掉一些。終於，它化成小縷的輕煙，像朦朧的漩渦般消散了。當它變成非常稀薄的白霧時，高高的、有長辮子的那個人形，步伐開始蹣跚。女巫似乎自動在縮小，越來越瘦、越來越白。最後，當霧全部散去時，她跌在地上發出一聲輕響。而當數百萬個輕柔的回聲都消散時，豪爾跟稻草人面色凝重地注視著對方，底下是一堆白骨。

很好！蘇菲將腿也解放出來，走到坐在王座上、沒有頭的那人身邊，這景象實在令她很不舒服。

「不行的，朋友。」豪爾跟稻草人說。稻草人一直在女巫的骨頭間跳來跳去，還用腳將骨頭推來推去。「不行的，你在這裡找不到她的心臟，那一定被她的火魔拿走了。我猜她受到她的火魔控制已經很久了，真是令人悲傷！」就在蘇菲將披肩拿下來，好好地鋪在賈斯丁王子的肩上後，豪爾說：「我想你在找的剩餘部分應該是在這裡。」他對著王座走去，稻草人在他後面跳著。「老是這樣！」他跟蘇菲說：「我費盡力氣趕到這裡，妳卻好端端地在整理善後！」

蘇菲抬頭看他，就像她所擔心的，由破洞照進來的陽光清楚明白地告訴她，豪爾既沒刮鬍子也沒梳頭髮，眼睛的紅眼圈仍在，黑袖子則破了好幾處，看來跟稻草人一樣糟。天哪！蘇菲想著，他一定很愛安歌麗雅小姐！「我是來救安歌麗雅小姐的。」她跟豪爾解釋。

「我還想說如果我安排妳的家人來拜訪妳，妳就會安分一陣子！」豪爾很不滿地說：「結果呢……」

這時稻草人跳到蘇菲面前，用它那模糊的聲音說道：「我是受蘇利曼巫師差遣的。我原本是為他看守樹叢，驅趕來自荒地的鳥。女巫抓住他時，他把所有能轉移的魔法都移到我身上，命令我去救他，但女巫把他分成好幾片，分散在不同的地方。這工作實在太困難了，假如不是妳路過，藉著說話把生命給了我，我早就失敗了。」

它這是在回答兩個人分別匆忙跑離城堡前，蘇菲所提的問題。

「所以賈斯丁王子訂購尋人咒時，那些咒語一直都指向你囉？為什麼？」

「指向我，或指向他的頭顱。」稻草人說：「因為我們是他身上最有價值的部分。」

「那波西瓦是蘇利曼巫師和賈斯丁王子的混合體囉？」蘇菲問道，她不太確定樂蒂會歡喜地接受這個事實。

稻草人點點頭，「兩個部分都告訴我，女巫跟她的火魔已經分道揚鑣，我可以獨力打敗女巫。」它說：「謝謝妳給我十倍於從前的速度。」

豪爾招手將它叫到一邊。「把那個身體帶回城堡，我會將你重新拼裝，蘇菲跟我得趁著那火魔尚未找到破解城堡防衛系統的方法前先趕回去。」他抓住蘇菲的手。「走吧！七里格靴在哪裡？」

蘇菲不肯走。「還有安歌麗雅小姐……」

「妳難道不明白？安歌麗雅小姐就是火魔呀！若讓她進入城堡，卡西法就完了，我也完了！」

蘇菲兩手同時捂住嘴巴。「我就知道我把事情弄得一團糟！她已經進入城堡兩次了。可是她…它又出去了。」

「天哪！」豪爾呻吟道：「它有沒有碰任何東西？」

「吉他。」蘇菲承認。

「那它還在城堡裡，」豪爾說：「快！」他拉住蘇菲往破牆走，並回頭跟稻草人喊道：「小心地跟著我們。」然後跟蘇菲說：「沒時間找靴子了。我得起風，御風而行！」他們爬出破洞到外面炙熱的陽光下。「往前一直跑，不然我沒辦法移動妳。」豪爾囑咐道。

蘇菲藉著拐杖之助蹣跚地跑，不時還絆到石頭。豪爾在旁邊跟著，拉著。風來了，呼嘯著，然後轉為怒吼，熱而且帶著砂礫。灰色的沙在他們四周升起，形成風暴，擊打著陶製的碉堡，發出咻噹的聲響。這時他們已不是跑步，而是以一種慢動作向前浮掠。多岩石的地表迅速在底下飛掠過去，灰塵與砂礫在身旁發出震耳欲聾的聲音，連頭上極高處也是，甚至拖到身後甚遠之處。非常吵，而且非常不舒服，但是荒地很快就被拋在身後。

「那不是卡西法的錯！」蘇菲叫道：「是我叫它不要說的。」

「它本來就不會說，」豪爾喊回來：「它絕對不會背叛同為火魔的同伴。它一直是我最弱的一點。」

「我以為威爾斯才是！」蘇菲尖叫。

「不是！那是我故意留下的破綻！」豪爾喊道：「我知道如果她在那裡下手，我就會氣到想阻止她。我總得留個機會給她，知道吧？我唯一能找到賈斯丁王子的方法，就是利用她下在我身上的咒語去接近她。」

「所以你一直都打算去救賈斯丁王子！」蘇菲大叫：「那你為什麼假裝跑掉？是為了欺騙女巫嗎？」

「才不是！」豪爾叫道：「因為我是膽小鬼。唯一能讓我做出這麼可怕的事的方法，就是告訴自己我不會去做它！」

噢，天哪！蘇菲看著四周旋轉的沙石，想道，他說了實話！而這是一陣風，咒語的最後一句已經完成了。

炎熱的沙不斷打在她身上，豪爾也抓得她手痛。「繼續跑！」豪爾叫道：「照這個速度的話，妳會受傷！」蘇菲喘著氣，再度努力地跑。現在可以清楚看到山了，下面一條綠帶是開花的樹叢。雖然黃沙一直在眼前旋轉，山似乎長大了，綠帶子朝著他們飛來。

「我所有的側翼都很弱！」豪爾叫道：「我原本還寄望蘇利曼仍活著，但是當我發現他剩下的只有波西瓦時，我嚇壞了，只好出去喝個爛醉，然後偏偏妳又上當落到女巫手裡！」

「我是家裡的老大！」蘇菲尖叫：「註定要失敗！」

「亂講！」豪爾叫道：「妳就是不用大腦！」豪爾速度開始慢下來，灰塵在旁邊形成厚厚的雲層。蘇菲聽到夾著砂礫的風掃過樹葉的聲音，才知道開花的樹叢已在附近。他們砰地一聲掉落在樹叢間，然後繼續快速往前，豪爾必須以曲線前進，然後拉著蘇菲浮掠式地跑過一個長長的湖面。「妳就是太好心了！」聲音中夾雜著水聲，以及沙石掃過荷花的聲音。「我原想依賴妳的嫉妒心，把火魔攔在城堡外呢！」

他們以慢動作抵達冒煙的岸邊，綠徑兩旁的樹叢隨著他們行經，波動起伏，枝葉亂搖，鳥與花瓣都被掃落到他們身後的旋風裡。城堡在綠徑那頭對著他們輕快地飄浮過來，煙逆著風向後飄。豪爾把速度減到正好撞開門的程度，帶著蘇菲衝進去。

「麥可！」他大叫。

「不是我放稻草人進來的。」麥可懷著罪惡感辯白。

一切似乎都很正常。蘇菲驚訝地發現，其實她才離開很短的時間。有人把她的床由樓梯下拉了出來，波西瓦躺在上面，仍然不省人事，樂蒂、瑪莎和麥可都圍在旁邊。蘇菲可以聽到菲菲克斯太太及芬妮的說話聲由樓上傳來，混雜著咻咻的揮舞聲和砰砰的撞擊聲，意味著豪爾的蜘蛛正遭逢浩劫。

豪爾放開蘇菲的手，撲向吉他，但是他還沒能碰到它，吉他就爆炸開來，發出一個長長、悅耳的聲音。弦斷了，木頭碎片掃向豪爾，逼得他必須後退，以一隻破爛的袖子遮臉。然後，安歌麗雅小姐突然微笑著站在壁爐旁邊。她一直藏身在吉他內，等待最好的時刻現身。

「妳的女巫死了。」豪爾跟她說。

「那真是太糟糕了！」安歌麗雅小姐顯然毫不關心。「現在我可以為自己打造一個遠比她好的新人類。咒語的條件都完成了，我現在可以拿走你的心了。」說完她就伸手到爐架裡，將卡西法抓出來。卡西法在她握住的拳頭上搖晃，滿臉驚恐。「誰都不准動！」安歌麗雅小姐警告道。

沒人敢動，尤其是豪爾。「救命！」卡西法微弱地喊著。

「沒人能夠救得了你的。」安歌麗雅小姐說：「你將幫助我控制我的新人類。讓我示範給你看，我只要像這樣握緊拳頭。」她握著卡西法的手用力握下去，指關節因用力而變成淺黃。

豪爾和卡西法同時尖叫。卡西法痛苦地左右竄動，豪爾則臉色發青，像樹一般倒向地板，跟波西瓦一樣昏迷不醒。蘇菲不認為他有在呼吸。

安歌麗雅小姐也嚇了一大跳，盯著豪爾說：「他在演戲吧？」

「不，他沒有！」卡西法尖叫著，身體扭成痛苦的螺旋狀。「他的心真的非常柔軟！放開我！」

蘇菲輕輕、慢慢地舉起拐杖，這次她行動前先思索了一下。「拐杖，」她喃喃地說：「打安歌麗雅小姐，但不要傷到別人。」然後她揮動拐杖，用盡吃奶的力氣往安歌麗雅小姐緊握的拳頭一擊。

安歌麗雅小姐發出一聲像濕木頭燃燒的嘶叫，丟下卡西法。可憐的卡西法無助地在地上滾動，燃燒著在石板上側滾，害怕得啞著聲音吼叫。安歌麗雅小姐舉起一隻腳去踩它，蘇菲必須放掉拐杖撲到地上去救卡西法。令她驚奇的是，她的拐杖會自己行動，一次又一次、再一次地擊打安歌麗雅小姐。它當然會的嘛！蘇菲想道，潘思德曼太太告訴過她，她藉由說話賦予了它生命。

安歌麗雅小姐發出嘶聲，腳步踉蹌。蘇菲站起來，手裡握著卡西法。她發現她的拐杖在毆打安歌麗雅小姐的同時，也被她身上的熱燒得冒起煙來，相反地，卡西法好像不怎麼熱，它因為休克而呈現柔和的藍色。蘇菲可以感覺到，她手裡握著那塊黑色的塊狀物只剩下輕微的跳動。是的，她握住的這塊一定是豪爾的心臟。他把它給了卡西法，當做契約的一部分，好讓卡西法活下去。他一定是很可憐卡西法，才會這麼做。但是，這是多麼愚蠢的事啊！

芬妮和菲菲克斯太太匆忙下樓來，手裡仍拿著掃帚。她們的出現似乎讓安歌麗雅小姐相信她已經失敗，於是逃向門口，蘇菲的拐杖緊追不捨，繼續擊打。

「攔住她！」蘇菲叫道：「別讓她逃了！守住所有的門！」

每個人都迅速地聽命行事，菲菲克斯太太拿著掃帚守住儲物櫃的門，芬妮站在樓梯上，樂蒂跳起來守住通往後院的門，瑪莎站在浴室門口，麥可跑去守城堡的大門。但是波西瓦卻從床上跳起來，也衝往大門。他的臉色慘白，眼睛也閉著，居然跑得比麥可還快。他先跑到門口，並且打開了門。

因為卡西法處於無助狀態，整個城堡已停止移動。安歌麗雅小姐看見樹叢靜靜佇立在外頭的強光下，馬上趁機以非人的極快速度衝往門口，但她還來不及抵達門口，門已被稻草人擋住。他肩上隱約浮現出賈斯丁王子，仍圍著蘇菲的蕾絲披肩。稻草人在門口伸出棍棒的雙手，攔住她的去路，安歌麗雅小姐只好後退。

追打她的拐杖現在著火了，金屬那一端發亮著，蘇菲知道它再撐不久了。幸運的是，安歌麗雅小姐因為憎惡它，所以抓過麥可當盾牌來擋。拐杖曾被告知不得傷害其他人，只好徘徊著，燃燒著。瑪莎衝過來，試著拉開麥可，結果拐杖也必須躲她。蘇菲一如以往，又把事情搞砸了。

沒有時間可以浪費了。

「卡西法，」蘇菲說：「我必須打破你的契約。這會讓你沒命嗎？」

「別人做的話就會，」卡西法沙啞地說：「這就是為什麼我要妳來做的原因。我知道妳能藉由說話予人生命，看看妳對稻草人和骷髏頭所做的就知道了。」

「那麼，再活一千年！」蘇菲說著，同時投入全神的專注，以免只有說話仍嫌不足。她一直非常擔心這件事。她握住卡西法，小心地將它由那個黑塊上摘下來，就像是由莖上摘掉一個死去的花苞。卡西法轉身鬆開，像一滴藍色淚水般在她的肩上飄浮著。

「我覺得好輕！」它說，然後它突然明白發生了什麼事。「我自由了！」它轉到煙囪，衝上去，飛得不見蹤影。「我自由了！」蘇菲隱隱聽到它穿過帽店上頭的煙囪頂蓋時呼叫的聲音。

蘇菲手裡拿著幾近死氣沉沉的黑塊走向豪爾，動作雖然迅捷，心裡其實毫無把握。她一定得做對這件事，但她不確定該怎麼做。「好，就這樣吧。」她小心地將黑塊放在他胸部左邊，她自己不快樂時會覺得疼痛的地方，然後用力推。「進去！」她告訴它：「進去那兒，然後開始工作。」她推了又推。那心臟開始沉進去，越下去跳動得越有力。蘇菲試著對門口的火燄與打鬥視而不見，只專注於保持穩定、有力的推動。她的頭髮一直掉下來，遮住她的臉，轉而露出一束束紅紅的頭髮。但是她也不去搭理，只是推著心臟。心整個進去了。它剛一消失，豪爾就動了起來，大聲地呻吟一聲，轉身朝下趴著。「見鬼了！」他說：「我宿醉！」

「才不是，是你的頭撞到地板。」蘇菲說。

豪爾以雙手和膝蓋將自己撐起。「我不能待在這裡，」他說：「我得去救那個傻瓜蘇菲。」

「我在這裡！」蘇菲搖晃他的肩膀。「可是安歌麗雅小姐也在這裡。快起來對付她！快！」現在整支拐杖都起火燃燒了，瑪莎的頭髮被烤得滋滋響。安歌麗雅小姐想到稻草人是會起火燃燒的，開始引著這根邋來邋去的拐杖往門口走。蘇菲想，我又一如以往，思慮不夠周密！

豪爾只看一眼就明白了。他飛快地站起來，伸出一隻手，說出一個被一陣響雷掩蓋住的句子。灰塵由天花板掉下來，每樣東西都在震動，但是拐杖消失了。豪爾後退一步，手裡握著一個小小、硬硬的炭塊，形狀與剛才蘇菲推進豪爾胸膛的一模一樣。安歌麗雅小姐像打濕的火一樣發出可憐的聲音，伸出雙手懇求著。

「恐怕不行，」豪爾說：「妳的時間已經到了。依這個看來，妳也試著要找一顆新的心臟吧？妳想拿走我的心，讓卡西法死去，對不對？」他把那黑塊放在兩掌之間，手用力一合，女巫年老的心臟碎成黑沙、煤灰，然後什麼也不剩。心碎掉的同時，安歌麗雅小姐也開始消失，當豪爾張開空空如也的雙手時，門口再也見不到安歌麗雅小姐的身影。

另一件事也發生了，就在安歌麗雅小姐消失的同時，稻草人也消失不見。如果蘇菲願意分神的話，她會看到兩個高個子男人站在門口，互相微笑。臉龐粗獷的那個有一頭赤黃色頭髮，穿綠制服的那位則輪廓不甚明顯，肩膀上仍披著一件蕾絲披肩。但那時豪爾正好轉過來看著蘇菲。「灰色並不真的適合妳。」他說：「我第一次見到你時就這麼想了。」

「卡西法走了。」蘇菲告訴他：「我必須打破你們的契約。」

豪爾看起來有些悲傷。「我們兩人都希望妳能做到。因為我們都不想變成女巫和安歌麗雅小姐那樣。妳的髮色算是赤黃色嗎？」

「紅金色。」蘇菲說。就她所見，豪爾拿回心臟之後，其實改變不多，只是眼睛的顏色變深了，像真正的眼睛，而不是玻璃彈珠。「不像某人，」她加一句：「我的髮色是自然色。」

「我從不了解為什麼人們要那麼強調自然的價值。」豪爾說。蘇菲當下就明白了，他骨子裡一點也沒變。

如果蘇菲還有注意力可以分散的話，她會看到賈斯丁王子和蘇利曼巫師在握手，高興地互拍對方的背。賈斯丁王子說：「我最好趕快回我王兄那裡去。」他走到芬妮面前，當她是最可能的對象，對她深深鞠躬，說：「請問是女主人嗎？」

「呃…不是，」芬妮回答，試著將掃帚藏在身後。「這房子的女主人是蘇菲。」

「或者說，不久的將來會是。」菲菲克絲太太很慈愛地笑著說。

豪爾跟蘇菲說：「我一直在猜，妳會不會是我在五月節遇見的那個可愛女孩。妳當時為何那麼害怕？」

如果蘇菲有在注意的話，她會看到蘇利曼巫師朝著樂蒂走去。現在他回復自己的樣子，明顯可以看出他至少跟樂蒂一樣個性強悍。蘇利曼巫師專注地低頭看著她時，樂蒂顯然非常緊張。「我擁有關於妳的記憶，看來是賈斯丁王子的記憶，而不是我自己的。」他說。

「沒關係，」樂蒂勇敢地說：「那是一個錯誤。」

「但對我而言不是！」蘇利曼巫師抗議道：「妳願意至少讓我收妳當學生嗎？」樂蒂的臉一下子變得火紅，一時不知該如何回答。

對蘇菲來說，那是樂蒂自己的問題，她有她自己的問題要應付。豪爾說：「我想我們應該從此快樂地生活在一起。」她覺得他是真心的。蘇菲知道，與豪爾「從此快樂地生活在一起」，意味的是一種比任何故事都要動盪多事的生活，但她決心嘗試。「會令人毛骨悚然的。」豪爾加上一句。

「而且你會剝削我。」蘇菲說。

「然後妳會把我的衣服全剪破，給我一個教訓。」豪爾說。

如果蘇菲跟豪爾能分出任何注意力的話，他們或許會發現，蘇利曼巫師、賈斯丁王子和菲菲克絲太太都試著要跟豪爾說話。芬妮、瑪莎和樂蒂在扯蘇菲的袖子，麥可則拉著豪爾的外套。

「那是我所見過最簡潔有力的語言，」菲菲克絲太太說：「換了是我，就不會知道該怎麼對付那怪物。就像我常說的……」

「蘇菲，」樂蒂說：「我需要妳幫忙……」

「豪爾巫師，」蘇利曼巫師說：「我得為常常試著咬你的事道歉。在正常狀況下，我是絕對不會咬自己同胞的。」

「蘇菲，我想這位紳士是一位王子。」芬妮說。

「先生，」賈斯丁王子說：「謝謝你將我由女巫手中救出來。」

「蘇菲，」瑪莎說：「妳身上的咒語不見了，妳有沒有聽到？」

但是蘇菲和豪爾只是握著彼此的手，一直微笑、一直微笑著，停不下來。「現在別煩我，」豪爾說：「我純粹是看在錢的份上才做的。」

「騙人！」蘇菲說。

「我說呢——」麥可大叫：「卡西法回來了！」

這句話終於引起豪爾和蘇菲的注意。他們轉頭去看爐架。果不其然，那熟悉的藍臉在木頭間閃爍著。

「你不需要這麼做的。」豪爾說。

「我不介意。只要我能來去自如的話。」卡西法說：「何況，馬克奇平外頭正下著雨。」

國家圖書館出版品預行編目資料

魔幻城堡／Diana Wynne Jones著；柯翠園譯.
一 初版. 一 台北市：尖端, 2004〔民93〕
328面； 14.5×21公分. 一（魔法師豪爾系列：1）

譯自：Howl's Moving Castle

ISBN 957-10-2869-X（平裝）

874.59 92022215

奇炫館

魔法師豪爾系列1

魔幻城堡

（原名：HOWL'S MOVING CASTLE）

著者／黛安娜・韋恩・瓊斯（Diana Wynne Jones）　封面繪圖／佐竹美保
譯者／柯翠園　發行人／黃鎮隆
副總經理／葛麗英　總編輯／張君嫣
國際版權／陳宗琪・許儀盈・林孟璇
執行編輯／蔡雯婷　美術編輯／鹹桔子
出版者／尖端出版股份有限公司
台北市民生東路二段一四一號十樓
電話：(〇二)二五〇〇七六〇〇　傳真：(〇二)二五〇〇一九七四
http://www.spp.com.tw
電子信箱：4th_department@mail2.spp.com.tw
北部&中部經銷／勤力國際股份有限公司
電話：（〇二）八九一九一二三七〇（圖書組）
傳真：（〇二）八九一九一二三七二
雲嘉經銷／威信圖書有限公司　嘉義公司
電話：（〇五）二三三一三八五二
傳真：（〇五）二三三一三八六三
客服專線：〇八〇〇一〇二八一〇二八
南部經銷／威信圖書有限公司　高雄公司
電話：（〇七）三七三一〇〇七九
傳真：（〇七）三七三一〇〇八七
馬新／城邦（馬新）出版集團
Cite(M) Sdn Bhd (458372U)
電話：六〇三一九〇五六一三八三三
傳真：六〇三一九〇五六一二八三三
e-mail：citeckm@pd.jaring.my
香港／城邦（香港）出版集團
Cite(H.K) Publishing Group Limited
電話：二五〇八一六二三一
傳真：二五七八一九三三七
e-mail：citehk@hknet.com
法律顧問／北辰著作權事務所　蕭雄淋律師
二〇〇四年七月一版一刷
二〇〇五年二月二版三刷

■中文版■

郵購注意事項：
1.填妥劃撥單資料：帳號：0562266-3　戶名：尖端出版股份有限公司。2.通信欄內註明訂購書名與冊數。3.劃撥金額低於500元，請加附掛號郵資50元。如劃撥日起 10～14日，仍未收到書時，請洽劃撥組。劃撥專線TEL：(03)312-4212 ・ FAX：(03)322-4621。